AU RYTHME DE TON SOUFFLE

NICHOLAS SPARKS

AU RYTHME DE TON SOUFFLE

*Traduit de l'anglais (États-Unis)
par Emmanuel Chastellière*

DU MÊME AUTEUR CHEZ LE MÊME ÉDITEUR

Un choix, 2009
La Dernière Chanson, 2010
Le Porte-bonheur, 2011
Un havre de paix, 2012
Une seconde chance, 2013
Chemins croisés, 2014
Si tu me voyais comme je te vois, 2015
Tous les deux, 2017

Titre original : *Every Breath*
© Willow Holdings, Inc., 2018.
Tous droits réservés.
Première publication en langue originale par
Grand Central Publishing, 2018.

www.nicholassparks.com

Les personnages, les lieux et les situations de ce récit étant purement fictifs, toute ressemblance avec des personnes ou des situations existantes ne saurait être que fortuite.

© Michel Lafon Publishing, 2018, pour la traduction française
118, avenue Achille-Peretti – CS 70024
92521 – Neuilly-sur-Seine Cedex
www.michel-lafon.com

Pour Victoria Vodar

Âme sœur

Certaines histoires naissent dans des endroits inconnus et mystérieux, et d'autres sont découvertes tel un cadeau. Cette histoire relève du second cas. Un jour frais et venteux de la fin du printemps 2016, je conduisais sur Sunset Beach, en Caroline du Nord, l'une des petites îles situées entre Wilmington et la frontière avec la Caroline du Sud. J'ai garé ma voiture près de la jetée et je suis descendu sur la plage à pied, en direction de Bird Island, une réserve côtière inhabitée. Les habitants du coin m'avaient dit qu'il y avait quelque chose que je devais voir ; peut-être avaient-ils même suggéré que le site en question finirait dans l'un de mes romans. Ils m'avaient prévenu de prêter attention à un drapeau américain : quand je l'apercevrais au loin, je saurais que j'approchais de ma destination.

Peu de temps après avoir aperçu le drapeau, je redoublai d'attention. Je devais chercher une boîte aux lettres baptisée Âme sœur, *près des dunes. La boîte, plantée sur un vieux poteau en bois flotté, près d'une dune mouchetée d'herbe, se dressait là depuis 1983 et appartenait à tout le monde et à personne à la fois. N'importe qui pouvait laisser là une lettre ou une carte postale ; n'importe quel passant pouvait lire le courrier déposé. Des milliers de gens le font chaque année. Avec le temps,* Âme sœur *était devenu un dépôt d'espoirs et de rêves sous forme écrite... avec, toujours, des histoires d'amour à trouver.*

La plage était déserte. En approchant de la boîte abandonnée sur la côte, je distinguai un banc en bois. C'était un endroit parfait pour se reposer, un avant-poste dédié à la réflexion.

Dans la boîte, je trouvai deux cartes postales, plusieurs lettres déjà ouvertes, une recette pour le ragoût de Brunswick, un journal qui semblait écrit en allemand et une épaisse enveloppe en papier kraft. Il y avait des stylos, un bloc-notes et des enveloppes, sans doute laissés là à l'intention de ceux qui voudraient partager leur propre histoire. Je m'assis sur le banc et lus avec attention les cartes postales ainsi que la recette, avant de me tourner vers les lettres. Je constatai très vite que personne n'utilisait de nom de famille. Certaines lettres comportaient des prénoms, d'autres seulement des initiales, d'autres encore étaient anonymes, ce qui renforçait encore le mystère qui les entourait.

Mais l'anonymat semblait permettre des réflexions sincères. J'ai lu une lettre d'une femme qui, à la suite de son combat contre le cancer, avait rencontré l'homme de ses rêves dans une librairie chrétienne, mais s'inquiétait de ne pas être assez bien pour lui. Une autre, d'un enfant qui espérait devenir astronaute un jour. Il y avait aussi la lettre d'un jeune homme qui comptait demander sa fiancée en mariage et une autre d'un homme qui avait peur d'inviter sa voisine à sortir, car il redoutait de se voir rejeté. Et encore une lettre d'un homme récemment libéré de prison n'aspirant qu'à une chose, repartir de zéro. La dernière lettre était signée d'un homme dont le chien, Teddy, avait récemment dû être euthanasié. L'homme était encore rongé par le chagrin et, après avoir terminé sa lettre, j'observai la photo d'un labrador noir au regard amical et au museau grisonnant ajoutée dans l'enveloppe. L'homme avait signé la lettre A.K., et je me rendis compte que j'espérais qu'il avait trouvé comment combler le vide laissé par l'absence de Teddy.

Le temps de lire tout ça, la brise avait forci. Le ciel s'était assombri de nuages. Un orage approchait. Je remis le tout dans la boîte, hésitant à ouvrir l'enveloppe kraft. À en juger par son épaisseur, il devait y avoir de nombreux feuillets : je n'avais aucune envie de me retrouver sous la pluie pour revenir à ma voiture. Je retournai l'enveloppe tout en réfléchissant et m'aperçus que quelqu'un avait écrit sur le verso « L'histoire la plus incroyable de tous les temps ! ».

Une quête de reconnaissance ? Un défi ? Laissé par l'auteur ou par quelqu'un qui avait examiné le contenu ? Je ne savais pas, mais comment résister ?

J'ouvris l'enveloppe. Elle contenait une dizaine de pages, les photocopies de trois lettres et de dessins représentant un homme et une femme manifestement amoureux. Je mis les dessins de côté, à la recherche de l'histoire. La première ligne m'interpella.

« *La destinée qui importe le plus dans la vie de chacun est celle de l'amour.* »

Le ton, différent des autres courriers, promettait quelque chose de grandiose. Je m'installai pour lire. Après une page environ, ma curiosité avait laissé place à l'intérêt ; après quelques pages supplémentaires, je ne pouvais plus lâcher l'histoire. Au cours de la demi-heure suivante, je ris ou sentis ma gorge se serrer. J'ignorais le vent redoublant de vigueur et les nuages qui prenaient la couleur du charbon. Le tonnerre et les éclairs atteignaient maintenant l'autre côté de l'île tandis que je lisais les derniers mots, saisi d'émerveillement.

J'aurais dû les laisser là. Un rideau de pluie traversait maintenant les vagues dans ma direction ; mais au lieu de partir, je lus de nouveau cette histoire. Cette fois, je parvenais à entendre la voix des personnages avec une grande netteté. Le temps de lire ces lettres et d'observer les dessins, je sentais l'idée prendre forme : peut-être pouvais-je trouver l'auteur de ces courriers et aborder avec lui l'idée de changer son histoire en roman.

Mais trouver cette personne ne serait pas facile. La plupart des évènements avaient eu lieu plus de vingt-cinq ans auparavant, *et au lieu de noms je n'avais que des initiales. Et même dans les lettres originales, on avait recouvert les noms de blanc avant de les photocopier. Je ne disposais d'aucun indice quant à l'identité de l'auteur ou de l'artiste.*

Mais il restait quelques pistes. Dans la partie de l'histoire remontant à 1990, il était fait mention d'un restaurant avec une terrasse en bois à l'arrière et un foyer avec un boulet de canon prétendument récupéré sur l'un des navires de Barbe Noire. Il était aussi fait référence à un cottage sur une île près de la côte de la Caroline du Nord, que l'on pouvait atteindre à pied depuis le restaurant. Et dans les pages les plus récentes, l'auteur parlait d'un projet de construction en cours sur une autre île. Je ne savais pas du tout si le projet avait abouti, mais il fallait bien commencer quelque part. Même si les années avaient passé, j'espérais que les dessins m'aideraient à identifier les sujets. Et, bien sûr, il y avait aussi la boîte aux lettres, qui occupait un rôle central dans cette histoire.

Désormais le ciel était ouvertement menaçant, donc le temps me manquait. Je glissai les pages dans l'enveloppe, la replaçai dans la boîte et me dépêchai de retourner à ma voiture. J'échappai de justesse au déluge. Si j'étais resté quelques minutes de plus, j'aurais fini trempé ; et même avec des essuie-glaces à la cadence maximale, je distinguais à peine la route. Je rentrai chez moi et pris un déjeuner tardif en regardant par la fenêtre, songeant toujours à l'histoire de ce couple. Le soir venu, je sus que je voulais retourner à la boîte pour regarder de plus près ce récit, mais le temps et un voyage d'affaires m'en empêchèrent pendant près d'une semaine.

Quand je revins sur la plage, les autres lettres, la recette et le journal étaient toujours là, mais l'enveloppe kraft avait disparu. Je me demandai ce qui avait pu se passer. Quelqu'un d'aussi ému que moi par ces pages les avait-il prises ? Ou peut-être y avait-il une sorte de gardien qui vidait la boîte de temps en temps ? Mais je me demandais surtout si l'auteur, réflexion faite, n'avait pas préféré récupérer son histoire.

Cela me donnait encore plus envie de discuter avec lui, mais la famille et le travail m'occupèrent durant un mois et je ne trouvai pas le temps de commencer ma quête avant juin. Je ne vais pas vous barber avec le détail de mes recherches qui me prirent près d'une semaine : innombrables coups de fil, visites à plusieurs chambres de commerce ou à des bureaux du comté où sont enregistrés les permis de construire, et centaines de kilomètres en voiture. Depuis la première partie de cette histoire écrite plus de vingt ans auparavant, certaines références avaient disparu. Néanmoins parvenu à retrouver l'endroit où se trouvait le restaurant – devenu un bistro chic de produits de la mer aux nappes blanches –, je le pris comme point de départ de mes excursions, afin de me familiariser avec la zone. Ensuite, suivant une liste de permis de construire, je passai d'une île à l'autre et, en arpentant la plage sans relâche, je finis par entendre le son d'une perceuse électrique – cela n'avait rien d'inhabituel dans des maisons sur la côte, attaquées par le sel et le mauvais temps. Quand je vis un homme âgé travaillant sur une rampe qui menait du sommet de la dune à la plage, je ressentis un véritable électrochoc. Je me souvenais des dessins et, même de loin, je sus que je venais de trouver l'un des personnages de cette histoire.

Je m'approchai et me présentai. De près, je fus encore plus sûr que c'était lui. Je notai le calme intense que j'avais perçu en lisant le contenu de l'enveloppe, et le même regard bleu et observateur mentionné dans l'une des lettres. Il semblait être à la fin de la soixantaine, comme je m'y attendais. Après avoir parlé de tout et de rien un moment, je lui demandai directement si c'était lui qui avait laissé l'enveloppe dans la boîte aux lettres. Il tourna la tête vers l'Océan et resta silencieux près d'une minute. Quand il se tourna de nouveau vers moi, il m'expliqua qu'il répondrait à mes questions l'après-midi suivant, mais seulement si je voulais bien lui donner un coup de main.

Le lendemain matin, je revins avec une ceinture porte-outils, mais je n'en eus pas besoin. Je devais soulever des planches de contreplaqué et déplacer du bois, de l'arrière de la maison jusqu'à la plage.

Le tas était énorme et, avec le sable, chaque chargement paraissait deux fois plus lourd. Il me fallut la plus grande partie de la journée. Et à part me dire où déposer tout ça, l'homme ne m'adressa pas la parole. Il passa sa journée à percer et à clouer, travaillant sous le soleil brûlant du début de l'été, plus intéressé par la qualité de son travail que par ma présence.

Peu après que j'avais terminé de mon côté, il me fit signe de m'asseoir sur la dune et ouvrit une glacière. Remplissant deux verres en plastique avec le contenu d'une Thermos, il me tendit un verre de thé glacé.

– Ouais, dit-il enfin, c'est moi qui l'ai écrit.

– Et c'est véridique ?

Il plissa les yeux, comme pour me jauger.

– En partie, admit-il, avec l'accent décrit dans les pages. Certains pourraient contester certains faits, mais les souvenirs ne concernent pas toujours les faits.

Je lui expliquai que je pensais que cela pourrait donner un livre fascinant et me lançai dans un argumentaire passionné. Il m'écouta en silence, affichant une expression indéchiffrable. Pour une raison ou une autre, je me sentais anxieux, comme animé par une volonté désespérée de le convaincre. Après un silence inconfortable pendant lequel il parut réfléchir à ma proposition, il reprit finalement la parole : il voulait bien en discuter et peut-être même me donner son accord, mais à la seule condition qu'il soit le premier à lire l'histoire. Et s'il ne l'aimait pas, il voulait que je renonce à ces pages. Je répondis à côté. Écrire un livre prend des mois, parfois des années d'efforts. Mais il tint bon. Au bout du compte, j'acceptai. Pour être honnête, je comprenais son raisonnement. Si j'avais été à sa place, j'aurais demandé la même chose.

Nous nous rendîmes au cottage. Je lui posai des questions et il répondit. Il me confia une autre copie de l'histoire et me montra les dessins et les lettres originaux, qui éclairaient encore davantage le passé.

La conversation se poursuivit. C'était un bon conteur, il garda le meilleur pour la fin. Alors que le soir tombait, il me montra un objet remarquable – une œuvre faite avec le cœur – qui me permit de me représenter les évènements de façon claire et détaillée, comme si j'en avais été témoin moi-même. Je commençai également à voir comment les mots allaient apparaître sur le papier, comme si l'histoire s'écrivait d'elle-même et que mon rôle consistait simplement à la transcrire.

Avant de partir, il me demanda de ne pas utiliser les véritables noms cités dans les documents. Il ne recherchait pas la célébrité, il se considérait comme une personne discrète ; mais surtout, il savait que cette histoire pouvait rouvrir d'anciennes et de nouvelles blessures. Après tout, les faits ne s'étaient pas déroulés en vase clos. Certaines des personnes impliquées pourraient être contrariées par ces révélations. J'ai honoré cette requête, car je pense que cette histoire possède une plus grande valeur, une plus grande portée : le pouvoir de nous rappeler que parfois le destin et l'amour se rencontrent.

J'ai commencé à travailler sur ce roman peu de temps après cette première soirée passée ensemble. Au cours de l'année suivante, chaque fois que j'avais des questions, j'appelais ou je passais. J'ai visité les lieux de cette histoire, ou du moins ceux qui existaient encore. J'ai parcouru des archives de journaux, et examiné des photos vieilles de plus de vingt-cinq ans. Pour obtenir encore plus de détails, j'ai passé une semaine dans un B & B d'une petite ville côtière dans l'est de la Caroline du Nord et j'ai même voyagé jusqu'en Afrique. J'ai eu la chance que les jours semblent s'écouler plus lentement en ces lieux ; à certains moments, j'avais même l'impression d'avoir remonté le temps.

Mon voyage au Zimbabwe, en particulier, se révéla très utile. Je n'avais jamais visité cette contrée et j'ai été bouleversé par son incroyable faune sauvage. Dans ce pays, baptisé « le grenier à blé de l'Afrique », la plupart des infrastructures agricoles étaient en friche au moment de mon séjour, et l'économie s'était effondrée pour des raisons en grande partie politiques. J'ai vu des fermes en ruine et des champs en jachère, et je dus m'en remettre à mon imagination pour me représenter à quel point la campagne avait été verdoyante au temps de cette histoire. J'ai aussi passé trois semaines à faire plusieurs safaris, pour m'imprégner de tout ce qui m'entourait. J'ai discuté avec des guides, des éclaireurs et des observateurs, pour parler de leur formation et de leur vie quotidienne ; je me suis interrogé sur la difficulté pour eux d'avoir une famille, car ils passent le plus clair de leur temps dans la brousse. Je dois l'admettre, j'ai été séduit par l'Afrique. Depuis ces voyages, j'ai souvent éprouvé le besoin d'y retourner et je sais que je le ferai bientôt.

Malgré toutes mes recherches, il restait beaucoup d'inconnues. Vingt-sept ans, c'est long. Et recréer mot pour mot d'anciennes conversations entre deux personnes est impossible. Impossible aussi de se souvenir avec précision de chacun des pas parcourus, de la position des nuages dans le ciel ou du rythme des vagues venant mourir sur la plage. Mais je peux affirmer que j'ai fait de mon mieux dans ces pages en tenant compte de toutes les contraintes. Ayant commis quelques entorses supplémentaires par rapport à la véracité des faits pour préserver la vie privée des uns et des autres, je peux présenter sans souci cet ouvrage comme un roman et non de la non-fiction.

La genèse, les recherches et la création de ce livre ont constitué l'une des expériences les plus mémorables de ma vie. D'une certaine façon, ce roman a transformé ma façon d'envisager l'amour. J'imagine que la plupart des gens pensent souvent : « Et si j'avais suivi mon cœur ? » Et on n'est jamais sûr de connaître la bonne réponse. Après tout, une vie est simplement une succession de petites vies, chacune vécue au jour le jour, et chacune de ces journées connaît son lot de choix et de conséquences. Morceau après morceau, elles forment un tout : nous. J'ai saisi une partie de ces fragments du mieux possible, mais qui pourrait dire que la vision que j'esquisse constitue le véritable portrait des protagonistes ?

Il y a toujours des gens qui doutent en matière d'amour. Tomber amoureux, c'est facile ; faire durer cet amour toute une vie, au gré des défis variés de l'existence, est un rêve insaisissable pour beaucoup. Mais si vous lisez cette histoire avec l'émerveillement que j'ai éprouvé en l'écrivant, alors peut-être votre foi en cette force extraordinaire de l'amour et son impact sur la vie des gens sera-t-elle renouvelée. Vous pourriez même un jour prendre le chemin d'Âme sœur, avec votre propre histoire à raconter… une histoire qui possède le pouvoir de changer la vie de quelqu'un d'autre comme vous ne l'auriez jamais imaginé.

Nicholas Sparks
2 septembre 2017.

1

Tru

Au matin du 9 septembre 1990, Tru Walls sortit contempler un horizon couleur de feu. La terre était craquelée sous ses pieds, et l'air sec ; il n'avait pas plu depuis plus de deux mois. La poussière collait à ses bottes tandis qu'il s'approchait de son pick-up vieux de vingt ans. Comme ses bottes, le 4 x 4 était couvert de poussière, à l'extérieur comme à l'intérieur. Au-delà d'une clôture surmontée de fil électrique, un éléphant arrachait des branches d'un arbre tombé plus tôt ce matin-là. Tru ne lui accorda aucune attention. Ce genre de scènes faisait partie du paysage de son enfance. Ses ancêtres avaient émigré d'Angleterre plus d'un siècle plus tôt, et un éléphant n'était pas plus surprenant pour lui qu'un requin dans les filets d'un pêcheur. Tru était mince, avec des cheveux sombres et des rides au coin des yeux, nées d'une vie sous le soleil. À quarante-deux ans, il se demandait parfois s'il avait choisi de vivre dans la brousse ou si la brousse l'avait choisi.

Le campement était calme. Les autres guides, dont Romy, son meilleur ami, étaient partis plus tôt le matin pour le lodge principal, où ils allaient récupérer des touristes venus du monde entier. Tru travaillait au lodge de la réserve nationale de Hwange depuis plus de dix ans ; avant cela, il avait mené une existence nomade. Il changeait de camp de base tous les deux ans, tout en gagnant en expérience. Sa seule règle : éviter les lodges autorisant la chasse, ce que son grand-père – que tout le monde surnommait « colonel », même s'il n'avait jamais été militaire – n'aurait pas compris. Ce dernier affirmait avoir tué plus de trois cents lions et guépards au cours de sa vie, protégeant les troupeaux de l'énorme domaine familial près de Harare, où Tru avait grandi ; son beau-père et ses demi-frères se rapprochaient peu à peu de ce tableau de chasse. En plus d'élever du bétail, sa famille cultivait divers légumes, récoltant davantage de tabac et de tomates que n'importe quelle autre ferme du pays. Du café, aussi. Son arrière-grand-père avait travaillé avec le légendaire Cecil Rhodes – un politicien, magnat de la mine, et symbole de l'impérialisme britannique – accumulant des terres, de l'argent et du pouvoir à la fin du XIXe siècle, avant que son grand-père ne prenne le relais.

Celui-ci, le colonel, avait hérité d'une entreprise florissante. Et après la Seconde Guerre mondiale, les affaires avaient continué à s'étendre, faisant de la famille Walls l'une des plus riches du pays. Il n'avait jamais compris le désir de Tru d'échapper à ce qui représentait alors un véritable empire et une vie dans le luxe. Avant de mourir – Tru avait vingt-six ans à l'époque –, son grand-père avait visité la réserve où travaillait son petit-fils. Même s'il avait dormi dans le lodge principal plutôt que dans le campement des guides, la vision des quartiers de Tru avait constitué un vrai choc pour le vieil homme. Il avait découvert une habitation qu'il devait considérer comme une simple cahute, sans isolation thermique ni téléphone. Une lanterne au kérosène fournissait de la lumière et un petit générateur communautaire alimentait un réfrigérateur miniature. C'était très différent de la maison où Tru avait grandi, mais cette austérité était tout ce dont Tru avait besoin, en particulier quand le soir tombait et qu'un océan d'étoiles faisait son apparition.

En fait, c'était déjà mieux que certains camps précédents ; dans deux d'entre eux, il avait dormi sous une tente. Ici, au moins, il avait droit à l'eau courante et à une douche, ce qu'il considérait comme un luxe – même s'il s'agissait de sanitaires communs.

Ce matin-là, Tru transportait avec lui sa guitare dans son étui, une boîte à lunch et une Thermos, quelques dessins qu'il avait exécutés pour son fils Andrew, et un sac à dos contenant quelques jours de vêtements, des articles de toilette ainsi que plusieurs carnets à dessin, des crayons de couleur et de fusain, sans oublier son passeport. Tru partait pour une semaine environ, mais il estimait ne pas avoir besoin de plus.

Son 4 x 4 était garé sous un baobab. Certains de ses collègues guides aimaient le fruit sec et pulpeux de cet arbre. Ils le mélangeaient avec leur bouillie le matin, mais Tru n'en avait jamais goûté. Jetant son sac à dos sur le siège avant, il vérifia le plateau du 4 x 4, s'assurant qu'il n'y ait rien à voler en évidence. Même s'il laissait le véhicule à la ferme familiale, il y avait plus de trois cents travailleurs sur le terrain, en général mal payés. Les bons outils avaient tendance à disparaître, même sous les yeux vigilants de sa famille.

Il se glissa derrière le volant et chaussa ses lunettes de soleil. Avant de tourner la clé de contact, il s'assura de n'avoir rien oublié. Il n'y avait pas grand-chose : en plus du sac à dos et de la guitare, il avait sur lui la lettre et la photo qu'il avait reçues d'Amérique ainsi que ses billets d'avion et son portefeuille. Dans le porte-casier derrière lui se trouvait un fusil chargé, au cas où le véhicule tomberait en panne ou s'il devait se retrouver dans la brousse à la nuit tombée – une zone qui restait l'un des endroits les plus dangereux du monde, même pour un adulte aussi expérimenté que lui. Dans la boîte à gants, il y avait aussi une boussole et une lampe de poche. Il s'assura que la tente se trouvait bien sous le siège, encore une fois en cas d'urgence. Assez compacte pour tenir à l'arrière du 4 x 4, elle ne signifiait pas grand-chose s'il s'agissait de tenir les prédateurs à distance, mais c'était toujours mieux que de dormir à même le sol. Très bien, pensa-t-il. Il n'aurait pu être plus prêt.

La journée devenait déjà chaude, et l'intérieur de la voiture encore plus étouffant. Il se servait du climatiseur « deux-quarante » : deux fenêtres ouvertes, et une vitesse de quarante kilomètres à l'heure. Cela ne l'aiderait pas beaucoup, mais il s'était habitué depuis longtemps à la chaleur. Il retroussa les manches de sa chemise beige ; il portait son pantalon de randonnée habituel, devenu doux et confortable au fil du temps. Les invités qui traînaient autour de la piscine du pavillon principal seraient probablement en maillot de bain et en tongs, mais il ne s'était jamais senti à l'aise dans cette tenue. Les bottes et les pantalons de toile lui avaient déjà sauvé la vie quand son chemin avait croisé celui d'un mamba noir en colère ; sans ces vêtements appropriés, le venin l'aurait tué en moins de trente minutes.

Il jeta un coup d'œil à sa montre. Il était sept heures passées de quelques minutes, et deux longues journées l'attendaient. Démarrant le moteur, il recula avant de se diriger vers la barrière. Il sauta à terre, ouvrit la porte, puis fit passer son 4 x 4 avant de la refermer. Les autres guides n'avaient pas besoin de retourner au camp pour constater qu'un groupe de lions s'était installé là. C'était déjà arrivé, pas dans ce camp mais dans un autre où il avait travaillé, dans le sud-est du pays, et ça lui avait valu une journée compliquée. Personne ne savait exactement quoi faire, sinon patienter jusqu'à ce que les lions décident de leur propre conduite. Heureusement, les animaux avaient quitté la place pour aller chasser plus tard dans l'après-midi ; mais depuis, Tru mettait un point d'honneur à vérifier chaque barrière, même quand il ne conduisait pas. Certains guides débutaient dans le métier et il ne voulait pas courir le moindre risque.

Il passa une vitesse et fit de son mieux pour rendre sa conduite aussi fluide que possible. La première centaine de kilomètres empruntait des routes de gravier défoncées et envahies de nids-de-poule, d'abord sur les terres de la réserve puis par un certain nombre de petits villages. Cette partie du voyage lui prendrait jusqu'au début de l'après-midi ; cependant, habitué à ce trajet, il laissa son esprit vagabonder alors qu'il traversait son univers quotidien.

Le soleil brillait derrière des nuages vaporeux qui s'étiraient au-dessus de la cime des arbres, illuminant de touches de lilas un cirrus moelleux qui se détachait des branches sur sa gauche. Deux phacochères traversèrent la route devant lui, trottant devant une famille de babouins. S'il avait croisé ces animaux des milliers de fois, il s'émerveillait encore de voir comment ils pouvaient survivre, entourés de tant de prédateurs. La nature avait sa propre police d'assurance. Les animaux au bas de la chaîne alimentaire avaient plus de jeunes ; les chaleurs des zèbres femelles, par exemple, ne dépassaient pas les dix jours. On estimait en revanche que les lions femelles devaient s'accoupler plus de mille fois pour voir un petit atteindre son premier anniversaire. L'équilibre évolutif à son meilleur... Et Tru avait beau en être le témoin quotidien, cela lui paraissait toujours aussi extraordinaire.

Souvent, les touristes l'interrogeaient sur les choses les plus excitantes qu'il avait pu voir. Il leur racontait une charge de rhinocéros noir, ou comment il avait vu une girafe ruer sauvagement avant de donner naissance à son petit, une brusque mise à bas qui l'avait surpris par sa violence. Il avait vu un petit jaguar traîner un phacochère de près de deux fois sa taille dans un arbre, à quelques pas seulement d'un groupe de hyènes hargneuses qui avaient senti l'odeur de la mort. Une autre fois, il avait suivi un chien sauvage : abandonné par ses semblables, il s'était lié avec un groupe de chacals, le même groupe de chacals qu'il chassait auparavant. Les histoires de ce genre pullulaient.

Peut-on faire deux fois le même safari ? Oui et non. Une personne pouvait se rendre au même pavillon, partir avec le même guide au même moment que la fois précédente, emprunter les mêmes routes, au cours de la même saison... Mais les animaux ne se trouvaient jamais au même endroit et faisaient des choses différentes ; ils se déplaçaient au gré des points d'eau, observaient et écoutaient, mangeaient, dormaient et s'accouplaient, essayant simplement de survivre un jour de plus.

Sur le côté, il vit un troupeau d'impalas. Les guides plaisantaient en affirmant que les impalas étaient le McDonald's de la brousse : une restauration rapide et abondante. Ils faisaient partie du régime alimentaire de tous les prédateurs, et les invités se lassaient généralement très vite de les photographier. Mais Tru ralentit, regardant les animaux effectuer une succession de bonds incroyablement hauts et gracieux par-dessus un tronc d'arbre, d'un même élan. À leur manière, ils étaient aussi spéciaux que les cinq grands – lion, léopard, rhinocéros, éléphant et buffle – ou même les sept – qui comprenaient aussi les guépards et les hyènes. Il s'agissait des animaux que les invités avaient le plus envie de voir, qui leur inspiraient le plus d'enthousiasme. Mais repérer des lions n'était pas particulièrement difficile, du moins pendant la journée. Les lions dorment de dix-huit à vingt heures par jour et se reposent habituellement à l'ombre. En revanche, repérer un lion en mouvement était rare, sauf la nuit. Dans le passé, il avait travaillé dans des lodges qui offraient des safaris en soirée. Quelques-uns lui avaient valu des frissons, mais la plupart n'avaient rien donné à cause de la poussière soulevée par une centaine de buffles, de gnous ou de zèbres, fuyant justement les lions. Impossible de voir au-delà de quelques centimètres, et Tru avait dû arrêter la Jeep. Deux fois, il s'était rendu compte que le véhicule était soudainement pris en tenaille entre les lions et leurs proies, son adrénaline montant aussitôt en flèche.

La route devenait de plus en plus cahoteuse et Tru ralentit encore, se balançant d'un côté à l'autre. Il se dirigeait vers Bulawayo, la deuxième plus grande ville du pays, où habitaient son ex-épouse Kim et leur fils Andrew. Il y possédait aussi une maison qu'il avait achetée après son divorce. Avec le recul, il devint évident que lui et Kim n'étaient pas faits l'un pour l'autre. Ils s'étaient rencontrés dix ans plus tôt dans un bar de Harare, Tru était alors entre deux boulots. Plus tard, Kim lui confia qu'il lui avait paru exotique, ce qui, avec son nom de famille, suffisait à susciter son intérêt. Quant à elle, elle était de huit ans plus jeune, belle, avec un charme décontracté mais débordant de confiance. De fil en aiguille, ils avaient passé la plus grande partie des six semaines suivantes ensemble. Ensuite, l'appel de la brousse se fit de nouveau entendre, et Tru voulut mettre fin à la relation ; mais Kim lui annonça qu'elle était enceinte. Ils s'étaient mariés, Tru avait pris un travail à Hwange en raison de sa proximité relative avec Bulawayo, et Andrew était arrivé peu après. Même en sachant ce que faisait Tru pour gagner sa vie, Kim avait supposé qu'il finirait par trouver un travail ne l'éloignant pas pendant des semaines après la naissance de leur fils.

Mais Tru continua de jouer les guides, et Kim rencontra finalement quelqu'un d'autre ; leur mariage n'avait pas duré cinq ans. Néanmoins, aucune rancune de part et d'autre ; au contraire, leur relation s'était améliorée depuis leur divorce. Chaque fois qu'il retrouvait Andrew, Kim et lui discutaient comme les vieux amis qu'ils étaient devenus. Elle s'était remariée et avait eu une fille avec son deuxième mari, Ken ; lors de leur dernière rencontre, elle avait annoncé à Tru qu'elle était à nouveau enceinte. Ken travaillait au département financier d'Air Zimbabwe. Il portait un costume au travail et rentrait à la maison tous les soirs pour le dîner. C'est ce que Kim avait toujours voulu, et Tru était heureux pour elle.

Quant à Andrew...

Son fils, âgé maintenant de dix ans, incarnait la seule réussite de leur mariage. Le destin avait voulu que Tru contracta les oreillons quand Andrew avait quelques mois, le laissant stérile ; mais Tru n'avait jamais éprouvé le besoin d'avoir un autre enfant. Pour lui, Andrew avait toujours été plus que suffisant ; voilà pourquoi il faisait un détour par Bulawayo, au lieu de se rendre directement à la ferme. Avec ses cheveux blonds et ses yeux bruns, Andrew ressemblait à sa mère, et Tru avait des dizaines de photos de lui collées aux murs. Au fil des années, il en avait ajouté car à chaque visite Kim lui remettait une enveloppe remplie d'images – différentes versions de son fils se confondant pour devenir une personne entièrement nouvelle. Au moins une fois par semaine, Tru dessinait quelque chose qu'il avait vu dans la brousse : la plupart du temps un animal ; mais parfois, Tru les dessinait tous les deux, essayant de garder un souvenir précis de leur précédente visite.

Trouver un équilibre entre sa famille et son travail avait constitué un défi pour lui, surtout après le divorce. Pendant six semaines, pendant qu'il travaillait au camp, Tru était complètement absent de la vie de son fils. Pas d'appels, pas de visites, pas de matchs de football impromptus ni de crème glacée. Puis, pendant deux semaines, Tru jouait les pères à plein temps. Andrew restait avec lui, Tru le conduisait à l'école, emballait ses déjeuners et préparait le dîner, l'aidait à faire ses devoirs. Les week-ends, ils faisaient tout ce que voulait Andrew, et Tru se demandait toujours dans ces moments-là comment il était possible d'aimer son fils aussi profondément que lui, même s'il n'était pas toujours là pour le lui montrer.

Sur la droite, il aperçut deux buses. Les hyènes avaient peut-être laissé des restes de leur repas de la veille, ou bien un animal était mort plus tôt dans la matinée. Dernièrement, nombre d'animaux avaient eu du mal à survivre. Le pays connaissait une nouvelle sécheresse, et les points d'eau dans cette zone de la réserve étaient à sec. Rien de surprenant. Non loin à l'ouest, au Botswana, on trouvait le vaste désert du Kalahari, patrie des légendaires Sans. Leur langage était censé être l'un des plus anciens, avec beaucoup de clics et autres claquements, presque comme une langue venue d'un autre monde. Alors que les biens matériels ne les concernaient pas, ils plaisantaient et riaient plus que tout autre peuple, mais Tru se demandait combien de temps ils pourraient maintenir leur mode de vie. La modernité gagnait du terrain, et on racontait que le gouvernement du Botswana allait exiger que tous les enfants du pays soient éduqués dans les écoles, y compris les Sans. Tru se doutait que cela signerait sans doute la fin d'une culture vieille de milliers d'années.

Mais l'Afrique était en constante évolution. Tru, né en Rhodésie – une colonie de l'Empire britannique – avait vu le pays sombrer dans la guerre civile ; et il était encore adolescent quand le pays s'était finalement divisé pour former le Zimbabwe et la Zambie. Comme en Afrique du Sud – toujours un paria à cause de l'apartheid –, la plus grande partie de la richesse du Zimbabwe était détenue par un petit nombre de personnes, presque tous des Blancs. Tru doutait que cela dure indéfiniment, mais il ne discutait plus de ce sujet avec sa famille. Après tout, ils faisaient partie de ce groupe privilégié et, comme tous les groupes de ce type, ils croyaient mériter leurs richesses, peu importait la brutalité à l'origine de cette fortune.

Finalement, Tru avait atteint les limites de la réserve, traversant le premier des petits villages de la zone, qui abritait une centaine de personnes. Comme son campement, le village était doté d'une clôture, à la fois pour la sécurité des personnes et des animaux. Tru prit sa Thermos et un verre, un coude à la portière. Il avait dépassé une femme sur un vélo chargé de cageots de légumes, puis un homme qui marchait, probablement à destination du village suivant, à environ dix kilomètres de là. Tru ralentit pour s'arrêter, l'homme se dirigea vers le 4 x 4. Tru connaissait assez sa langue pour tenir une conversation ; en tout, il parlait couramment six langues, dont deux tribales. Les quatre autres étaient l'anglais, le français, l'allemand et l'espagnol ; c'était l'une des qualités qui faisaient de lui un guide recherché.

Il déposa son passager quelques kilomètres plus loin avant de repartir, atteignant une route d'asphalte. Il déjeuna peu après, se contentant de s'arrêter au bord de la route pour manger à l'arrière de son véhicule, à l'ombre d'un acacia. Le soleil était haut dans le ciel, et le monde autour de lui était calme, sans animaux en vue.

De retour sur la route, il avait progressé plus rapidement. Les villages cédèrent bientôt la place à de petites villes puis à des agglomérations et, en fin d'après-midi, il atteignit la périphérie de Bulawayo. Il avait écrit une lettre à Kim pour la prévenir de son arrivée, mais le courrier au Zimbabwe n'était pas toujours très bien distribué. Les lettres atteignaient généralement leur destination, mais on ne pouvait pas toujours compter sur une grande célérité.

Il repéra la voiture de Kim pour se garer derrière elle. En s'approchant de la porte, il frappa et, un instant plus tard, elle vint lui ouvrir. Manifestement, elle l'attendait. Ils s'enlacèrent un instant et Tru entendit la voix de son fils. Andrew dévala les marches et bondit dans ses bras. Son père savait que le moment viendrait où Andrew se considérerait comme trop vieux pour ce genre de choses ; alors il le serra plus fort, se demandant s'il pourrait un jour se sentir plus heureux qu'en cet instant.

— Maman m'a dit que tu allais en Amérique, lui dit Andrew, plus tard dans la nuit.

Ils étaient assis devant la maison, sur un muret servant de barrière entre la maison de Kim et celle du voisin.

— Oui. Mais je ne reste pas longtemps. Je serai de retour la semaine prochaine.

– J'aimerais que tu restes.

Tru passa son bras autour de son fils.

– Je sais. Tu me manqueras aussi.

– Alors pourquoi tu pars ?

C'était la grande question, n'est-ce pas ? Pourquoi, après tout ce temps, la lettre est-elle arrivée maintenant ? Avec un billet d'avion...

– Je vais voir mon père, dit finalement Tru.

Andrew plissa les yeux, ses cheveux blonds brillant au clair de lune.

– Tu veux dire papy Rodney?

– Non, dit Tru. Mon père biologique. Je ne l'ai jamais rencontré.

– Et tu veux le rencontrer ?

Oui, pensa Tru. Puis, à bien y réfléchir : non, pas vraiment.

– Je ne sais pas, admit-il enfin, sachant qu'il n'était pas sûr de ce qu'il en pensait.

– Alors pourquoi y aller ?

– Parce que dans sa lettre, il m'a dit qu'il était en train de mourir.

Après avoir dit au revoir à Andrew, Tru était rentré chez lui. Il ouvrit les fenêtres pour aérer, déballa sa guitare puis joua et chanta pendant une heure, avant d'aller se coucher.

Il partit tôt le lendemain matin. Contrairement à celles de la réserve, les routes menant à la capitale étaient assez bien entretenues ; mais il lui fallut encore une bonne partie de la journée pour rejoindre sa destination. Tru arriva après la tombée de la nuit. Les lumières brillaient dans la majestueuse demeure que son beau-père Rodney avait reconstruite après l'incendie. Trois autres maisons se trouvaient à proximité ; une pour chaque demi-frère, avec la maison principale où le colonel avait autrefois vécu. En fait, Tru possédait la demeure principale, mais il se dirigea vers une structure plus petite, près de la clôture. Dans un passé lointain, elle avait autrefois abrité le chef et sa femme ; Tru avait rénové l'endroit à l'adolescence. Alors qu'il était encore en vie, son grand-père avait vu l'endroit nettoyé régulièrement, mais ce n'était plus le cas. Il y avait de la poussière partout, et Tru avait dû chasser les araignées et les coléoptères des draps avant de se coucher. Aucune importance, il avait bien souvent dormi dans de pires conditions.

Au matin, il évita sa famille et Tengwe, le contremaître de l'équipe, le conduisit à l'aéroport. Sec, les cheveux gris, Tengwe savait comment amadouer la vie même dans les pires conditions imaginables. Ses six enfants travaillaient à la ferme et sa femme Anoona avait fait la cuisine pour Rodney. Après la mort de sa mère, Tru s'était senti plus proche de Tengwe et Anoona que de son propre grand-père, et ils étaient les seuls à la ferme à lui avoir manqué. Les routes de Harare étaient encombrées de voitures et de camions, de chariots et de piétons ; l'aéroport de Harare était encore plus chaotique. Tru arriva toutefois à temps pour prendre un vol qui le mènerait d'abord à Amsterdam puis à New York et Charlotte et, enfin, à Wilmington, en Caroline du Nord.

Avec toutes ces escales, il passa près de vingt et une heures en transit, avant de poser le pied sur le sol américain pour la première fois de sa vie. Quand il atteignit la zone de récupération des bagages à Wilmington, il repéra un homme tenant une pancarte à son nom, au-dessus de la mention d'un service de limousine. Le conducteur fut surpris par son peu de bagages et offrit de porter à la fois l'étui de guitare et le sac à dos. Tru secoua la tête. À l'extérieur, l'air était humide et lourd, et Tru sentit sa chemise commencer à lui coller dans le dos tandis qu'ils marchaient vers la voiture.

Le trajet se déroula sans incident, mais le monde au-delà des vitres de la voiture lui paraissait étranger. Le paysage, plat et verdoyant, semblait s'étirer dans toutes les directions ; il vit des palmiers, des chênes et des pins. L'herbe était couleur émeraude. Wilmington était une petite ville, avec un mélange de chaînes de magasins et d'entreprises locales, auquel succéda un quartier historique avec des maisons qui comptaient sans doute au moins quelques centaines d'années. Son chauffeur lui indiqua le fleuve Cape Fear, ses eaux saumâtres parsemées de bateaux de pêche assortis. Sur les routes, il vit des voitures, des SUV et des mini-fourgonnettes, aucun d'eux ne chevauchant les voies comme à Bulawayo pour éviter les charrettes et les animaux. Personne ne faisait du vélo ou marchait, et tout le monde ou presque sur les trottoirs de la ville était blanc. Le monde qu'il avait laissé lui paraissait aussi lointain qu'un rêve.

Une heure plus tard, Tru traversa un pont flottant puis le chauffeur le déposa devant une maison de trois étages installée contre une dune basse, dans un endroit appelé Sunset Beach, une île juste au large de la côte de la Caroline du Sud. Il lui fallut un moment pour comprendre que tout le rez-de-chaussée se composait de garages ; la structure entière semblait presque grotesque par rapport à la maison beaucoup plus petite, à côté, qui affichait un panneau À VENDRE. Il se demanda si le chauffeur avait commis une erreur, mais ce dernier vérifia de nouveau l'adresse et lui assura qu'il se trouvait au bon endroit. La voiture s'éloigna et Tru entendit le son profond et cadencé des vagues de l'Océan. Il essaya de se rappeler la dernière fois qu'il avait entendu ce bruit. Une décennie au moins, se dit-il en gravissant les marches du premier étage.

Le chauffeur lui avait donné une enveloppe contenant la clé de la porte d'entrée, et il passa du hall à une vaste salle avec un plancher en pin et un plafond à poutres apparentes. Le décor de la maison de plage ressemblait à une mise en scène de magazine, chaque oreiller et chaque couverture soigneusement disposés.

De grandes fenêtres offraient une vue sur la terrasse de derrière et sur une étendue de joncs de mer et les dunes au-delà, se déployant jusqu'à l'Océan. Une salle à manger spacieuse s'étirait depuis le salon, et la cuisine était meublée d'armoires faites sur mesure, de plans de travail de marbre et d'appareils de haute qualité.

Une note sur le comptoir l'informa que le réfrigérateur et le garde-manger avaient été remplis, et que s'il devait se rendre quelque part il pourrait faire appel à la compagnie de limousine. S'il s'intéressait à l'Océan, une planche de surf et du matériel de pêche l'attendaient dans le garage. D'après la note, le père de Tru espérait arriver le samedi après-midi. Il s'excusait de ne pas être en mesure de venir plus tôt, sans donner plus d'explication pour ce retard. Mettant de côté la note, Tru fut frappé par l'idée que son père était peut-être aussi ambivalent que lui à propos de leurs retrouvailles – ce qui posait la question de savoir pourquoi il lui avait payé ce billet d'avion. Bon, il le découvrirait bientôt.

C'était mardi soir, Tru avait donc quelques jours devant lui. Ce n'était pas prévu, mais il n'y avait pas grand-chose à faire. Il passa les minutes suivantes à explorer la maison. La chambre principale était au bout du couloir en quittant la cuisine, et il entreposa donc ses affaires dans cette pièce. À l'étage, il y avait des chambres et des salles de bains supplémentaires, étincelantes et inutilisées. Dans la salle de bains principale, il trouva des serviettes propres avec du savon, du shampoing et de l'après-shampoing, et il s'offrit une très longue douche, prenant tout son temps.

Ses cheveux étaient encore humides quand il alla sur la terrasse. L'air restait chaud, mais le soleil descendait et le ciel se parait de mille nuances jaune orangé. Plissant les yeux pour mieux voir au loin, il distingua ce qui lui sembla être un groupe de marsouins jouant dans les vagues au-delà des brisants. Une porte verrouillée donnait sur des marches menant à une passerelle couverte de planches au milieu des joncs ; il marcha jusqu'à la dernière dune, découvrant d'autres marches menant à la plage.

Il n'y avait pas grand-monde dans les environs. Au loin, il vit une femme traînant derrière elle ce qui semblait être un petit chien ; dans la direction opposée, quelques surfeurs flottaient sur leurs planches, près d'une jetée qui entrait dans l'Océan comme un doigt pointu. Il se dirigea vers elle, marchant sur le sable compact, se disant que jusqu'à peu il n'avait jamais entendu parler de Sunset Beach. Il n'était pas sûr d'avoir même jamais songé à la Caroline du Nord. Il essaya de se rappeler si l'un des touristes qu'il avait connus au fil des ans était originaire de la région, en vain. Mais cela ne changeait sans doute rien.

Sur le quai, il emprunta les escaliers. Accoudé à la rambarde, il regarda l'eau qui s'étendait jusqu'à l'horizon. Son immensité était un concept difficile à appréhender. Cela lui rappelait qu'il y avait un monde entier à explorer, et il se demandait s'il serait jamais capable de le faire.

Peut-être, quand Andrew serait plus grand, passeraient-ils du temps à voyager ensemble…

Avec le temps, la lune débuta son ascension dans un ciel indigo, et il la prit comme repère pour revenir sur ses pas. Il supposait que son père était le propriétaire de cette demeure. Il pouvait s'agir d'une location, mais le mobilier était trop cher pour que l'on puisse faire confiance à des étrangers ; et d'ailleurs, si c'était le cas, pourquoi ne pas simplement payer une chambre d'hôtel à Tru ? Il s'interrogea de nouveau sur son retard. Pourquoi avait-il fait venir Tru si longtemps à l'avance ? S'il était en effet mourant, Tru se dit que la raison était peut-être médicale ; dans ce cas, il n'avait pas de garantie pour le samedi non plus.

Mais que se passerait-il quand son père serait là ? C'était un étranger, une seule rencontre n'allait rien changer à cet état de fait. Néanmoins, Tru espérait pouvoir répondre à quelques questions – il avait décidé de venir pour cette seule raison.

Entrant dans la maison, il récupéra un steak dans le réfrigérateur. Il dut ouvrir quelques placards avant de trouver une poêle à frire en fonte ; mais la cuisinière, aussi sophistiquée soit-elle, fonctionnait comme en Afrique. Il y avait aussi divers aliments provenant d'un endroit nommé Murray Deli, et Tru agrémenta son repas d'une sorte de salade de chou et d'une salade de pommes de terre. Après avoir mangé, il fit la vaisselle et prit sa guitare avant de retourner sur la terrasse. Il joua et chanta doucement pendant une heure, notant de temps en temps une étoile filante dans le ciel. Il pensa à Andrew et à Kim, à sa mère et à son grand-père, avant de se sentir assez fatigué pour aller se coucher.

Au petit matin, il fit une centaine de pompes et une centaine d'abdos, puis essaya de faire du café, en vain.

Il ne parvenait pas à comprendre le fonctionnement de la machine. Trop de boutons, trop d'options, et il n'avait aucune idée de comment procéder pour la remplir d'eau. Il décida de se rendre sur la plage, espérant trouver un endroit où prendre un café.

Comme la veille, il avait la plage pour lui. Tru se dit qu'il était vraiment très agréable de se promener ainsi. Il ne pouvait pas faire ça à Hwange, pas sans un fusil. Il respira profondément, goûtant l'air salé, avec le sentiment d'être véritablement un étranger en ces lieux.

Il glissa ses mains dans ses poches, appréciant ce début de matinée. Il marchait depuis un quart d'heure lorsqu'il aperçut un chat accroupi au sommet de la dune, à côté d'une terrasse en réparation. Les marches menant à la plage étaient inachevées. À la ferme, il y avait des chats de grange, mais celui-ci avait l'air de passer le plus clair de son temps à l'intérieur. À cet instant, un petit chien blanc passa devant lui et se dirigea vers des mouettes qui s'envolèrent aussitôt, dans un bruissement de plumes. Le chien prit alors la direction de la dune, filant comme une fusée après avoir repéré le chat ; celui-ci sauta sur le pont pendant que le chien grimpait toujours, tous deux disparaissant à sa vue. Une minute plus tard, il crut entendre le crissement lointain de pneus de voiture, suivi par les gémissements d'un chien.

Il jeta un coup d'œil derrière lui. À mi-chemin, une femme se tenait debout près de l'eau, sans doute la propriétaire du chien, le regard rivé sur l'Océan. Il devina que c'était la femme aperçue la veille, mais elle se trouvait trop loin pour avoir vu ou entendu ce qui s'était passé.

Hésitant un instant, Tru s'élança à la poursuite du chien, ses pieds glissant sur le sable tandis qu'il escaladait la dune. Prenant pied sur le pont, il suivit la passerelle, atteignant alors un autre escalier qui menait d'un côté jusqu'à la terrasse de la maison et de l'autre au jardin. Il descendit, serpentant entre deux maisons de style semblable à celle où il séjournait. Escaladant le petit muret, il continua jusqu'à la route. Pas de voiture en vue. Pas de gens hystériques ou de chien étendu sur la route non plus. C'était déjà une bonne nouvelle. Il savait d'expérience que les animaux blessés recherchaient souvent un abri s'ils pouvaient encore se déplacer, un instinct naturel les poussant à chercher à guérir tout en se cachant des prédateurs. Il marcha le long d'un côté de la route, fouillant les buissons et autour des arbres. Rien. En traversant la rue, Tru trouva enfin le chien, près d'une haie. Sa patte arrière se balançait de haut en bas. Le chien haletait et tremblait, à cause de la douleur ou du choc – impossible à dire. Tru se demanda s'il devait retourner sur la plage et essayer de trouver la femme, mais il craignait que le chien s'enfuie de nouveau.

Retirant ses lunettes de soleil, il s'accroupit et tendit la main.

– Hé… dit-il, d'une voix calme et mesurée, ça va ?

Le chien pencha la tête et Tru commença à se rapprocher lentement, parlant d'un ton posé. Le chien s'étira pour tenter de renifler la main de Tru, avant de faire quelques pas hésitants. Puis il parut finalement convaincu de ses bonnes intentions et se détendit. Tru lui caressa la tête et chercha des traces de sang. Rien.

Tru lut le nom du chien sur l'étiquette de son collier.

– Salut Scottie, dit-il. On retourne sur la plage, d'accord ? Allons-y.

Il fallut l'amadouer pour que Scottie accepte de le suivre. Le chien boitait, mais pas au point de laisser envisager une fracture. Scottie s'arrêta devant le muret et Tru hésita avant de finalement le prendre dans ses bras. Il le porta entre les maisons puis sur la passerelle, avant d'atteindre enfin la dune. Balayant la plage du regard, il aperçut la femme, beaucoup plus proche désormais.

Tru descendit la dune et se dirigea vers elle. La matinée restait lumineuse, mais la femme semblait l'être plus encore, une impression renforcée par le tissu jaune de son haut sans manches qui flottait au vent. Tru vit la distance qui les séparait diminuer et l'étudia. Malgré son expression confuse, elle était belle, avec des cheveux auburn rebelles et des yeux turquoise.

Et, presque aussitôt, quelque chose en lui commença à bouger, quelque chose qui le rendait un peu nerveux, comme toujours en présence d'une femme attirante.

2

Hope

Hope passa de la terrasse à la passerelle menant de l'autre côté de la dune, s'efforçant de ne pas renverser son café. Scottie – son bien nommé scottish terrier –, en laisse, était pressé d'atteindre la plage.

– Arrête de tirer, dit-elle.

Le chien l'avait ignorée. Scottie était un cadeau de Josh, son petit ami depuis six ans, et il l'écoutait rarement, même quand il se montrait bien disposé. Mais depuis son arrivée la veille, il était insupportable. Ses pattes rebondissaient sur les marches couvertes de sable alors qu'ils descendaient sur la plage, et elle se dit qu'il faudrait le conduire à un autre de ces programmes de dressage du week-end, même si elle doutait que cela change quelque chose. Il avait déjà abandonné les deux premiers.

Scottie – le chien le plus doux et le plus mignon au monde – n'était pas très malin, que Dieu le bénisse. Là encore, peut-être était-il simplement têtu.

Le *Labor Day*[1] étant passé, la plage était calme, et la plupart des maisons élégantes des environs plongées dans la pénombre. Au loin, Hope avait vu quelqu'un

---

1. Fête du Travail américaine, le premier lundi du mois de septembre.

faire du jogging ; dans la direction opposée, un couple se promenait au bord de l'eau. Elle se pencha, posant la tasse en plastique dans le sable pendant qu'elle lâchait Scottie, regardant son chien s'éloigner. Elle doutait que quelqu'un s'en soucie. La nuit précédente, elle avait vu deux autres chiens en laisse, et de toute façon il n'y avait pas grand-monde pour se plaindre.

Hope se mit en marche et prit une gorgée de café. Elle n'avait pas bien dormi. Habituellement, le murmure sans fin des vagues l'apaisait immédiatement, mais pas la nuit dernière. Elle n'avait cessé de tourner dans son lit, s'était réveillée plusieurs fois puis avait renoncé pour de bon quand la lumière du soleil commença à filtrer dans sa chambre.

Au moins, le temps était parfait, avec un ciel bleu et une température plus typique du début de l'automne que de la fin de l'été. Aux nouvelles, hier soir, ils avaient annoncé des orages pour le week-end, et son amie Ellen était folle d'inquiétude.

Ellen allait se marier samedi, et le mariage comme la réception devaient se tenir à l'extérieur, au Wilmington Country Club, quelque part près du dix-huitième trou. Hope se dit qu'il existait probablement un plan de secours : ils pourraient sans doute utiliser le club-house ; mais quand Ellen avait appelé hier soir, elle était au bord des larmes. Hope s'était montrée compatissante au téléphone, mais cela n'avait pas été facile. Ellen, accaparée par ses propres soucis, n'avait pas vraiment pris des nouvelles de son amie. D'une certaine façon, c'était préférable : Hope n'avait aucune envie de parler de Josh. Comment Hope était-elle censée expliquer que Josh ne viendrait pas ? Ou que, aussi décevant qu'un mariage pluvieux puisse être, il y avait vraiment pire dans la vie ?

En ce moment, Hope se sentait un peu dépassée par la vie en général, et passer la semaine en solitaire n'aidait pas. Pas seulement à cause de l'absence de Josh, mais surtout, c'était probablement la dernière semaine qu'elle passait ici. Plus tôt cet été, ses parents avaient mis la maison en vente, et accepté une offre dix jours plus tôt. Elle comprenait leur décision, mais cet endroit lui manquerait. Au fil des ans, elle avait passé la plupart de ses étés et de ses vacances ici, et le moindre recoin comptait son lot de souvenirs. Elle se souvenait d'avoir ôté le sable de ses pieds avec l'eau du tuyau d'arrosage, contemplé les orages, assise sur la banquette de la fenêtre de la cuisine, humé l'odeur du poisson ou des steaks grillés sur le barbecue de la terrasse. Et aussi d'avoir échangé des secrets de fin de soirée avec ses sœurs dans leur chambre commune, et d'avoir embrassé un garçon pour la toute première fois : elle avait douze ans et il s'appelait Tony. Pendant des années, sa famille avait possédé la maison à trois portes. Elle avait eu le béguin pour lui la plus grande partie de l'été. Et, après avoir partagé un sandwich au beurre de cacahuète et à la confiture, il l'avait embrassée dans la cuisine pendant que sa mère arrosait les plantes sur la terrasse.

Le souvenir la faisait toujours sourire, et elle se demanda ce que les nouveaux propriétaires avaient l'intention de faire de cet endroit. Elle voulait croire qu'ils ne changeraient rien, mais elle n'était pas naïve. Dans son enfance, la maison avait été l'une des nombreuses maisons similaires situées le long du rivage ; maintenant, il n'en restait que quelques cottages. Au cours des dernières années, les riches avaient découvert Sunset Beach. Leur maison serait sans doute rasée pour construire une bâtisse bien plus grande, comme la monstruosité de trois étages juste à côté. *Ainsi va le monde*, supposa-t-elle ; elle avait néanmoins l'impression qu'une partie d'elle serait aussi détruite.

Hope savait que c'était une idée absurde – un peu trop geignarde – et se le reprocha. Jouer les martyrs ne lui ressemblait pas ; jusqu'à récemment, elle s'était toujours considérée comme une fille qui voyait le verre à moitié plein. Et pourquoi pas ? La vie lui avait beaucoup souri. Elle avait eu des parents aimants et deux grandes sœurs merveilleuses ; elle avait cinq neveux et nièces, trois garçons et deux filles, une source de joie et de surprise constante pour elle. Elle avait bien réussi à l'école et appréciait son travail en tant qu'infirmière en traumatologie aux urgences du Wake County Medical Center. Malgré quelques kilos à perdre – à ses yeux –, elle était en bonne santé. Elle et Josh, un chirurgien orthopédiste, se fréquentaient depuis ses trente ans, et elle l'aimait. Elle avait de bons amis et possédait sa propre copropriété à Raleigh, non loin de ses parents. De l'extérieur, tout semblait parfait.

Alors, pourquoi se sentait-elle si vulnérable ?

Parce que c'était une chose de plus à gérer au cours d'une année déjà éprouvante, qui avait commencé avec le diagnostic du mal de son père, cette nouvelle effroyable tombée en avril. Son père était le seul à n'avoir pas été surpris par le médecin. Il avait compris que quelque chose n'allait pas en remarquant qu'il n'avait plus l'énergie nécessaire pour courir dans les bois derrière la maison.

Il sillonnait ces bois depuis aussi longtemps qu'elle s'en souvienne. Malgré la folie du bâtiment qui engloutissait Raleigh, les bois constituaient une ceinture de verdure, l'une des raisons pour lesquelles ses parents avaient acheté cette maison.

Au fil du temps, divers promoteurs avaient tenté de renverser la décision de la ville, promettant des emplois et des recettes fiscales. Sans succès, en partie parce que son père s'était opposé à eux, et ce à chaque réunion du conseil municipal.

Son père adorait les bois. Non seulement pour son jogging du matin, mais après avoir fini à l'école il reprenait les mêmes sentiers. Petite, Hope le suivait après le travail, chassant des papillons, jetant des bâtons, ou cherchant des écrevisses dans le petit ruisseau qui épousait le tracé du chemin à plusieurs reprises. Son père, un chrétien dévot et professeur de sciences au lycée, connaissait les noms de tous les buissons et arbres de la région, les différences entre un chêne rouge du Sud et un chêne noir – et savait l'expliquer de façon limpide. Mais plus tard, seule, Hope avait tendance à mélanger toutes ces informations dans sa tête. C'était la même chose avec les constellations. Il pointait du doigt la Lyre ou le Cygne et elle hochait la tête, émerveillée. Une semaine plus tard, les yeux plissés, Hope essayait en vain de se rappeler la position des unes et des autres.

Pendant longtemps, elle avait cru que son père était l'homme le plus intelligent du monde. Quand elle lui disait ça, il riait toujours et disait que dans ce cas il aurait déjà trouvé un moyen de gagner un million de dollars. Sa mère était elle aussi enseignante – en cours élémentaire ; et c'est seulement quand Hope eut terminé ses études et commencé à payer ses propres factures qu'elle s'était rendu compte du défi financier qu'ils avaient dû relever pour élever une famille, même avec leurs deux salaires.

Son père avait été l'entraîneur des équipes locales de fond et de piste. Il n'avait jamais élevé la voix, menant néanmoins ses équipes à de nombreuses victoires en championnats de conférence. Avec ses sœurs, Hope avait participé aux deux disciplines au lycée, et même si aucune d'elles n'était devenue une star, elle faisait toujours du jogging une ou deux fois par semaine. Ses sœurs aînées couraient trois ou quatre fois par semaine, et au cours des dix dernières années, Hope avait rejoint son père et ses sœurs à la course annuelle de Thanksgiving avant de s'asseoir à table. Deux ans plus tôt, son père avait gagné dans sa catégorie d'âge.

Mais il ne courait plus.

Il avait d'abord connu quelques tremblements et une fatigue diffuse, à peine perceptible. Pendant combien de temps, elle n'en était pas vraiment sûre, mais elle devina que cela faisait deux ans. Au cours des douze mois suivants, les courses dans les bois étaient devenues des marches.

La vieillesse, avait suggéré son généraliste. Logique. À ce moment-là, son père atteignait à la fin de la soixantaine – il avait pris sa retraite quatre ans plus tôt – et souffrait d'arthrite aux hanches et aux pieds. Malgré une vie d'exercice, sa pression artérielle était un peu élevée. Puis, en janvier dernier, il avait attrapé un rhume. Un rhume banal, mais après quelques semaines son père avait encore plus de mal à respirer que d'habitude. Hope l'avait accompagné à un autre rendez-vous chez le médecin, pour de nouveaux tests. On lui avait fait une prise de sang. Il avait été dirigé sur un autre médecin, puis sur un autre encore. Les résultats d'une biopsie musculaire laissaient penser à un problème neurologique potentiel. À ce moment-là, Hope commença à s'inquiéter.

Plus tard, après de nouveaux tests, Hope s'était assise avec le reste de sa famille, et on leur avait annoncé que son père souffrait de sclérose latérale amyotrophique.

La maladie de Lou Gehrig, la même maladie que Stephen Hawking, provoquait la mort des neurones contrôlant les muscles squelettiques. Le docteur avait expliqué que les muscles s'affaiblissaient progressivement, entraînant une perte de mobilité, une perte de la capacité à ingérer les aliments et même de parler. Et puis, enfin, elle vous empêchait de respirer. Il n'y avait pas de remède connu, aucun moyen de prédire à quelle vitesse la maladie progresserait. Au cours des mois suivants, son père avait peu changé physiquement. Il allait toujours se promener dans les bois, avait toujours le même esprit doux et une foi inébranlable en Dieu ; il tenait toujours la main de sa mère sur le canapé pour regarder la télévision le soir. Cela lui avait donné l'espoir qu'il souffrait d'une version lente de la maladie, mais Hope s'inquiétait sans cesse. Combien de temps son père serait-il à même de se déplacer seul ? Combien de temps sa mère pourrait-elle gérer ses soins sans aide ? Devraient-ils commencer à construire des rampes et ajouter une barre d'appui dans la douche ? Sachant qu'il existait des listes d'attente pour les meilleurs, devaient-ils entreprendre des recherches parmi les établissements spécialisés ? Et comment payer ? Ses parents n'étaient pas riches. Ils avaient leurs retraites, leurs petites économies et possédaient leur maison et le cottage de la plage, mais rien de plus. Cela suffirait-il, non seulement pour les soins médicaux de son père, mais aussi pour sa mère, à l'avenir ? Et sinon, que faire ?

Trop de questions et bien peu de réponses. Sa mère et son père semblaient accepter l'incertitude, tout comme ses sœurs ; mais Hope avait toujours été du genre à tout planifier. Elle était le genre de personne à rester éveillée la nuit, à anticiper toutes les possibilités et à prendre des décisions hypothétiques sur à peu près tout.

Cela lui donnait l'impression d'être mieux préparée à tout ce qui pouvait arriver ; mais, revers de la médaille, elle s'inquiétait tout le temps. Et c'était exactement ce qui se passait chaque fois qu'elle pensait à son père.

Mais il allait bien. Et il pourrait aller bien encore trois ou cinq ans, ou même dix. Impossible à dire. Deux jours plus tôt, avant de partir pour la plage, ils s'étaient même promenés tous les deux, comme avant. Certes, leur promenade avait été plus lente et plus courte que par le passé, mais son père pouvait encore nommer tous les arbres et les buissons, et une fois encore il avait partagé ses connaissances avec elle. En chemin, il s'était arrêté pour se pencher, ramassant une feuille tombée qui annonçait l'arrivée de l'automne.

– L'une des grandes choses à propos d'une feuille, c'est qu'elle vous rappelle de vivre aussi bien que vous le pouvez aussi longtemps que vous le pouvez, jusqu'à ce qu'il soit enfin temps de partir avec grâce.

Elle aimait ce que son père lui avait dit. Bon… plus ou moins. Sans doute avait-il considéré la feuille déchue comme une leçon de vie, et elle savait que ces mots étaient justes, mais était-il vraiment possible de faire face à la mort sans peur ? De partir avec grâce ?

Mais si quelqu'un pouvait le faire, c'était sans doute son père, la personne la plus équilibrée et la plus paisible qu'elle ait jamais rencontrée ; c'était probablement l'une des raisons pour lesquelles il trouvait toujours le temps de tenir la main de sa femme et de la bécoter après cinquante ans de mariage – quand il pensait que les filles ne faisaient pas attention. Hope se demandait souvent comment tous deux pouvaient faire en sorte que l'amour semble à la fois intentionnel et sans effort.

Mais ça lui donnait aussi le cafard. Pas tellement à cause de sa mère et de son père, mais de Josh. Même si elle l'aimait, elle ne s'était jamais habituée à la nature de leur relation – *On/Off*. À l'heure actuelle, ils étaient en position *Off*, si bien que Hope passait la semaine dans la maison de la plage seule avec Scottie, avec une séance de pédicure et un rendez-vous chez le coiffeur prévus jusqu'au dîner de répétition le vendredi soir.

Josh était censé venir avec elle cette semaine et, à l'approche de la date du mariage, Hope fut de plus en plus convaincue qu'ils avaient besoin de se retrouver seuls. Au cours des neuf derniers mois, son cabinet avait tenté d'embaucher deux chirurgiens orthopédistes supplémentaires pour gérer les patients, en vain. Josh travaillait donc soixante-dix-huit heures, constamment sur appel. Pire encore : ses quelques jours de congé n'étaient pas toujours en phase avec les siens, et dernièrement il semblait éprouver le besoin de se défouler à sa manière. Pendant ses quelques week-ends libres, il avait tendance à préférer sortir avec ses copains, à faire du bateau ou du ski nautique, ou à passer la nuit à Charlotte après avoir fait la tournée des bars, au lieu de passer du temps avec elle.

Ce n'était pas la première fois que Josh traversait une telle phase, et Hope avait parfois l'impression de passer après tout le reste. Il n'avait jamais été du genre à envoyer des fleurs, et les gestes tendres que ses parents partageaient tous les jours lui semblaient sans doute tout à fait étrangers. Il y avait aussi, surtout dans ces moments-là, un peu de Peter Pan en lui, et Hope se demandait s'il grandirait un jour. Son appartement, rempli de meubles Ikea, de fanions de base-ball et d'affiches de cinéma, semblait plus approprié à un étudiant diplômé – c'était logique, car il n'avait pas déménagé depuis l'école de médecine. Ses amis

— rencontrés pour la plupart à la salle de sport — étaient tous trentenaires, célibataires et aussi beaux que Josh.

Josh ne faisait pas son âge, il aurait quarante ans dans quelques mois ; mais impossible pour elle de comprendre comment il trouvait encore attrayant de traîner dans les bars avec ses copains, probablement venus là pour rencontrer des femmes. Mais que lui dire ? « Ne sors pas avec tes amis ? » Elle et Josh n'étaient pas mariés ni même fiancés, et il lui avait toujours dit que la partenaire idéale ne devait pas essayer de le changer : il voulait être accepté tel qu'il était.

Hope était d'accord. Elle aussi voulait être acceptée pour ce qu'elle était. Alors, quelle importance s'il aimait sortir avec ses potes dans les bars ?

Pour le moment, nous ne sommes pas vraiment ensemble et tout est possible. Il n'a pas toujours été fidèle lors des séparations précédentes, n'est-ce pas ?

Oh non… Précisément. C'était arrivé pendant leurs deuxième et troisième séparations. Josh lui avait tout avoué dans les deux cas, lui racontant ce qui s'était passé — des femmes sans aucune importance pour lui, des erreurs terribles — et il avait juré que cela ne se reproduirait plus jamais. Ils avaient réussi à surmonter cette épreuve. Du moins, le pensait-elle, mais… maintenant, ils étaient de nouveau séparés et ses craintes renaissaient. Pire encore, Josh et ses amis étaient à Las Vegas, sans doute occupés à faire la fête et tout ce que les gars faisaient là-bas. Elle ne savait pas exactement à quoi pouvait ressembler un week-end entre mecs à Las Vegas, mais les clubs de strip-tease lui étaient venus immédiatement à l'esprit. Elle doutait fortement que l'un d'entre eux fasse la queue pour Siegfried et Roy. Las Vegas n'était pas surnommée *Sin City* pour rien.

Toute cette situation l'irritait encore. Non seulement car il l'avait abandonnée cette semaine, mais parce que cette rupture, même temporaire, lui semblait parfaitement inutile. Les couples se disputaient. *C'est comme ça.* Ils discutaient de la situation, apprenaient de leurs erreurs, essayaient de se pardonner et d'aller de l'avant. Mais Josh ne semblait pas le comprendre, et elle se demandait parfois si leur couple avait encore un avenir.

Parfois aussi, elle se demandait pourquoi elle voulait encore de lui dans sa vie, mais au fond, elle connaissait la réponse. Malgré la colère qu'elle éprouvait à son égard et aussi frustrants que soient certains de ses traits de caractère, il était vraiment intelligent et assez beau pour lui faire chavirer le cœur. Même après toutes ces années, Hope pouvait encore se perdre dans ses yeux d'un violet sombre. Malgré ses week-end entre mecs, elle savait qu'il l'aimait ; quelques années plus tôt, quand Hope avait eu un accident de voiture, Josh avait aussitôt quitté son travail pour rester auprès d'elle pendant deux jours.

Lorsque son père avait eu besoin d'être adressé à un neurologue, Josh avait pris la situation en main, gagnant la gratitude de toute sa famille. Il prenait sa voiture pour changer l'huile ou ses pneus et, de temps en temps, la surprenait par un dîner fait maison. Lors des réunions de famille ou avec ses amis, Josh se souvenait des détails de la vie de chacun et avait le don de mettre tout le monde à l'aise.

Ils partageaient également les mêmes centres d'intérêt. Ils aimaient la randonnée et les concerts – et avaient les mêmes goûts musicaux. Au cours des six dernières années, ils étaient allés à New York, à Chicago, à Cancun et aux Bahamas, et chacune de ces escapades avait validé ses raisons d'être avec lui. Quand la vie avec Josh se déroulait sans accroc, elle avait l'impression d'avoir tout ce qu'elle voulait, pour toujours. Mais quand les choses tournaient mal, c'était terrible. Peut-être ces hauts et ces bas dramatiques avaient-ils quelque chose d'addictif, mais elle n'avait aucun moyen d'en être certaine. Hope savait seulement que, aussi insupportable que la vie avec lui puisse être parfois, elle ne pouvait imaginer la vie sans lui.

Devant elle, Scottie trottinait et reniflait, se faufilant vers les sternes et les chassant en direction du large. Changeant de trajectoire, il courut vers la dune sans raison. Quand ils reviendraient au cottage, il passerait probablement le reste de la matinée tout à fait amorphe, épuisé. *Merci à Dieu pour les petites faveurs*, pensa-t-elle.

Elle but une autre gorgée de café, regrettant que la situation ne soit pas différente. Ses parents lui avaient donné l'impression que le mariage était une chose facile. Ses sœurs, aussi. Même ses amis semblaient heureux et stables dans leurs relations, alors que leur couple sombrait ou planait au gré des humeurs de Josh. Et pourquoi sa dernière dispute avec lui avait-elle été la pire de toutes ?

En y repensant, elle se trouvait aussi coupable que lui. Il était stressé à propos de son travail, et elle par… eh bien, leur avenir, en fait. Mais au lieu de trouver du réconfort dans la présence de l'autre, le stress s'était lentement amplifié au fil des mois jusqu'à l'explosion. Elle ne pouvait même pas se rappeler comment leur dispute avait commencé, à part le fait qu'elle avait mentionné le mariage à venir d'Ellen, et Josh s'était calmé. Visiblement, quelque chose le contrariait ; mais quand Hope avait demandé ce qui n'allait pas, Josh lui avait dit que ce n'était rien.

Rien.

Elle détestait ce mot. Juste un moyen de mettre fin aux conversations, pas de les commencer, et peut-être n'aurait-elle pas dû insister. Mais elle l'avait fait, et, pour Dieu sait quelle raison, ce qui était à l'origine la simple mention du mariage d'une amie avait tourné à la dispute et Josh avait pris la porte pour passer la nuit chez son frère. Le lendemain, il avait dit à Hope qu'il estimait nécessaire de prendre une pause pour faire le point ; et quelques jours plus tard, il lui avait envoyé un texto pour dire que lui et ses copains se rendaient à Las Vegas la semaine du mariage.

Près d'un mois s'était écoulé depuis. Ils avaient parlé plusieurs fois au téléphone, mais ces conversations ne l'avaient pas vraiment apaisée – et Josh n'avait plus appelé depuis près d'une semaine. Elle aurait aimé pouvoir revenir en arrière et recommencer, mais ce qu'elle voulait vraiment, c'était que Josh ressente la même chose. Et lui présente des excuses. Sa réaction avait été si exagérée : comme si cela ne lui avait pas suffi de lui enfoncer un couteau dans le cœur, il avait aussi eu besoin de le tourner. De telles choses n'étaient pas de bon augure, mais changerait-il un jour ? Et sinon, que faire ? Elle avait trente-six ans mais aucune envie de devoir faire à nouveau des rencontres. Hope ne pouvait même pas l'imaginer. Qu'était-elle censée faire : sortir dans les bars pendant que des gars comme les amis de Josh la dragueraient ? Non, merci. En outre, elle avait consacré six ans à Josh ; elle refusait de croire que ç'avait été une perte de temps. Même s'il la rendait parfois folle, il avait tant d'autres qualités…

Elle finit son café. Devant elle, un homme marchait au bord de l'eau. Scottie se rapprochait rapidement d'une autre volée de mouettes. Elle essaya de contempler l'Océan, regardant les ondulations passer du jaune à l'or dans la lumière du matin. Les vagues étaient paisibles, et la mer calme ; son père lui avait dit qu'un orage allait sans doute éclater, mais Hope décida de ne pas en informer Ellen si son amie la rappelait. Ellen n'aurait pas envie de l'entendre. Hope passa une main dans ses cheveux, glissant une mèche derrière son oreille.

Les nuages vaporeux, à l'horizon, pourraient disparaître dans la matinée. Ce serait un après-midi parfait pour un verre de vin, avec peut-être du fromage et des craquelins, ou même des huîtres. Ajoutez des bougies et du R & B sensuel, et…

Pourquoi penser à de telles choses ? Avec un soupir, elle se concentra sur les vagues, se rappelant que, petite fille, elle y jouait pendant des heures. Parfois elle montait sur une planche de bodyboard, d'autres fois elle s'amusait à plonger sous les vagues. La plupart du temps, son père la rejoignait dans l'eau ; ces souvenirs firent naître une vague tristesse.

Bientôt, pensa-t-elle, son père ne nagerait plus jamais dans l'Océan.

Contemplant les flots, Hope se rappela que ses problèmes étaient ceux d'une femme appartenant au monde moderne. Ce n'était pas comme si elle s'inquiétait de savoir si elle mangerait aujourd'hui, ou si elle aurait un endroit sûr pour dormir ; l'eau qu'elle buvait ne lui vaudrait pas de contracter le choléra ou la dysenterie … Elle avait des vêtements, une éducation… et la liste continuait encore et encore. Son père, avec son histoire de feuille et tout le reste, ne voudrait pas qu'elle s'inquiète pour lui. Et quant à Josh, il se raviserait, sans aucun doute. De leurs quatre ruptures précédentes, aucune n'avait duré plus de six semaines, et chaque fois c'était Josh qui lui avait suggéré de recommencer. Hope croyait beaucoup à la philosophie « Si vous aimez quelqu'un, libérez-le, et s'il vous revient, c'est qu'il vous aime ».

Le bon sens lui disait que prier pour que quelqu'un reste avec vous revenait à supplier quelqu'un de vous aimer, et elle était assez sage pour savoir que cela ne marchait jamais.

Se détournant de l'eau, elle reprit sa promenade sans but sur la plage. Se protégeant les yeux de la main, elle chercha Scottie du regard, en vain. Elle scruta la zone derrière elle, se demandant comment il aurait pu aller au-delà, mais elle ne le voyait pas là non plus. Elle était seule sur la plage déserte, et l'inquiétude la gagna. Lors de ses précédentes promenades, il lui avait parfois fallu quelques secondes pour le localiser, mais il n'était pas du genre à s'enfuir. Il lui vint à l'esprit qu'il aurait peut-être chassé des oiseaux dans l'eau et se serait fait piéger par le ressac, mais Scottie n'avait jamais nagé dans l'Océan. Et pourtant, Scottie était... parti.

Elle repéra alors quelqu'un marchant sur la dune, tout près de la plage. Son père se serait probablement emporté, car les dunes étant fragiles, les promeneurs étaient censés utiliser les voies d'accès publiques s'il n'y avait pas de marches jusqu'à la plage, mais... peu importe. Elle avait une préoccupation plus urgente.

Ses yeux se posèrent à nouveau sur l'inconnu. Il avait atteint la plage et elle envisagea de lui demander s'il avait vu Scottie. Elle en doutait, mais que faire d'autre ? Avançant dans sa direction, elle remarqua distraitement qu'il semblait porter quelque chose. Il lui fallut un moment pour se rendre compte qu'il tenait Scottie dans ses bras. Hope pressa le pas.

L'homme marchait dans sa direction, se déplaçant avec une grâce presque animale. Il était vêtu d'un jean délavé et d'une chemise blanche aux manches roulées jusqu'aux coudes. En approchant, elle remarqua que sa chemise était déboutonnée en haut, révélant des muscles qui indiquaient à la fois de l'exercice et une vie active. Il avait des yeux d'un bleu sombre, comme la partie la plus sombre de l'Océan, et des cheveux noir de jais, avec des traces de gris sur les tempes. Il eut un sourire penaud. Elle remarqua la fossette sur son menton et une familiarité inattendue dans son expression, qui lui donnait l'étrange impression de le connaître depuis longtemps.

3

Sunset Beach

Tru n'avait aucune idée de ce que pouvait bien penser Hope en approchant, mais impossible de se détourner. Elle était vêtue d'un jean délavé, de sandales et d'un chemisier jaune sans manches légèrement échancré. Avec sa peau lisse et bronzée et ses cheveux auburn encadrant des pommettes saillantes, elle attirait son regard avec une force irrésistible. Les yeux de la jeune femme s'élargirent un instant. Du soulagement ? De la reconnaissance ? De la surprise ?

Haletante, elle s'arrêta devant lui.

Tous deux à court de mots, ils restèrent là sans parler avant que Tru s'éclaircisse enfin la gorge.

– Je suppose que c'est votre chien ? demanda-t-il, en lui tendant Scottie.

Hope saisit un accent : britannique ou australien, pas tout à fait non plus, mais suffisant pour rompre le charme. Elle prit Scottie.

– Pourquoi tenez-vous mon chien ?

Il expliqua ce qui s'était passé et regarda Scottie lui lécher les doigts en gémissant d'excitation. Il décela une note de panique dans la voix de la jeune femme.

– Vous voulez dire qu'il a été renversé par une voiture ?

– Tout ce que je sais, c'est ce que j'ai entendu. Et j'ai vu qu'il tremblait, en évitant de s'appuyer sur cette patte arrière.

– Mais vous n'avez pas vu de voiture ?

– Non.

– C'est bizarre.

– Peut-être que c'est juste une égratignure. Et quand il est reparti en courant, le conducteur a dû se dire que le chien était indemne.

Il la regarda tâter doucement les pattes de Scottie, une à une. Le chien ne pleurnicha pas mais commença à s'agiter. Tru lut l'inquiétude sur son visage quand elle reposa Scottie. Elle observa le chien de près tandis qu'il s'éloignait.

– Il ne boite plus, remarqua-t-elle.

Du coin de l'œil, elle vit que l'inconnu lui aussi surveillait Scottie.

– On dirait que non.

– Pensez-vous que je doive l'amener chez le vétérinaire ?

– Je ne sais pas.

Scottie repéra une autre volée de mouettes, vers laquelle il se précipita avant de virer de bord ; puis, ventre à terre, il se dirigea vers le cottage.

– Il a l'air d'aller bien, murmura-t-elle, plus pour elle-même que pour l'inconnu.

– Eh bien, il a beaucoup d'énergie à dépenser, c'est clair.

Vous n'en avez aucune idée, se dit-elle.

– Merci d'avoir vérifié et de l'avoir ramené ici.

– De rien. Avant de partir, vous ne sauriez pas s'il y a un endroit où je pourrais prendre une tasse de café, par hasard ?

– Non. Il n'y a que des maisons dans cette direction. Un peu après la jetée, il y a un bar-restaurant, Chez Clancy, mais je ne pense pas qu'ils ouvrent avant le déjeuner.

Elle comprit son expression déconfite. Les matins sans café étaient terribles, et si elle avait eu des pouvoirs magiques, elle aurait interdit cette simple idée. Pendant ce temps, Scottie s'éloigna et elle le désigna d'un geste.

– Je devrais probablement garder un œil sur mon chien.

– Je me dirigeais dans la même direction avant de me laisser distraire. Ça vous dérange si je marche avec vous ?

Aussitôt, Hope sentit un frisson... impossible à définir. Son regard, le rythme profond de sa voix, ses manières détendues et affables firent soudain vibrer une corde pincée en elle. Surprise, son premier instinct fut de simplement décliner.

La Hope de toujours l'aurait fait par réflexe. Mais quelque chose de nouveau prit le relais, un instinct qu'elle ne reconnut pas.

– Ça me va, répondit-elle.

En cet instant même, elle n'était pas sûre de savoir pour quelle raison elle avait accepté. Des années plus tard, elle ne comprenait toujours pas. Il lui aurait été facile de mettre ça sur le compte des soucis qui l'accablaient sur le moment, mais elle savait que ce n'était pas tout à fait vrai. Elle finit par croire que, même s'ils venaient juste de se rencontrer, il avait su faire jaillir quelque chose d'inconnu en elle : une envie à la fois primaire et étrangère.

Il acquiesça. Impossible de savoir si la réponse de Hope l'avait surpris. Il n'était pas proche au point de la mettre mal à l'aise, mais assez pour qu'elle remarque la façon dont ses cheveux épais et foncés s'ébouriffaient dans la brise. Devant eux, Scottie continuait à vagabonder et Hope sentit le craquement des minuscules coquillages sous ses pieds. Sur le porche arrière d'une maison, un drapeau bleu clair flottait dans le vent. La lumière du soleil coulait, liquide et chaude. Comme ils étaient seuls sur la plage, marcher à côté de lui paraissait étrangement intime, comme s'ils se tenaient ensemble sur une scène vide.

– Au fait, je m'appelle Tru Walls, dit-il en élevant la voix au-dessus du fracas des vagues.

Elle le regarda, notant les rides aux coins de ses yeux, le genre de rides nées après des années passées au soleil.

– Tru ? Je ne pense pas avoir déjà entendu ce prénom auparavant.

– C'est le diminutif de Truitt.

– Ravi de vous rencontrer, Tru. Je suis Hope Anderson.

– Je crois vous avoir vue la nuit dernière.

– Probablement. Chaque fois que je viens ici, je sors Scottie plusieurs fois par jour. Moi, je ne vous ai pas vu.

Il leva le menton en direction de la jetée.

– Je suis allé dans l'autre sens. J'avais besoin de me dégourdir les jambes. Ce fut un long vol.

– D'où venez-vous ?

– Du Zimbabwe.

– Vous vivez là-bas ? demanda-t-elle, son visage trahissant sa surprise.

– J'y ai passé toute ma vie.

– Pardonnez mon ignorance, commença Hope, mais où se trouve le Zimbabwe en Afrique ?

– Dans le Sud. Il est bordé par l'Afrique du Sud, le Botswana, la Zambie et le Mozambique.

On parlait souvent de l'Afrique du Sud aux infos, mais les trois autres pays ne lui étaient que vaguement familiers.

– Vous êtes loin de chez vous.

– Oui.

— Première fois ici ?

— Première fois aux États-Unis. C'est un monde différent.

— Comment ?

— En tout... Les routes, l'infrastructure, Wilmington, la circulation, les gens... sans oublier à quel point tout est vert.

Hope, n'ayant aucun point de comparaison possible, se contenta de hocher la tête.

Elle regarda Tru fourrer une main dans sa poche.

— Et vous ? demanda-t-il. Vous avez dit être de passage ?

Elle acquiesça.

— Je vis à Raleigh. Puis, se rendant compte qu'il n'avait probablement aucune idée du lieu en question, elle ajouta : c'est à quelques heures d'ici au nord-ouest. Plus à l'intérieur des terres... Plus d'arbres, et pas de plage.

— Est-ce plat comme par ici ?

— Pas du tout. Il y a des collines. C'est aussi une ville importante, avec beaucoup de gens et de choses à faire. Comme vous l'avez probablement remarqué, ça peut être très calme ici.

— Je pensais que la plage serait plus fréquentée.

— C'est souvent le cas en été, et il y aura probablement encore un peu de monde cet après-midi. Mais ce n'est jamais vraiment bondé en cette période de l'année. C'est plus un lieu de vacances. Les gens que vous allez croiser vivent probablement sur l'île.

Hope repoussa ses cheveux en arrière pour retenir des mèches rebelles, mais sans élastique c'était un geste vain. Jetant un coup d'œil, elle remarqua un bracelet en cuir au poignet de Tru : éraflé et usé, avec des coutures délavées formant un dessin qu'elle ne distinguait pas vraiment. Mais, curieusement, elle se dit qu'il lui allait bien.

– Je ne pense pas avoir déjà rencontré quelqu'un du Zimbabwe auparavant. Elle plissa les yeux vers lui et demanda : êtes-vous ici en vacances ?

Il fit quelques pas sans répondre, étonnamment gracieux, même dans le sable.

– Je suis ici parce que je dois rencontrer quelqu'un.

– Oh…

Sa réponse lui fit penser qu'il s'agissait probablement d'une femme : et même si ça n'aurait pas dû la déranger, elle éprouva une déception inattendue. *Ridicule.* Elle se réprimanda en chassant sa pensée.

– Et vous ? demanda-t-il, haussant un sourcil. Qu'est-ce qui vous amène ?

– Une bonne amie à moi se marie ce samedi à Wilmington. Je suis l'une des demoiselles d'honneur.

– Un bon week-end en perspective, alors.

Sauf que Josh est allé à Las Vegas à la place, donc je n'aurai personne avec qui danser. Et on me posera un million de questions sur lui et sur ce qui se passe, auxquelles je ne veux pas vraiment répondre, même si je le pouvais.

– Une célébration à coup sûr, convint-elle. Je peux vous poser une question ?

– Bien sûr.

– À quoi ressemble le Zimbabwe ? Je ne suis jamais allée en Afrique.

– Cela dépend de l'endroit, je pense.

– Est-ce comme l'Amérique ?

– Jusqu'à présent, pas du tout.

Elle sourit en pensant que, bien sûr, ce n'était pas le cas.

– Peut-être est-ce une question idiote, mais vous avez déjà vu un lion ?

– Presque tous les jours.

– Genre de l'autre côté d'une fenêtre ?
– Je suis guide dans une réserve. Pour des safaris.
Les yeux de Hope s'élargirent.
– J'ai toujours voulu faire un safari…
– Beaucoup de gens que je guide décrivent le safari comme le voyage d'une vie.

Hope tenta de l'imaginer, sans y parvenir. Si elle faisait un safari, les animaux iraient probablement se cacher, comme au zoo quand elle était petite.

– Comment devient-on guide pour safaris ?
– C'est une activité réglementée par le gouvernement. Il y a des cours, des examens, un apprentissage, et enfin une licence. Après seulement, vous commencez à faire du repérage et, finalement, vous devenez guide.
– Que voulez-vous dire par repérage ?
– La plupart des animaux sont plutôt doués pour se camoufler, donc parfois ils ne sont pas faciles à trouver. L'observateur les cherche, afin que le guide puisse conduire prudemment et répondre aux questions.

Elle hocha la tête, le regardant avec une curiosité croissante.

– Depuis combien de temps faites-vous cela ?
– Longtemps, répondit-il. Plus de vingt ans, ajouta-t-il avec un sourire.
– Au même endroit ?
– Dans beaucoup de camps différents.
– Ne sont-ils pas tous pareils ?
– Chaque camp est unique. Certains sont onéreux, d'autres moins. Il existe aussi différentes populations d'animaux selon les régions. Certaines zones sont plus humides ou plus sèches, ce qui affecte les concentrations d'animaux, la migration et les déplacements des espèces. Certains camps misent sur le luxe et proposent des chefs

fantastiques. D'autres ne proposent que l'essentiel : tentes, lits de camp et nourriture sous Cellophane. Et certains camps ont une meilleure gestion des animaux que d'autres.

— Comment est le camp où vous travaillez actuellement ?

— C'est un camp de luxe. Excellent hébergement et nourriture, excellente gestion de la faune, et une grande variété d'animaux.

— Vous le recommanderiez ?

— Certainement.

— Ça doit être incroyable de voir ces animaux tous les jours. Mais je suppose que c'est juste la routine pour vous.

— Pas du tout. Chaque jour est différent. Il l'étudia de son regard pénétrant mais chaleureux. Et vous ? Que faites-vous dans la vie ?

Elle ne s'était pas attendue qu'il lui pose la question.

— Je suis infirmière en traumatologie à l'hôpital.

— Comme pour gérer… des blessures par balle ?

— Parfois, dit-elle. Mais principalement des accidents de voiture.

Ils se rapprochaient maintenant de la bâtisse où séjournait Tru et il commença à s'éloigner lentement du sable compact.

— Je reste dans la maison de mes parents là-bas, dit-elle en désignant l'endroit à côté de la sienne. Et vous ?

— Juste à côté. Le grand bâtiment de trois étages.

— Oh…

— Il y a un problème ?

— C'est imposant.

— Oui. Il rit. Mais ce n'est pas ma maison. L'homme que je suis censé rencontrer me permet de rester là. Je suppose qu'il en est le propriétaire.

L'homme qu'il doit rencontrer, nota-t-elle. Elle se sentit mieux, même si elle se rappelait n'avoir aucune raison de s'en soucier.

— C'est juste que ça bloque une partie de la lumière de l'après-midi sur notre terrasse arrière... et à mon père surtout. C'est un peu une horreur.

— Connaissez-vous le propriétaire ?

— Je ne l'ai jamais rencontré, répondit-elle. Pourquoi ? Vous non plus ?

— Non. Jusqu'à il y a quelques semaines, je n'avais jamais entendu parler de lui.

Elle brûlait de lui poser d'autres questions mais se dit qu'il devait avoir ses raisons de se montrer circonspect. Scrutant la plage, elle aperçut Scottie : il reniflait le long des dunes, se rapprochant des marches menant à la passerelle et au cottage. Comme d'habitude, il était couvert de sable.

Tru ralentit, s'arrêta devant les marches.

— Je suppose que nous nous séparons ici.

— Merci encore d'avoir retrouvé Scottie. Je suis tellement soulagée qu'il aille bien.

— Moi aussi. Mais je reste très déçu par l'absence de café dans ce quartier.

Il eut un sourire ironique.

Elle n'avait pas eu une conversation de ce genre depuis bien longtemps, et encore moins avec un homme qu'elle venait de rencontrer – naturelle, sans attente. Comprenant qu'elle ne voulait pas la voir se terminer, elle indiqua le cottage d'un signe de tête.

— J'ai fait du café avant de partir ce matin. Vous en voulez une tasse ?

— Je détesterais m'imposer.

— C'est le moins que je puisse faire. Je séjourne seule,

et je finirai probablement par jeter le reste. Et vous avez sauvé mon chien.

— Dans ce cas, j'apprécierais une tasse.

— Allons-y alors, dit-elle.

Ils prirent le chemin menant aux marches puis à la passerelle.

Scottie attendait déjà devant la porte, remuant la queue et se précipitant vers la porte de derrière sitôt le cottage ouvert. Tru jeta un coup d'œil à la maison où il séjournait et se dit qu'elle avait raison. C'était une horreur. Le cottage, en revanche, donnait l'impression d'être vraiment habité, avec ses murs blancs et ses volets bleus, et sa jardinière remplie de fleurs. Près de la porte, se trouvait une table en bois entourée de cinq chaises ; devant les fenêtres, deux fauteuils à bascule flanquaient une petite table battue par les intempéries. Malgré les ravages du vent, de la pluie et du sel, la maison était indéniablement accueillante.

Hope marcha jusqu'à la porte.

— Je vais chercher le café, mais Scottie va rester sur la terrasse une minute. Je dois l'essuyer, ou je passerai le reste de l'après-midi à nettoyer derrière lui, dit-elle par-dessus son épaule. Allez-y et asseyez-vous. Ça ne prendra qu'une minute.

La moustiquaire se referma derrière elle et Tru s'installa à la table.

Au-delà de la balustrade, l'Océan était calme et accueillant. Peut-être irait-il nager plus tard dans l'après-midi.

Par la fenêtre, il pouvait voir dans la cuisine et il regarda Hope surgir, une serviette drapée sur son épaule, avant de tirer deux tasses de l'armoire. Elle l'intéressait. Elle était belle, sans aucun doute, mais ce n'était pas simplement cela. Il décelait chez elle un air de vulnérabilité et de solitude derrière son sourire, comme si elle se débattait avec quelque chose de dérangeant. Peut-être même de nombreux soucis.

Il s'agita sur son siège, se rappelant que ce n'était pas son affaire. Ils ne se connaissaient pas et il partait quelques jours plus tard ; à part se saluer depuis leur terrasse dans les prochains jours, peut-être était-ce la dernière fois qu'il la voyait ou lui parlait.

Il entendit un petit coup à la porte ; à travers l'écran de la moustiquaire, il la vit debout, deux tasses à la main. Tru se leva de son siège et alla l'ouvrir pour elle. Elle vint poser les deux tasses sur la table.

— Avez-vous besoin de lait ou de sucre ?

— Non, merci, dit-il.

— D'accord. Allez-y et commencez. Je dois m'occuper de Scottie.

Faisant glisser la serviette de son épaule, elle s'accroupit à côté de Scottie et commença à le frotter vivement.

— Vous n'imaginez même pas à quel point le sable reste collé à sa fourrure. On dirait un véritable aimant.

— Je parie qu'il est de bonne compagnie.

— C'est le meilleur, dit-elle en plantant un baiser affectueux sur le museau du chien.

Scottie lécha joyeusement son visage en retour.

— Quel âge a-t-il ?

— Quatre ans. Mon petit ami Josh l'a acheté pour moi.

Tru acquiesça. Il aurait dû se douter qu'elle voyait quelqu'un. Il tendit la main pour prendre sa tasse, ne sachant pas quoi dire, et décida de ne rien demander de plus. Il prit une gorgée, pensant que le café avait un goût différent de celui que sa famille avait cultivé à la ferme. Moins lisse, en quelque sorte. Mais il était fort et chaud, juste ce dont il avait besoin. Quand Hope en eut fini avec Scottie, elle mit la serviette à sécher sur la balustrade et revint à table. Alors qu'elle était assise, son visage tombait à demi dans l'ombre, conférant à ses traits une part de mystère. Elle souffla délicatement sur son café avant d'en boire une gorgée, un geste étrangement touchant.

— Parlez-moi du mariage, dit-il.
— Oh, mon Dieu… ça. C'est juste un mariage.
— D'une bonne amie à vous, c'est ça ?
— Je suis amie avec Ellen depuis l'université. Nous étions dans la même sororité… il y a des sororités au Zimbabwe ? Devant son expression perplexe, elle poursuivit : ce sont des sortes de clubs exclusivement féminins… vous voyez, où un groupe de filles vivent et socialisent ensemble. Quoi qu'il en soit, toutes les demoiselles d'honneur étaient dans la même sororité, donc ce seront aussi des retrouvailles. À part ça, c'est juste un mariage typique. Photos, gâteau, un groupe à la réception, un lancer de jarretière et tout ça. Vous savez comment sont les mariages.
— À part le mien, je ne suis jamais allé à un mariage.
— Oh… vous êtes marié ?
— Divorcé. Mais mon mariage n'était pas comme ici aux États-Unis. Nous avons été mariés par un fonctionnaire de la cour, et sommes allés directement de là à l'aéroport. Nous avons passé notre lune de miel à Paris.
— Cela semble romantique.
— Ça l'était.

Elle apprécia l'aspect factuel de sa réponse. Il ne ressentait pas le besoin de l'élaborer ou de la romancer.

— Comment connaissez-vous les mariages américains, alors ?

— J'ai vu quelques films. Et j'ai eu des touristes pour m'en parler. Les safaris sont souvent des destinations de lune de miel populaires. En tout cas, les mariages semblent très compliqués et stressants.

Ellen serait tout à fait d'accord avec ça, se dit Hope. Changeant de sujet, elle demanda :

— Comment c'était, de grandir au Zimbabwe ?

— Je ne peux parler que de ma propre expérience. Le Zimbabwe est un grand pays. C'est différent pour tout le monde.

— Comment était-ce pour vous ?

Il ne savait pas quoi lui dire exactement, alors il resta vague.

— Ma famille possède une ferme près de Harare. Elle lui appartient depuis des générations. J'ai donc grandi en travaillant. Mon grand-père pensait que ce serait bon pour moi. J'ai trait des vaches et ramassé des œufs quand j'étais jeune. Dans mon adolescence, j'ai fait des choses plus difficiles, comme des réparations : clôtures, toits, irrigation, pompes, moteurs, tout ce qui était cassé. En plus d'aller à l'école.

— Comment êtes-vous devenu guide ?

Ce n'était ni l'heure ni le lieu d'entrer le détail, et il n'était pas sûr de vouloir le faire. Alors il resta simple.

— Je me sentais en paix dans la brousse. Dès que j'avais du temps libre, je m'y aventurais seul. Et quand j'ai fini l'école, j'ai fait savoir à ma famille que je partirais. Et je l'ai fait.

Il sentit ses yeux sur lui. Elle lui offrit une expression sceptique en prenant de nouveau sa tasse.

— Pourquoi ai-je l'impression que vous ne me dites pas tout ?

— Parce que c'est toujours le cas.

Elle rit, un rire étonnamment chaleureux et naturel.

– C'est suffisant. Parlez-moi des choses les plus excitantes que vous avez vues en safari.

En terrain connu, Tru la régala des mêmes histoires qu'il partageait avec les touristes qui lui posaient cette question. De temps en temps elle le questionnait, mais la plupart du temps elle se contentait d'écouter. Ils finirent le café, le soleil lui brûlait désormais la nuque.

Il posa la tasse vide sur la table.

– Vous en voulez plus ? Il en reste un peu.

– Une tasse suffit. Et j'ai déjà abusé de votre temps. Mais j'ai apprécié. Je vous remercie.

– C'était le moins que je pouvais faire, dit-elle.

Elle se leva aussi, le conduisant à la porte. Il l'ouvrit, conscient de sa proximité. Il descendit les marches mais se retourna quand il atteignit la passerelle pour lui adresser un petit salut de la main.

– Ravi de vous avoir rencontré, Tru, l'interpella-t-elle avec un sourire.

Bien qu'il n'ait aucun moyen de le savoir avec certitude, il se demanda si elle continuait à le regarder pendant qu'il se dirigeait vers la plage. Pour une raison qu'il ignorait, il lui fallut beaucoup de volonté pour ne pas jeter un coup d'œil afin de le découvrir.

4

Après-midi d'automne

De retour dans la demeure qui l'accueillait le temps de son séjour, Tru se retrouva désœuvré.

S'il avait pu, il aurait appelé Andrew, mais il n'était pas à l'aise avec l'idée de téléphoner d'ici.

Les coups de fils longue distance coûtaient cher, et d'ailleurs Andrew ne serait probablement pas encore à la maison. Après l'école, il jouait au football avec son club ; Tru avait toujours aimé le regarder s'entraîner. Pas aussi athlétique que les autres enfants de l'équipe, il était néanmoins un leader naturel, tout comme sa mère.

En pensant à son fils, Tru récupéra son matériel de dessin qu'il transporta jusqu'à la terrasse. À côté, il remarqua que Hope était rentrée dans la maison, même si la serviette de Scottie était toujours posée sur la balustrade. Il s'installa sur la chaise et réfléchit à ce qu'il pouvait dessiner. Andrew n'avait jamais vu l'Océan, pas de ses propres yeux ; alors Tru décida d'essayer de saisir l'immensité du paysage.

Comme toujours, il commença par un aperçu général de la scène : un point de vue diagonal incluant le rivage, les vagues déferlantes, la jetée et une mer s'étendant jusqu'à l'horizon. Dessiner avait toujours été pour lui un moyen de se détendre, et il laissa vagabonder son esprit. Il pensa à Hope et se demanda ce qui chez elle avait su éveiller son intérêt. Il était inhabituel pour lui d'avoir un coup de cœur si rapide, mais il se dit que cela n'avait pas vraiment d'importance. Il se trouvait là, en Caroline du Nord, pour d'autres raisons – et il pensa à sa famille.

Il n'avait pas vu ni parlé à son beau-père Rodney ou à ses demi-frères Allen et Alex depuis près de deux ans. Les raisons étaient enracinées dans leur histoire familiale, et l'argent avait encore accentué leurs différends. En plus du nom de famille Walls, Tru avait hérité de la propriété partielle de la ferme et de l'empire commercial. Les bénéfices étaient substantiels, mais dans sa vie quotidienne il n'avait guère besoin d'argent. Tout ce qu'il gagnait grâce à la ferme allait sur un compte en Suisse, ouvert par le colonel alors que Tru était encore enfant. Les fonds s'accumulaient depuis des années, mais Tru les vérifiait rarement. Il s'était arrangé pour que l'argent nécessaire soit envoyé régulièrement à Kim pour régler les frais de la scolarité d'Andrew ; mais à part l'achat de la maison à Bulawayo, rien. Il s'était déjà arrangé pour transmettre une partie de l'argent à Andrew quand il fêterait ses trente-cinq ans. Il supposait qu'Andrew en ferait un meilleur usage que lui.

Récemment, ses demi-frères avaient commencé à manifester un certain ressentiment ; mais leur relation avait toujours été distante, aussi n'était-ce pas vraiment inattendu. Tru avait neuf ans de plus que les jumeaux, et au moment où ils auraient été assez vieux pour se souvenir de lui, il passait déjà la majeure partie de son temps dans la brousse, aussi loin que possible de la ferme. Il s'en était éloigné définitivement à dix-huit ans.

En substance, ils étaient – et avaient toujours été – des étrangers.

Avec Rodney, d'un autre côté, les choses étaient plus compliquées. Ses capitaux dans l'affaire lui avaient posé problème depuis la mort de son grand-père, treize ans auparavant ; mais en vérité, leur relation était rompue depuis bien plus longtemps. Dans l'esprit de Tru, cela remontait à l'incendie, l'année de ses onze ans.

En 1959, une grande partie de l'enceinte avait disparu dans les flammes. Tru avait difficilement réussi à s'échapper, en sautant par la fenêtre du deuxième étage ; Rodney avait conduit Allen et Alex en sécurité, mais Evelyn, la mère de Tru, ne s'en était pas sortie.

Même avant l'incendie, Rodney n'avait jamais été d'un grand soutien ni affectueux avec son beau-fils : il le tolérait simplement. Par la suite, Rodney ne lui avait plus accordé aucune attention. Entre gérer son chagrin, élever des tout-petits et gérer la ferme, il était débordé. Avec le recul, Tru avait compris. À l'époque, cela n'avait pas été si facile et il ne fallait pas vraiment compter sur son grand-père. Après la mort de son unique enfant, ce dernier avait sombré dans une profonde dépression et s'était enfermé dans le silence. Il restait assis près des ruines noircies de l'enceinte, les yeux rivés sur les décombres ; quand on débarrassa les gravats pour reconstruire, il se contenta de contempler les travaux en silence. De temps en temps, Tru allait s'asseoir avec lui ; mais son grand-père marmonnait seulement quelques mots en signe de reconnaissance. Il y avait des rumeurs, après tout ; des rumeurs sur son grand-père et la véritable raison de l'incendie. À l'époque, Tru ne savait rien de tout ça, sinon que personne dans sa famille ne semblait vouloir lui parler, ni même le prendre dans ses bras. Sans Tengwe et Anoona, Tru n'était pas certain qu'il aurait pu survivre à la perte de sa mère. Il se rappelait seulement qu'il pleurait régulièrement et passait de longues heures, après l'école et les travaux de la ferme, à errer seul dans la propriété. Il comprenait aujourd'hui qu'il s'agissait de ses premiers pas dans le voyage le menant de la ferme à la brousse. Si sa mère avait vécu, il n'avait aucune idée de ce qu'il serait devenu.

Mais ce n'était pas le seul changement à la suite de sa mort. Tru avait demandé à Tengwe d'acheter du papier à dessin et des crayons. Parce qu'il se souvenait avoir vu sa mère dessiner, il s'était mis à faire de même. Il n'avait aucune formation et peu de talent ; alors il lui avait fallu des mois pour recréer sur le papier quelque chose d'aussi simple qu'un arbre avec un semblant de réalisme. Cependant, c'était un moyen d'échapper à ses propres sentiments et au pesant désespoir régnant à la ferme.

Tru avait envie de dessiner sa mère, mais ses traits semblaient s'évanouir plus vite que son talent ne se développait. Chaque dessin d'elle le frappait d'une manière ou d'une autre. Ce n'était pas la mère dont il se souvenait, même quand Tengwe et Anoona affirmaient le contraire. Certaines tentatives s'étaient révélées plus réussies, mais jamais au point d'avoir l'impression de parvenir à la représenter. À la fin, il avait jeté tous les dessins, se résignant à cette perte supplémentaire, comme les autres pertes dans sa vie.

Comme son père.

En grandissant, il avait parfois eu l'impression que cet homme n'avait jamais existé. Sa mère parlait peu de lui, même quand Tru insistait ; le grand-père de Tru, le colonel, lui, avait toujours refusé d'en parler. Au fil du temps, la curiosité de Tru avait diminué. Il aurait pu passer des années sans réfléchir ni s'interroger sur cet homme. Puis, à l'improviste, une lettre était arrivée quelques mois plus tôt, à Hwange. D'abord envoyée à la ferme, elle avait été réexpédiée par Tengwe, mais Tru n'avait pas pris la peine de l'ouvrir tout de suite. Quand il l'avait fait, son instinct l'avait poussé à considérer qu'il s'agissait d'une sorte de blague, malgré les billets d'avion. Mais en examinant la photo défraîchie, il se rendit compte que la lettre pouvait être authentique. La photographie montrait un beau jeune homme avec son bras autour d'une version beaucoup plus jeune d'une femme qui ne pouvait être que sa mère. Evelyn était une adolescente sur la photographie – elle avait dix-neuf ans à la naissance de Tru ; et Tru, stupéfait, se dit qu'il avait désormais plus de deux fois son âge.

En supposant, bien sûr, que ce soit vraiment elle.

Mais c'était le cas. Au fond de lui, il en avait la certitude.

Il ne savait pas combien de temps il avait regardé cette photo ce premier soir, mais il se rendit compte les jours suivants qu'il passait son temps à la saisir pour mieux l'étudier. C'était la seule photo de sa mère en sa possession. Toutes les autres avaient disparu dans l'incendie, et voir son image après tant d'années avait réveillé en lui un flot de souvenirs : la vue de ses croquis sur la véranda de derrière ; son visage au-dessus du sien pendant qu'elle le bordait ; elle, dans la cuisine, vêtue d'une robe verte ; la sensation de sa main dans la sienne tandis qu'ils marchaient vers un étang. Il ne savait toujours pas si ces événements étaient réels ou simplement le fruit de son imagination.

Ensuite, bien sûr, il y avait l'homme sur la photo... Dans la lettre, il se présentait comme Harry Beckham, un Américain. Il prétendait être né en 1914 et avoir rencontré la mère de Tru fin 1946. Il avait servi pendant la Seconde Guerre mondiale au sein du Corps des ingénieurs de l'armée américaine ; après la guerre, il avait déménagé en

Rhodésie, où il avait travaillé à la mine Bushtick dans le Matabeleland. Il avait rencontré la mère de Tru à Harare et affirmait que tous les deux étaient tombés amoureux. Il prétendait en outre ne pas avoir su qu'elle était enceinte au moment de son départ, mais Tru n'était pas sûr de le croire. Après tout, s'il ne s'était même pas douté que la mère de Tru était enceinte, pourquoi aurait-il cherché un enfant perdu depuis longtemps ? Tru supposait qu'il le découvrirait assez tôt.

Tru continua à travailler sur le croquis pendant quelques heures, s'arrêtant seulement quand il pensa qu'Andrew pourrait le trouver bon. Et, bien sûr, pour se faire pardonner cette semaine d'absence.

Il rentra, envisageant d'aller pêcher. Il aimait ça et n'avait pas eu beaucoup de temps à y consacrer au cours des dernières années ; mais après être resté assis pendant quelques heures, il éprouvait le besoin de bouger. Peut-être que demain, pensa-t-il, il prendrait son seul short. Il chercha et trouva un placard plein de serviettes de plage, en attrapa une, puis se mit en route. Laissant tomber la serviette sur le sable sec au bord de l'eau, il pénétra en pataugeant dans les flots, surpris par la chaleur de l'eau. Il franchit une première série de brisants légers, puis la suivante. L'eau lui arrivait à la poitrine. Il commença à nager, espérant atteindre la jetée et revenir.

Il lui fallut du temps pour enfin trouver son rythme, malgré la surface placide de l'Océan. N'ayant pas nagé depuis des années, il se trouva lent. Il passa devant une maison puis une autre ; à la cinquième, ses muscles commencèrent à fatiguer. Au niveau de l'embarcadère, il se sentait épuisé mais persévéra. Au lieu de patauger jusqu'à terre, il se retourna et repartit plus lentement en direction de son point de départ.

Quand il atteignit enfin sa maison, les muscles de ses jambes tremblaient et il pouvait à peine bouger les bras. Néanmoins, il se sentait satisfait. Sur le campement, il était limité à la gymnastique et au genre d'exercices que l'on pouvait pratiquer dans des zones confinées. Il courait autant que possible – il suivait le périmètre intérieur du camp pendant une demi-heure plusieurs fois par semaine, le jogging le plus ennuyeux de la planète ; mais la plupart du temps, il était capable de faire pas mal de marche. Dans le campement où il travaillait, certains guides pouvaient permettre aux touristes de quitter la Jeep et de se diriger dans la brousse, tant que leur accompagnateur était armé. Parfois, c'était la seule façon de se rapprocher assez pour repérer les animaux les plus rares, comme les rhinocéros noirs ou les guépards. Pour lui, c'était un moyen de se dégourdir les jambes ; pour les touristes, cela constituait en général le clou du spectacle.

Rentré, il prit une longue douche, rinça son short dans l'évier et déjeuna d'un sandwich. Tru ne savait pas vraiment quoi faire ensuite. Il n'avait pas eu d'après-midi libre depuis longtemps, et cela lui laissait comme une incertitude. Il reprit son carnet de croquis et examina le dessin qu'il destinait à Andrew, notant quelques changements à faire. C'était toujours comme ça. Da Vinci a dit un jour que l'art n'est jamais fini mais seulement abandonné, et Tru était tout à fait d'accord. Il décida donc de travailler de nouveau dessus le lendemain.

Ensuite, il prit sa guitare et s'installa sur la terrasse. À présent, le sable était d'une blancheur éclatante sous le soleil, et les eaux bleues qui s'étiraient à l'horizon étrangement calmes au-delà des brisants. Parfait.

Mais tout en accordant sa guitare, il se rendit compte qu'il n'avait pas envie de passer le reste de la journée à la maison. Il savait qu'il pouvait appeler une voiture, mais cela semblait inutile. Il ne savait pas où aller. Tru se souvint que Hope avait mentionné un restaurant situé un peu après le quai, et il décida que plus tard, ce soir, il dînerait là-bas.

Une fois sa guitare accordée, il joua pendant un moment, la plupart des chansons qu'il connaissait. Dessiner permettait à son esprit de vagabonder et quand son regard dériva vers le cottage voisin, Tru songea de nouveau à Hope. Il se demandait pourquoi, alors qu'elle avait un petit ami et que le mariage d'une amie proche se tenait dans quelques jours, elle était venue seule à Sunset Beach.

Hope en vint à souhaiter que ses rendez-vous beauté soient programmés ce jour-là plutôt que le lendemain matin, juste pour avoir un prétexte afin de quitter la maison. Mais elle passa la matinée à passer en revue des placards. Sa mère lui avait suggéré de prendre tout ce qu'elle voulait, avec la réserve tacite que Hope devrait essayer d'anticiper les désirs de ses sœurs.

Robin et Joanna allaient toutes deux venir bientôt pour aider au tri, et toutes trois avaient été élevées d'une manière qui laissait peu de place à l'égoïsme. Hope ne disposant que d'un espace de stockage limité dans son appartement, elle n'avait aucun problème à ne garder presque rien.

Mais une seule boîte réclamait plus de temps qu'elle ne l'avait cru. Après avoir jeté ce qui était bon à jeter – soit la plus grande partie –, il lui resta sa paire préférée de lunettes de natation, une copie en lambeaux de *Max et les Maximonstres,* un porte-clés Bugs Bunny, un Winnie l'Ourson en peluche, trois livres à colorier déjà terminés, des cartes postales de divers endroits où la famille avait passé ses vacances, et un médaillon avec une photographie de sa mère. Tous ces objets la faisaient sourire pour une raison ou une autre et valaient la peine d'être gardés, et elle supposait que ses sœurs seraient du même avis. Tout ce qu'elles auraient gardé finirait probablement dans une autre boîte cachée dans un grenier, quelque part. Donc se posait la question de savoir pourquoi ils prenaient la peine de faire tout ça, mais au fond Hope connaissait déjà la réponse. Tout jeter ne lui semblait pas bien. Pour une raison difficile à expliquer, elle avait besoin que ces choses soient toujours là.

Elle serait la première à admettre qu'elle ne pensait pas à tout ça depuis le début, à commencer par l'idée de venir ici avant le mariage. Avec le recul, cela semblait être une mauvaise idée, mais elle avait déjà posé ses jours de vacances, et quelle alternative s'offrait à elle ? Rendre visite à ses parents et essayer de ne pas s'inquiéter pour son père ? Ou rester à Raleigh, où elle serait seule aussi, mais entourée de choses lui rappelant Josh ? Elle supposait qu'elle aurait pu prendre des vacances ailleurs, mais où ? Les Bahamas ? Key West ? Paris ? Elle aurait été seule là-bas aussi, son père serait toujours malade, Josh serait toujours à Las Vegas, et il lui aurait tout de même fallu assister à ce mariage ce week-end.

Ah oui… le mariage. Même si elle détestait l'admettre, elle n'avait guère envie de s'y rendre, et pas seulement parce qu'elle ne voulait pas expliquer que Josh l'avait laissé tomber. Et ce n'était pas à cause d'Ellen non plus. Elle était vraiment heureuse pour son amie, et en principe toujours impatiente de retrouver ses amies les plus proches. Elles savaient tout les unes des autres et étaient restées en contact après leurs diplômes.

Elles avaient également été demoiselles d'honneur des unes et des autres, en commençant par Jeannie et Linda. Elles s'étaient toutes deux mariées un an après l'obtention du diplôme et avaient déjà cinq enfants à elles deux. Sienna s'était mariée quelques années après et avait maintenant quatre enfants. Angie s'était retrouvée la bague au doigt à l'âge de trente ans et ses jumelles avaient trois ans. Susan s'était mariée il y a deux ans, et maintenant – à partir de samedi prochain – Ellen allait rejoindre elle aussi les rangs des mariées.

Hope n'avait pas été surprise quand Susan lui avait annoncé qu'elle était enceinte de trois mois.

Mais Ellen... Ellen, qui avait rencontré Colson pour la première fois en décembre dernier ? Ellen, qui avait jadis juré de ne jamais se marier ou d'avoir des enfants ? Ellen, qui s'était amusée jusqu'à ses trente ans, Ellen, qui avait l'habitude de faire la navette à Atlantic City pour passer ses week-ends avec son petit ami de l'époque, un dealer de cocaïne....

Non seulement Ellen avait pu trouver quelqu'un de prêt à l'épouser – un banquier d'investissement croyant, rien que ça ; mais elle avait confié à Hope deux semaines plus tôt que, comme Susan, elle était enceinte de douze semaines. Elle et Susan accoucheraient à peu près au même moment, et cette soudaine prise de conscience avait donné à Hope l'impression de devenir une étrangère dans ce qui était autrefois son cercle d'amies le plus proche. Elles allaient entrer dans une nouvelle phase de leur vie, et Hope n'avait aucune idée de quand – ou même si – elle les rejoindrait un jour. Surtout quand il s'agissait d'avoir des enfants.

Cela l'effrayait. Elle avait longtemps cru que tout ce truc de « l'horloge biologique » était un mythe. Pas la partie où l'âge rendait de plus en plus difficile d'avoir des enfants. Chaque femme le savait. Mais elle n'aurait jamais cru être concernée. Avoir des enfants était une de ces choses qu'elle tenait pour acquises et qui arriverait tout simplement le moment venu. Elle était ainsi faite, depuis aussi longtemps qu'elle s'en souvienne. Ne pas avoir d'enfants lui semblait inconcevable, et elle avait dû attendre l'université pour découvrir que toutes les femmes n'éprouvaient pas la même chose.

Quand sa colocataire de première année Sandy lui avait dit préférer avoir une carrière plutôt que des enfants, le concept lui était si étranger qu'elle avait d'abord pensé qu'elle plaisantait. Hope n'avait pas parlé à Sandy depuis l'obtention de son diplôme, mais quelques années plus tôt, au centre commercial, elle l'avait croisée avec son nouveau bébé. Hope devina que Sandy n'avait aucun souvenir de leur conversation de ce soir-là, et Hope ne la lui avait pas rappelée. Mais de retour chez elle, Hope avait pleuré.

Comment se faisait-il que Sandy ait eu un enfant, mais pas elle ? Et ses sœurs, Robin et Joanna ? Et maintenant, tous ses amis les plus proches ? Cela n'avait aucun sens à ses yeux. Aussi loin qu'elle s'en souvienne, elle s'était imaginée enceinte, s'émerveiller en regardant ses enfants grandir, tout en se demandant de quels traits ils avaient hérité. Auraient-ils le nez ou les grands pieds de leur père ? Ou les cheveux roux hérités de sa grand-mère ? La maternité lui avait toujours paru aller de soi.

Mais Hope avait toujours aimé planifier sa vie, une vie tracée depuis ses quinze ans. Obtenir de bonnes notes, un diplôme d'études supérieures, devenir infirmière, travailler dur dans son métier pour faire évoluer sa carrière.

En attendant, ne pas oublier de s'amuser : on ne vit qu'une fois, n'est-ce pas ? Sortir avec ses copines et avec des mecs, rien de trop sérieux. Puis, peut-être à l'approche de la trentaine, rencontrer le bon. Tomber amoureuse. Puis se marier et, après un an ou deux, avoir son premier enfant. Deux enfants, ce serait parfait, avec un peu de chance un garçon et une fille ; mais si ce n'était pas le cas, elle savait qu'elle ne serait pas vraiment déçue. Tant qu'elle aurait au moins une fille, évidemment.

Une à une, à l'adolescence et dans la vingtaine, elle avait coché toutes ces cases. Et puis Josh était arrivé, comme prévu. Hope n'aurait jamais cru que six ans plus tard, elle serait toujours célibataire et sans enfant. Et elle avait du mal à comprendre où le plan avait mal tourné. Josh lui avait dit qu'il voulait aussi se marier et avoir des enfants. Alors, qu'avaient-ils fait pendant tout ce temps ?

Où sont passées ces six années ? Elle savait une chose : avoir trente-six ans était très différent de trente-cinq. Elle l'avait appris lors de son anniversaire en avril dernier. Sa famille était là, Josh était là, et ç'aurait dû être un évènement heureux, mais elle avait jeté un coup d'œil au gâteau en pensant : *C'est BEAUCOUP de bougies !* Les souffler semblait prendre énormément de temps.

Ce n'était pas la question de l'âge qui l'avait dérangée. Pas plus le fait d'être désormais plus proche de quarante ans que de trente : Hope se sentait encore plus proche de vingt-cinq. Mais le lendemain, comme si Dieu avait voulu la frapper au visage sans pitié, une femme enceinte de trente-six ans était entrée aux Urgences après s'être blessée à un doigt en coupant un oignon. Il y avait eu beaucoup de sang, suivi d'une anesthésie locale et de points de suture, et la dame avait plaisanté en disant qu'elle ne serait pas venue si sa grossesse n'était pas considérée comme tardive.

Hope avait déjà entendu ce terme à l'école d'infirmières, mais depuis qu'elle travaillait aux Urgences elle avait croisé peu de femmes enceintes et l'avait oublié.

— Je déteste que l'on appelle ça une grossesse tardive, fit remarquer Hope. Ce n'est pas comme si vous étiez vieille.

— Non, mais faites-moi confiance. C'est très différent d'être enceinte dans la vingtaine. Elle avait souri. J'ai trois garçons, mais nous voulions une fille.

— Et ?

— C'est un autre garçon, dit-elle en levant les yeux au ciel. Combien d'enfants avez-vous ?

— Oh, avait répondu Hope, je n'en ai pas. Je ne suis pas mariée.

— Pas de problème. Vous avez encore le temps. Quel âge avez-vous ? Vingt-huit ?

Hope esquissa un sourire, repensant au terme de grossesse tardive.

— Plus ou moins, répondit Hope.

Lassée de ses réflexions — et vraiment, vraiment lassée de s'apitoyer autant sur son sort —, Hope se dit qu'elle devait se changer les idées. N'ayant pas pris la peine de faire les courses en rentrant et voulant quitter la maison, elle s'arrêta d'abord à un stand de légumes en bord de route, situé juste à côté de l'île, du plus loin qu'elle se souvienne. Elle remplit un panier de courgettes, de courges, de laitues, de tomates, d'oignons et de poivrons, puis poussa jusqu'à une île voisine où elle acheta du thazard noir frais et du maquereau espagnol.

Mais de retour au cottage, elle se rendit compte qu'elle n'avait pas faim. Après avoir ouvert les fenêtres, elle rangea la nourriture, se versa un verre de vin et recommença à faire du tri. Elle tenta de garder à la fois Robin et Joanna à l'esprit, et six boîtes de souvenirs se changèrent en une seule. Elle porta le reste à la poubelle, satisfaite de sa journée. Scottie l'avait suivie et elle resta avec lui à l'avant de la maison, ne voulant pas de nouveau lui courir après sur la plage.

Regardant l'heure, elle repoussa l'envie d'appeler Josh. Il logeait au Caesar's Palace, mais elle se dit que s'il voulait lui parler, il connaissait le numéro du cottage. Pourquoi ne pas prendre plutôt un peu de temps pour elle ? Elle avait surtout besoin d'une sieste, le manque de sommeil la veille l'avait rattrapée.

Elle s'allongea sur le canapé du salon… et se réveilla en milieu d'après-midi.

À travers les fenêtres ouvertes, elle entendait l'écho faible d'une guitare et les paroles d'une chanson.

Jetant un coup d'œil par la fenêtre, elle aperçut Tru. Elle l'écouta pendant quelques minutes tout en rangeant la cuisine et, malgré ses pensées moroses, ne put s'empêcher de sourire. Elle ne se souvenait même pas de la dernière fois où elle avait été attirée par quelqu'un aussi rapidement. Elle l'avait même invité à prendre un café, rien que ça ! Elle n'arrivait toujours pas à y croire.

Après avoir nettoyé les plans de travail, Hope décida qu'elle avait besoin d'un long bain. Elle appréciait un bon bain moussant, mais sa vie quotidienne trépidante l'obligeait à privilégier les douches, si bien que prendre un bain était devenu un luxe. Après avoir rempli la baignoire, elle resta dedans un long moment, sentant la tension déserter lentement son corps.

Ensuite, elle s'emmaillota dans un peignoir et prit un livre dans la bibliothèque, un vieux roman d'Agatha Christie. Elle se rappelait avoir aimé ses livres quand elle était adolescente, alors pourquoi pas ? Elle s'installa sur le canapé pour se plonger dans l'histoire. C'était facile à lire, mais le mystère valait bien les programmes télé de ces derniers temps, et elle en lut la moitié avant de le mettre de côté. Le soleil commençait à plonger à l'horizon, et elle se rendit compte qu'elle avait faim.

Hope n'avait pas mangé de toute la journée mais ne se sentait pas d'humeur à cuisiner. Elle voulait rester détendue. Enfilant un jean, des sandales et un chemisier sans manches, elle se maquilla rapidement et attacha ses cheveux en une queue-de-cheval désordonnée. Elle nourrit Scottie et le laissa sortir dans la cour – il était visiblement déçu en comprenant qu'il n'irait pas sur la plage – avant de fermer la porte d'entrée. Puis elle quitta la maison par-derrière, avant de prendre la passerelle. Chaque fois que leur famille était venue à Sunset Beach, ils avaient mangé Chez Clancy au moins une fois, et respecter la tradition lui semblait s'imposer par une soirée comme celle-ci.

5

Dîner sur le ponton

Chez Clancy se trouvait à quelques minutes de marche de l'embarcadère, et Tru apprécia les lieux avant même de monter sur le ponton principal depuis la plage. Il perçut le son de la musique entremêlée de conversations et de rires. Une arche en bois décorée de lumières de Noël blanches se dressait en haut des marches, et des lettres décolorées indiquaient le nom du restaurant.

Le pont était éclairé par des torches tiki, dont les flammes ondulaient dans la brise. Les tables de bar et les tabourets dépareillés près des rampes encadraient un groupe de tables de bois au centre, la moitié d'entre elles étant inoccupées ; l'intérieur comptait aussi davantage de sièges. La cuisine était située à gauche et le bar quasiment désert abritait un juke-box, ce que Tru nota avec intérêt. Le mur était décoré d'objets évoquant la mer : un vieux gouvernail en bois, un boulet de canon sur le manteau de la cheminée, un hommage à Barbe Noire, et des drapeaux nautiques. Tru observait les lieux quand une serveuse dans la cinquantaine franchit des portes battantes avec un plateau.

— Asseyez-vous n'importe où à l'intérieur ou à l'extérieur. Je vous apporte un menu.

La nuit était trop belle pour rester à l'intérieur, Tru s'installa donc à l'une des tables de bar près de la balustrade, face à l'Océan. La lune planait juste au-dessus de l'horizon, faisant scintiller l'eau. Il fut de nouveau frappé par le contraste entre ce lieu et le monde qu'il connaissait, même s'il y avait des similitudes fondamentales. La nuit, la brousse était sombre et mystérieuse, pleine de dangers cachés ; il en allait de même avec la mer. Bien qu'il puisse nager en journée, la peur de le faire la nuit sourdait au plus profond de lui.

La serveuse laissa tomber un menu devant lui et se dirigea vers la cuisine. Le juke-box commença à jouer une chanson qu'il ne reconnaissait pas. Il avait l'habitude. Souvent, lorsqu'il voyageait avec des clients, il les entendait faire référence à des films et à des émissions de télévision dont il n'avait jamais entendu parler, et il en allait de même pour les groupes de musique. Il connaissait les Beatles – qui ne les connaissait pas ? – et optait pour leurs chansons, avec Bob Dylan, Bob Marley, Johnny Cash, Kris Kristofferson, Les Eagles, et Elvis Presley aussi, quand l'ambiance s'y prêtait. La chanson du juke-box était entraînante, même si elle était un peu trop portée sur le synthétiseur à son goût.

Il passa le menu en revue, agréablement surpris par la sélection de fruits de mer, outre les hamburgers et les frites auxquels il s'attendait. Malheureusement, la plupart des fruits de mer étaient frits. Il en fut réduit à choisir entre thon grillé et mérou pané, avant de refermer le menu et de tourner de nouveau son attention vers l'Océan.

Quelques minutes plus tard, la serveuse revint avec des boissons, s'arrêtant aux tables à proximité avant de rentrer à nouveau sans même un coup d'œil dans sa direction. Peu importe, il n'avait nulle part où aller, et toute la nuit pour y arriver.

Percevant du mouvement près de la porte, Tru fut surpris de voir Hope arriver. Ils avaient probablement été sur la plage en même temps, et un instant il se demanda si elle l'avait vu partir et avait décidé de le suivre. Il écarta rapidement cette pensée, se demandant pourquoi elle lui était venue à l'esprit. Il se tourna de nouveau vers l'Océan, ne voulant pas qu'elle le regarde fixement, mais il repensa aussitôt à leur rencontre dans la matinée. Son sourire. Il avait vraiment aimé la façon dont elle souriait.

Hope fut étonnée de voir à quel point l'endroit semblait inchangé. C'était l'une des raisons pour lesquelles son père avait tant aimé Chez Clancy. Il disait que plus le monde changeait, plus ce restaurant lui rappelait ses habitudes ; mais elle savait qu'il aimait vraiment venir parce que Clancy servait la meilleure tarte au citron meringuée du monde. La mère de Clancy avait soi-disant perfectionné la recette des décennies plus tôt, et gagné des rubans bleus à six foires d'État consécutives, inspirant même la recette de Marie Callender, une chaîne de restaurants en Californie. Quoi qu'il en soit, Hope devait admettre qu'une part de tarte était souvent le moyen idéal de terminer une soirée à la plage. Il y avait quelque chose dans ce mélange de douceur et de saveur qui sonnait toujours juste.

Elle observa les environs. Pendant toutes ces années, elle n'avait jamais mangé à l'intérieur et cette idée ne lui serait pas venue. Près des balustrades sur la droite, trois des tables de bar étaient occupées ; à gauche, d'autres étaient libres. Machinalement, elle prit cette direction, s'arrêtant soudain en reconnaissant Tru.

Le voir seul à la table la poussa à s'interroger sur la raison de sa venue à Sunset Beach. Il avait mentionné ne pas connaître l'homme qu'il était censé rencontrer ; mais le voyage depuis le Zimbabwe était long, et même elle savait que Sunset Beach n'avait rien d'une destination touristique.

Elle se demandait qui avait assez d'importance pour le faire venir d'aussi loin.

À cet instant, il la salua d'un signe de la main. Elle hésita. *Je devrais au moins dire bonjour*, se dit-elle, avant de se diriger vers sa table. En approchant, elle remarqua à nouveau le bracelet de cuir éraflé et sa chemise déboutonnée ; il était facile de l'imaginer dans la brousse avec une telle tenue.

— Salut Tru. Je ne pensais pas vous voir ici.
— Moi non plus.

Elle s'attendait qu'il continue, mais non. Il se contenta de soutenir son regard, trop longtemps, et elle éprouva une nervosité inattendue. Il était visiblement plus à l'aise avec le silence qu'elle. Hope rejeta sa queue-de-cheval par-dessus son épaule, essayant de paraître plus calme qu'elle ne l'était.

— Comment s'est passé le reste de votre journée ?
— Plutôt calme. Je suis allé nager. Et vous ?
— J'ai fait quelques courses dans le coin. Je pense que je vous ai entendu jouer de la guitare un peu plus tôt.
— J'espère que ce n'était pas gênant.
— Pas du tout, dit-elle. J'ai aimé votre choix de chansons.
— C'est bien, car vous entendrez probablement les mêmes encore et encore.

Elle examina les autres tables puis désigna son menu d'un signe de tête.

— Ça fait longtemps que vous attendez ?
— Pas trop. La serveuse semble occupée.

— Le service a toujours été un peu lent. Sympa, mais lent. Comme tout le reste dans cette partie du monde.

— Il a ses charmes. Il indiqua le siège en face de lui. Aimeriez-vous vous joindre à moi ?

Hope sut aussitôt que le moment était important.

Offrir à un voisin une tasse de café après avoir sauvé son chien était une chose, dîner ensemble était très différent. Spontané ou non, cela avait tout l'air d'un rendez-vous, et elle soupçonnait que Tru savait précisément ce qui lui traversait l'esprit. Mais elle ne répondit pas tout de suite. Au lieu de cela, elle l'étudia dans la lumière vacillante. Elle se souvint de leur promenade et de leur conversation sur sa terrasse ; elle pensa à Josh et à Las Vegas, et à la dispute qui l'avait menée jusqu'ici, seule.

— J'aimerais bien, dit-elle finalement, se rendant compte qu'elle le pensait sincèrement.

Il se leva alors qu'elle tirait un tabouret puis l'aida à s'installer. Au moment où il retourna s'asseoir, elle se sentit complètement différente. La pensée de ce qu'elle faisait la désarçonna un peu et elle tendit la main vers le menu, comme si elle espérait que cela la ramènerait à la réalité.

— Je peux ?
— Absolument.

Elle ouvrit le menu, sentant son regard sur elle.

— Qu'est-ce qu'il y a ? demanda-t-elle, pensant que parler de tout et de rien lui permettrait de se calmer.

— Soit le thon, soit le mérou. J'allais demander à la serveuse quel est le meilleur, mais peut-être le savez-vous ?

— Le thon est toujours délicieux. C'est ce que ma mère a toujours pris. Ils ont un accord avec quelques pêcheurs des environs, donc c'est du frais.

— Alors, je prends le thon.

— C'est ce que je devrais faire. Les gâteaux de crabe sont vraiment délicieux, aussi. Mais ils sont frits.

— Et ?

— Ce n'est pas bon pour moi. Ou mes cuisses.

— Il me semble que vous n'avez pas de raison de vous inquiéter. Vous êtes ravissante.

Elle ne répondit rien mais se sentit rougir, consciente qu'une autre ligne venait d'être franchie. Aussi flattée soit-elle, ce dîner ressemblait vraiment à un rendez-vous galant maintenant. Impossible de le prévoir, mais elle devait vraiment se ressaisir. Elle s'efforça de se concentrer sur le menu, mais les mots semblèrent devenir flous et elle le mit de côté.

— Je suppose que vous avez décidé de prendre des gâteaux de crabe ?

— Comment l'avez-vous deviné ?

— L'habitude et la tradition rendent souvent le changement indésirable.

Sa réponse lui fit penser à un Anglais de classe supérieure, installé dans la bibliothèque en bois de son domaine, une image tout à fait incongrue par rapport à l'homme assis en face d'elle.

— Vous avez un sens des mots bien à vous, sourit-elle.

— Ah oui ?

— Vous n'êtes vraiment pas américain.

Il parut amusé.

— Comment va Scottie ? Toujours en vadrouille ?

— De nouveau aussi exubérant que d'habitude. Mais je pense qu'il était en colère contre moi pour ne pas l'avoir ramené à la plage. Ou au moins déçu.

— Il semble aimer chasser les oiseaux.

— Tant qu'il ne les attrape pas ! Il ne saurait probablement pas quoi en faire.

La serveuse s'approcha, à présent moins débordée.
— Est-ce que vous deux avez décidé ce que vous aimeriez boire ? demanda-t-elle.

Tru la regarda et Hope hocha la tête.

— Je crois que nous sommes prêts à commander.

Il indiqua son choix et demanda s'ils servaient des bières locales à la pression.

— Désolé, mon chou, répondit la serveuse. Rien d'extraordinaire ici et rien en pression. Juste de la Budweiser, de la Miller et de la Coors, mais servies glacées.

— Je vais essayer une Coors, alors, dit-il.

— Et vous ? demanda-t-elle en se tournant vers Hope.

Hope n'avait pas bu de bière depuis des années mais, sans trop savoir pourquoi, l'idée lui semblait étrangement attirante. Et elle avait vraiment besoin de quelque chose à même de soulager son anxiété.

— Je prendrai la même chose.

La serveuse hocha la tête, les laissant seuls à la table. Hope prit sa serviette et la posa sur ses genoux.

— Vous jouez de la guitare depuis longtemps ? demanda-t-elle.

— J'ai commencé quand j'étais apprenti pour devenir guide. Un des hommes avec qui je travaillais avait l'habitude de jouer la nuit sur le campement. Il a proposé de me donner quelques leçons. Le reste, c'est au fil du temps. Jouez-vous ?

— Non. Petite, j'ai pris quelques leçons de piano, mais c'est tout. Mais ma sœur sait jouer.

— Vous avez une sœur ?

— Deux, dit-elle. Robin et Joanna.

— Vous les voyez souvent ?

Elle acquiesça.

— On essaie. Toute la famille vit à Raleigh, mais il est

plus difficile aujourd'hui de rassembler tout le monde, sauf pour les jours fériés ou les anniversaires. Robin et Joanna sont toutes les deux mariées et travaillent, et leurs enfants les occupent beaucoup.

— Mon fils Andrew est pareil.

La serveuse déposa les deux bouteilles de bière sur un plateau rempli d'autres boissons.

Hope pencha la tête, surprise.

— Je ne savais pas que vous aviez un fils.

— Il a dix ans. En raison de mon emploi du temps, il vit avec sa mère, le plus souvent.

— Votre emploi du temps ?

— Je travaille six semaines d'affilée, puis je rentre à la maison deux semaines.

— Ça doit être dur pour vous deux.

— Parfois, acquiesça-t-il. En même temps, il n'a jamais connu que ça, alors je me dis qu'il est habitué. Et nous nous amusons beaucoup ensemble. Il n'était pas content quand il a appris que je m'absentais une semaine.

— Avez-vous parlé avec lui depuis ?

— Non, mais je prévois de l'appeler demain.

— Comment est-il ?

— Il est curieux. Brillant. Beau. Gentil. Mais je suis partial.

Il sourit et but une gorgée de bière.

— C'est normal. C'est votre fils. Il veut devenir guide un jour lui aussi ?

— Il dit que oui, et il semble aimer passer du temps dans la brousse autant que moi. Mais encore une fois, il dit aussi vouloir conduire des voitures de course. Et être vétérinaire. Ou peut-être un scientifique fou.

Elle sourit.

— Qu'est-ce que vous en pensez ?

– Il finira par prendre sa propre décision, comme nous le faisons tous. Être guide signifie renoncer à mener une vie conventionnelle, et ça ne convient pas à tout le monde. C'est aussi l'une des raisons pour lesquelles mon mariage a pris fin. Je n'étais tout simplement pas assez présent. Kim méritait mieux.

– On dirait que vous et votre ex, vous vous entendez bien.

– En effet. Mais elle est facile à vivre, et c'est une mère merveilleuse.

Hope prit sa bière, impressionnée par la façon dont il parlait de son ex, pensant que cela en disait autant sur lui que sur elle.

– Quand rentrez-vous ?

– Lundi matin. Et vous ?

– Dimanche dans la journée. Je dois reprendre le boulot lundi. Votre rendez-vous a lieu quand ?

– Samedi après-midi. Il but une gorgée, comme s'il ne savait pas encore s'il allait en dire plus, et posa la bouteille sur la table. Je suis censé rencontrer mon père.

– Vous voulez dire lui rendre visite ?

– Non. Je veux dire le rencontrer pour la première fois. D'après cette lettre, il a quitté le Zimbabwe avant ma naissance, et il a appris mon existence il y a peu de temps.

Hope ouvrit la bouche puis la referma.

– Je ne peux pas imaginer ne pas connaître mon père, hasarda-t-elle enfin. Votre esprit doit aller à cent mille à l'heure.

– J'admets que ce n'est pas une situation ordinaire.

Hope secoua la tête, essayant toujours de saisir ce qu'il lui avait dit.

– Je ne saurais pas comment commencer cette conversation. Ou même quoi lui demander.

– Moi, oui.

Pour la première fois, Tru jeta un coup d'œil sur le côté. Quand il reprit la parole, sa voix était presque perdue dans le bruit des vagues.

– J'aimerais lui poser des questions sur ma mère.

Hope ne s'était pas attendue à cela et se demanda ce qu'il pouvait vouloir dire. Elle crut saisir un éclair de tristesse dans son expression, mais il disparut dès qu'il tourna de nouveau la tête vers elle.

– Il semble que nous avons tous les deux des week-ends mémorables à venir, observa-t-il.

Son désir de changer de sujet était évident et elle le respecta, malgré sa curiosité croissante.

– J'espère juste qu'il ne pleuvra pas. Ellen fondrait probablement en larmes.

– Vous avez mentionné que vous êtes demoiselle d'honneur ?

– Oui. Et heureusement, la robe est plutôt élégante.

– Votre robe ?

– Les demoiselles d'honneur portent des robes assorties, choisies par la mariée. Et parfois, la mariée n'a pas le plus grand sens du style.

– On dirait que vous parlez d'expérience.

– C'est la huitième fois que je suis demoiselle d'honneur. Elle soupira. Six amies et mes deux sœurs. J'ai aimé peut-être deux robes sur les huit.

– Que se passe-t-il si vous n'aimez pas la robe ?

– Rien. Sauf que vous détestez probablement les photos pour le reste de votre vie. Si jamais je me marie, je pourrais bien choisir des robes laides, juste pour rendre la monnaie de leur pièce à certaines de mes amies.

Il rit et elle se rendit compte qu'elle aimait son rire, profond et grave, comme les prémices d'un tremblement de terre.

— Vous ne feriez pas ça.
— Je pourrais. L'une des robes était vert citron. Avec des manches bouffantes. Pour le mariage de ma sœur Robin. Joanna et moi la taquinons toujours à ce sujet.
— Depuis combien de temps est-elle mariée ?
— Neuf ans, dit-elle. Son mari Mark est courtier d'assurance, et il est plutôt calme, et très gentil. Et ils ont trois petits garçons. Joanna est mariée à Jim depuis sept ans. Il est avocat, et ils ont deux petites filles.
— On dirait que vous êtes tous très proches.
— Oui. Et nous vivons à proximité les uns des autres. Bien sûr, en fonction de la circulation, cela peut prendre une vingtaine de minutes pour se retrouver. Ce n'est probablement pas comme ça là d'où vous venez.
— Les grandes villes comme Harare et Bulawayo ont aussi des problèmes de circulation. Vous seriez surprise.
Elle tenta d'imaginer ces villes, sans succès.
— Je suis gênée de l'admettre, mais quand je pense au Zimbabwe, tout ce que je peux imaginer, c'est par les émissions sur le Câble. Des éléphants et des girafes, des choses comme ça. Ce que vous voyez tous les jours. Je sais qu'il y a des villes là-bas, mais tout ce que j'imagine est probablement faux.
— C'est comme toutes les villes, je suppose. Il y a de beaux quartiers, et d'autres qu'il vaut mieux éviter.
— Est-ce que vous sentez le choc culturel entre la brousse et la ville ?
— Chaque fois. Il me faut encore un jour ou deux pour m'habituer au bruit, à la circulation, aux gens. Mais c'est en partie parce que j'ai été élevé dans une ferme.
— Votre mère était fermière ?
— Mon grand-père.

– Comment un enfant qui a grandi à la ferme devient guide ?

– C'est une histoire longue et compliquée.

– Comme toutes les bonnes histoires… Ça vous dit d'en parler ?

La serveuse arriva alors avec leurs plats. Tru, ayant fini sa bière, en avait commandé une seconde. Hope fit de même. La nourriture semblait délicieuse, et cette fois la serveuse fut rapide, revenant avec deux autres bières avant même que l'un ou l'autre ait pris la première bouchée. Il souleva sa bouteille, indiquant qu'elle devrait faire la même chose.

– Aux soirées enchantées, dit-il simplement avant de taper sa bouteille contre la sienne.

Peut-être était-ce dû à la formalité d'un toast dans le cadre informel de Chez Clancy, mais elle se rendit soudain compte que sa nervosité s'était évanouie.

Elle soupçonnait que l'authenticité de Tru n'y était pas pour rien, et cela renforçait son impression que trop de gens passaient leur vie à jouer le rôle qu'ils pensaient devoir jouer, au lieu d'être simplement eux-mêmes.

– Retour à votre question. Cela ne me dérange pas d'en parler, mais je me demande si c'est approprié pour le dîner. Peut-être plus tard ?

– Bien sûr.

Elle haussa les épaules et coupa un morceau de gâteau au crabe pour en prendre une bouchée.

Incroyable, comme toujours. Remarquant que Tru avait entamé son thon, elle demanda :

– C'est comment ?

– Savoureux. Le vôtre ?

– Ça va être difficile de ne pas les manger tous les deux. Mais je dois entrer dans la robe ce week-end.

– Et elle est élégante.

Elle fut flattée qu'il semble se souvenir de tout ce qu'elle lui avait dit.

Au cours du dîner, leur conversation fut pleine d'histoires familières.

Elle lui parla un peu d'Ellen, décrivant certains de ses exploits pleins de désinvolture, tout en occultant les pires moments de son passé, comme l'ex-trafiquant de drogue. Elle mentionna aussi ses autres amies de la sororité, et la conversation dériva bientôt sur la famille de Hope. Elle lui raconta son enfance et son adolescence avec des enseignants pour parents, qui insistaient tous deux pour que leurs enfants apprennent à planifier et à terminer leurs devoirs sans ingérence parentale. Elle lui décrivit la course de fond et la piste, exprimant son admiration pour les méthodes d'entraînement habiles de son père. Elle se remémora ces moments où elle préparait des cookies avec sa mère. Elle lui parla aussi de son travail – de l'énergie intense qu'il exigeait d'elle, et des patients et des familles qui la touchaient. Même si elle pensa de temps à autre à Josh, ces images restèrent étonnamment rares et éloignées.

Pendant leur conversation, les étoiles se multiplièrent lentement dans le ciel. Les brisants scintillaient au clair de lune et le vent forcit légèrement, comme toujours, apportant l'odeur saumâtre de la mer. Les torches tiki bourdonnaient dans la brise, jetant une lueur orange au-dessus des tables, tandis que les autres clients allaient et venaient. L'ambiance devint plus calme, plus feutrée, les conversations interrompues seulement par des rires sourds et les mêmes chansons jouées par le juke-box.

Après avoir débarrassé leurs assiettes, la serveuse vint avec deux parts de tarte au citron meringuée, et il ne leur fallut qu'une bouchée pour comprendre que Hope n'avait pas exagéré en vantant ses vertus. Pendant qu'ils s'attardaient sur le dessert, Tru reprit la parole. Il évoqua les différents camps où il avait travaillé et lui parla de son ami Romy, et de la façon dont celui-ci le harcelait parfois pour jouer de la guitare, après une longue journée de travail. Il lui en dit un peu plus sur son divorce et parla longtemps d'Andrew. Elle pouvait dire, en percevant la nostalgie dans sa voix, à quel point il manquait déjà à Tru – et cela lui fit penser à quel point elle voulait elle-même un enfant.

Elle sentait que Tru avait réellement confiance en lui et en la vie qu'il avait choisie, mais que c'était contrebalancé par une réelle incertitude quant à savoir s'il faisait ce qu'il fallait pour son fils. Elle supposait que c'était normal, mais son honnêteté à propos de tout cela semblait augmenter leur degré d'intimité. Elle n'était pas habituée à ça, surtout avec un étranger. Plus d'une fois, elle se retrouva inconsciemment penchée au-dessus de la table pour mieux l'entendre, avant de se redresser en prenant conscience de son attitude. Plus tard, quand il raconta en riant combien il avait été terrifié en ramenant Andrew de l'hôpital à la maison, elle sentit une vague inattendue de chaleur à son égard. Tru était beau, aucun doute là-dessus ; mais, un instant, il lui fut facile d'imaginer cette conversation comme le début d'une série sans fin de tête-à-tête.

Se sentant idiote, elle rejeta cette pensée. Ils étaient des voisins éphémères, rien de plus. Mais l'impression de chaleur persista, et elle eut conscience de rougir plus que de raison pendant toute la soirée.

Tru prit automatiquement la note quand on la leur apporta. Hope lui proposa de la partager, mais Tru secoua la tête en disant simplement :

– S'il vous plaît. Permettez.

À ce moment-là, un amas de nuages se forma dans le ciel à l'est, obscurcissant la lune. Mais ils continuèrent à parler jusqu'à ce que les dernières tables soient désertées. Quand ils quittèrent enfin leurs sièges, Hope jeta un coup d'œil à Tru, se sentant complètement détendue. Ils se dirigèrent vers la porte au milieu des tables, Hope l'observant alors qu'il la tenait ouverte pour elle, tout à coup certaine que dîner avec Tru avait constitué le couronnement idéal de l'un des jours les plus surprenants de sa vie.

6

Une marche dans le noir

Après avoir côtoyé des milliers de touristes au fil des années, Tru savait interpréter leurs réactions. Quand Hope atteignit la plage et se tourna vers lui, il remarqua une aura de contentement – absente quand leurs regards s'étaient croisés la première fois au restaurant. Il avait senti la prudence et l'incertitude, peut-être même l'inquiétude. Et, bien qu'il lui eût été facile de conclure leurs plaisanteries initiales sans conséquence, il ne le fit pas. Pour une raison ou une autre, il soupçonnait que manger seule ne l'aiderait pas à surmonter ses démons.

– À quoi pensez-vous ? demanda-t-elle, d'une voix traînante qu'il trouvait mélodieuse. Votre regard s'est fait lointain.

– À notre conversation.

– J'ai probablement trop parlé.

– Pas du tout. Reprenant leur habitude de la matinée, ils marchaient côte à côte sur la plage, d'un pas encore plus lent. J'ai aimé apprendre ces choses sur votre vie.

– Je ne vois pas pourquoi. Ce n'est pas si excitant.

Parce que tu m'intéresses, pensa-t-il ; mais il ne le dit pas, se concentrant plutôt sur ce qu'elle n'avait pas mentionné de toute la soirée.

— Comment est votre petit ami ?

À son expression, il la sut désarçonnée par sa question.

— Comment saviez-vous que j'avais un petit-ami ?

— Vous avez mentionné qu'il vous avait offert Scottie.

— Oh, c'est vrai... Je l'ai dit, n'est-ce pas ?

Elle pinça les lèvres une seconde.

— Que voulez-vous savoir ?

— Ce que vous voulez bien me dire.

Elle sentit ses sandales s'enfoncer dans le sable.

— Il s'appelle Josh et il est chirurgien orthopédiste. Il est intelligent et brillant et... c'est un gars sympa.

— Depuis combien de temps êtes-vous ensemble ?

— Six ans.

— Ça a l'air sérieux.

— Oui, acquiesça-t-elle, même si à ses yeux elle donnait presque l'impression de chercher à se convaincre.

Elle n'ajouta rien d'autre et sentit que Tru l'observait intensément dans le silence.

— Je suppose qu'il vient au mariage ?

Elle fit quelques pas avant de répondre.

— En fait, non. Il était censé le faire, mais il a décidé d'aller plutôt à Vegas avec quelques amis. Elle lui offrit un demi-sourire, qui trahissait son mal-être. En ce moment, nous sommes un peu brouillés... mais nous allons surmonter ça, j'en suis sûre.

Voilà qui expliquait pourquoi elle n'avait rien dit de lui au dîner. Mais...

— Je suis désolé de l'apprendre. Et d'avoir abordé le sujet.

Elle hocha la tête et Tru remarqua quelque chose dans le sable juste devant lui.

– Qu'est-ce que c'était ? demanda-t-il.
– Un crabe-fantôme, dit-elle, apparemment soulagée par la distraction. Ils sortent la nuit. Mais ils sont inoffensifs.
– On en trouve beaucoup ?
– Entre ici et la maison, ça ne m'étonnerait pas d'en croiser une centaine.
– C'est bon à savoir.

La jetée s'étirait devant eux, triste et déserte dans l'obscurité. Au large, Tru remarqua les lumières d'un chalutier. Une profonde étendue d'eau noire le séparait du rivage.

– Puis-je vous poser une question personnelle ?
– Bien sûr, répondit-il.
– Pourquoi voulez-vous questionner votre père au sujet de votre mère ? Cela a-t-il quelque chose à voir avec votre vocation de guide ?

Il sourit devant sa perspicacité.

– En fait, c'est le cas. Il mit une main dans sa poche, se demandant par où commencer avant de décider de simplement tout lui raconter. Je veux interroger mon père à propos de ma mère parce que je me rends compte que je n'ai jamais su qui elle était vraiment. Ce qu'elle aimait, ce qui la rendait heureuse ou triste, ce dont elle rêvait… Je n'avais que onze ans quand elle est morte.

– C'est terrible, souffla-t-elle. Vous étiez si jeune.

– Tout comme elle, répliqua-t-il. Elle était encore adolescente à ma naissance. Si sa grossesse avait eu lieu quelques années plus tard, ç'aurait probablement été plus scandaleux. Mais elle n'était pas la seule jeune fille à tomber amoureuse d'un soldat après la guerre. Surtout que nous étions en quelque sorte coupés du reste de la civilisation, donc censément personne, hormis les ouvriers de la ferme, ne fut au courant de mon existence avant un certain temps. Mon grand-père a préféré garder le silence. Les gens l'ont finalement découvert, mais à ce moment-là c'était acté. D'ailleurs, ma mère était encore jeune et belle, et la fille d'un homme riche était considérée comme un parti très recherché. Mais comme je l'ai dit, je n'ai pas le sentiment de l'avoir connue. Elle s'appelait Evelyn, mais je ne les ai jamais entendus parler d'elle, ni même prononcer son nom après sa mort.

— Les ?

— Mon grand-père. Et Rodney, mon beau-père.

— Pourquoi ?

Tru regarda un autre crabe-fantôme passer devant eux.

— Eh bien... Je vais devoir vous préciser un peu le contexte pour répondre correctement à cette question, dit-il en soupirant tandis qu'elle le regardait avec une certaine impatience. Quand j'étais encore petit garçon, il y avait une autre ferme à côté de la nôtre, avec beaucoup de terres fertiles et un accès facile à l'eau. À cette époque, le tabac devint rapidement la culture la plus rentable, et mon grand-père avait bien l'intention de contrôler la plus grande production possible. Il était impitoyable en affaires. Le voisin l'a appris à ses dépens quand il a refusé son offre de rachat, car mon grand-père a détourné une grande partie de l'eau de ses terres.

— Cela me semble illégal.

— C'était probablement le cas, mais mon grand-père connaissait les bonnes personnes au sein du gouvernement, alors il s'en est tiré. La situation devenait terriblement plus difficile pour le voisin, dont le gestionnaire de propriété était, quant à lui, une sorte de génie ; il était aussi de notoriété publique qu'il s'intéressait à ma mère. Alors mon grand-père a fait au manager une offre qu'il ne pouvait pas refuser : une participation dans notre ferme et la proximité quotidienne de ma mère... Et il est venu travailler pour nous. Il s'appelait Rodney.

— Votre futur beau-père.

Tru acquiesça.

— Après son arrivée, notre production de tabac a doublé presque immédiatement. En même temps, quand la ferme du voisin a commencé à faire faillite, mon grand-père lui a proposé un prêt alors que personne d'autre ne l'aurait fait. Il a seulement retardé l'inévitable, et à la fin mon grand-père a obtenu une saisie... Il a ainsi récupéré tous les biens du voisin pour presque rien. Il a ensuite redirigé l'eau vers son modèle d'écoulement d'origine, devenant encore plus riche. Tout cela a pris quelques années, et pendant ce temps ma mère a cédé au charme de Rodney. Ils se sont mariés et ont eu des jumeaux, Allen et Alex, mes demi-frères. Tout avait fonctionné comme mon grand-père et Rodney l'avaient prévu... Mais peu de temps après, notre complexe familial a pris feu. J'ai sauté d'une fenêtre du deuxième étage, Rodney a sauvé les jumeaux, mais ma mère ne s'en est pas sortie.

Il l'entendit se récrier.

— Votre mère est morte dans un incendie ?

— Les enquêteurs soupçonnaient un incendie criminel.

— Le voisin, dit-elle.

— Selon les rumeurs. Je n'en ai eu connaissance que quelques années plus tard, mais je pense que mon grand-père et Rodney le savaient et se sentaient coupables. Même indirectement, ils étaient responsables de la mort de ma mère. Après, c'était comme si un silence s'était installé la concernant, et ni Rodney ni mon grand-père ne semblaient vouloir avoir affaire à moi, alors j'ai commencé à tracer mon propre chemin.

— Je ne peux pas imaginer à quel point ça a pu être difficile. Ça a dû être une période incroyablement triste et solitaire pour vous.
— Oui.
— Et le voisin s'en est tiré ?

Tru s'arrêta pour ramasser un coquillage un peu brisé qu'il examina avant de le jeter de côté.

— Le voisin est mort dans un incendie un an après la mort de ma mère. À l'époque, il vivait dans une cabane à Harare, complètement démuni. Mais je ne l'ai su que des années plus tard. Mon grand-père l'a mentionné une nuit, après avoir bu. Il a dit que l'homme avait eu ce qu'il méritait. J'étais déjà devenu guide à ce moment-là.

Jetant un coup d'œil à Hope, il la regarda associer ces différentes informations.

— Est-ce que quelqu'un a déjà soupçonné votre grand-père ?
— Je suis sûr que oui. Mais si vous étiez blanc et riche en Rhodésie, il était facile de s'accommoder de la justice. Peut-être pas autant de nos jours, mais à l'époque, oui. Mon grand-père est mort en homme libre. Ces jours-ci, Rodney et mes demi-frères dirigent la ferme, et je garde mes distances autant que possible.

Il regarda Hope secouer la tête, essayant d'appréhender l'énormité de cette histoire.

— Ouah… Je crois bien que je n'ai jamais entendu une histoire pareille, dit-elle. Je comprends pourquoi vous êtes parti. Et pourquoi vous ne me l'avez pas dit plus tôt. C'est accablant.
— En effet.
— Êtes-vous certain que l'homme que vous devez rencontrer ce week-end est votre vrai père ?
— Certain, non, mais je pense que c'est probable.

Il lui parla de la lettre et de la photo qu'il avait reçues, et des billets d'avion.

— La photo ressemble-t-elle à votre mère ?

— D'après ce dont je me souviens, mais… Je suppose que je ne peux pas en être sûr à cent pour cent. Toutes les photos d'elle ont été perdues dans les flammes, et je ne voulais pas en parler à Rodney.

Elle le considéra avec un respect nouveau.

— Vous avez déjà eu une vie difficile.

— D'une certaine manière. Il haussa les épaules. Mais j'ai aussi Andrew.

— Avez-vous déjà pensé à avoir un autre enfant ? Quand vous étiez marié ?

— Kim en voulait d'autres, mais j'ai contracté les oreillons, ce qui m'a rendu stérile. Donc, je ne pouvais pas.

— C'était l'une des raisons du divorce ?

Il secoua la tête.

— Nous étions simplement très différents. Nous n'aurions probablement pas dû nous marier pour commencer, mais elle était enceinte et je savais ce que c'était que de grandir sans père. Je ne voulais pas ça pour Andrew.

— Je sais que vous avez dit que vous ne vous souveniez pas beaucoup de votre mère, mais y a-t-il quelque chose dont vous vous rappelez ?

— Je me souviens qu'elle avait l'habitude de s'asseoir sur la véranda de derrière et de dessiner. Mais la seule raison pour laquelle je le sais est que j'ai commencé à dessiner aussi, peu de temps après sa mort.

— Vous dessinez ?

— Quand je ne joue pas de la guitare.

— Vos dessins sont bons ?

– Andrew les aime.
– Avez-vous des dessins ici ?
– J'en ai commencé un ce matin. Il y en a d'autres aussi dans mon carnet de croquis.
– J'aimerais les voir. Si cela ne vous dérange pas.

La jetée était loin derrière eux et ils se rapprochaient à la fois du cottage et de la maison où Tru séjournait. À côté de lui, Hope s'était calmée, et il savait qu'elle digérerait tout ce qu'il lui avait dit. Se confier de la sorte ne lui ressemblait pas. D'habitude, il ne racontait presque rien à propos de son passé, et il se demanda pour quelle raison il s'était montré si volubile ce soir.

Mais au fond, il savait déjà que sa conduite avait tout à voir avec la femme qui marchait à son côté. En atteignant les marches menant à la passerelle du cottage, il se rendit compte qu'il voulait qu'elle sache qui il était vraiment… ne serait-ce que parce qu'il avait l'impression de la connaître déjà.

Après tout ce qu'il venait de lui raconter au sujet de son enfance, Hope se dit qu'il n'était pas correct de mettre fin à la conversation si abruptement. D'un geste, elle indiqua le cottage.

– Voudriez-vous prendre un verre de vin ? C'est une si belle nuit, je pensais m'asseoir sur la terrasse un petit moment.

– Un verre de vin me paraît bien.

Hope ouvrit la voie, et arrivée sur la terrasse arrière, elle désigna deux fauteuils à bascule près de la fenêtre.

– Du chardonnay, ça vous va ? J'ai ouvert une bouteille plus tôt aujourd'hui.

– Tout me va.

– Je reviens dans une minute, dit-elle.

Mais qu'est-ce que je fais ? se demanda-t-elle en entrant, laissant la porte entrouverte.

Jamais de sa vie elle n'avait invité un homme pour un dernier verre, et elle espérait qu'elle ne lui enverrait pas de signaux contradictoires ou ne lui ferait pas mauvaise impression. L'évocation de ce à quoi il pensait lui donna soudain le vertige.

Scottie l'avait suivie dans la maison et, impatient de la saluer, remuait la queue.

Elle se pencha pour le caresser.

– Ce n'est pas un problème, n'est-ce pas ? murmura-t-elle. Il sait que j'essaie juste de jouer les voisines sympas, n'est-ce pas ? Et ce n'est pas comme si je l'avais invité à l'intérieur.

Scottie la regarda avec des yeux endormis.

– Tu ne m'aides pas.

Elle sortit deux verres à pied du placard et les remplit à moitié. Hope envisagea d'allumer les lumières extérieures, mais décida que ce serait trop lumineux. Des bougies auraient été parfaites, mais cela enverrait certainement le mauvais message. Elle alluma donc la lumière de la cuisine, sa lueur diffuse débordant sur le porche. C'était mieux.

Les verres à la main, elle poussa la porte du pied. Scottie s'élança devant elle et courut, prêt à se diriger vers la plage.

– Pas maintenant, Scottie. Demain, d'accord ?

Scottie l'ignora comme d'habitude, tandis que Hope se dirigeait vers les fauteuils à bascule.

Elle tendit son verre à Tru et leurs doigts se frôlèrent. Il y eut comme une décharge électrique dans le bras de Hope.

– Merci, dit-il.

– De rien, murmura-t-elle, sentant toujours les répliques de sa sensation.

Scottie n'avait pas bougé, comme pour lui rappeler son véritable but dans la vie. Hope fut soulagée de tenir là une distraction.

– Je t'ai dit que nous sortirions demain. Pourquoi ne te couches-tu pas ?

Scottie la regarda fixement, remuant toujours la queue.

– Je ne pense pas qu'il me comprenne, dit-elle à Tru. Ou alors il essaie de me faire changer d'avis.

Tru sourit.

– Il est mignon.

– Sauf quand il s'enfuit et se prend une voiture. Pas vrai, Scottie ?

Sa queue remua plus fort au son de son nom.

– J'ai eu un chien une fois, dit Tru. Pas longtemps, mais il était de bonne compagnie.

– Que lui est-il arrivé ?

– Vous ne voulez sans doute pas le savoir.

– Dites-moi.

– Il a été tué et mangé par un léopard. J'ai trouvé ce qui restait de lui dans les branches des arbres.

Elle le regarda, interdite.

– Vous aviez raison. Je ne voulais pas savoir.

– Des mondes différents.

– Vous ne plaisantez pas, répondit-elle avec un hochement de tête amusé.

Pendant un long moment, ils sirotèrent simplement leur vin, sans prononcer un mot, ni l'un ni l'autre.

Un papillon dansait près de la fenêtre de la cuisine, une manche à air flottait dans la douce brise. Les vagues roulaient, évoquant des cailloux secoués dans un pot.

Les yeux toujours rivés sur l'Océan, Hope avait toutefois l'impression que Tru la regardait elle aussi.

Ses yeux, pensa-t-elle, *semblent ne laisser échapper aucun détail.*

— Ça vous manquera, ici ? demanda-t-il enfin.

— Que voulez-vous dire ?

— Votre cottage familial. J'ai vu le panneau devant quand on m'a déposé hier.

Évidemment.

— Oui, ça va me manquer. Je pense que ça va manquer à tout le monde de pouvoir venir ici. Cette maison est dans la famille depuis longtemps et je n'ai jamais imaginé autre chose.

— Pourquoi vos parents vendent-ils ?

Ses inquiétudes lui revinrent aussitôt.

— Mon père est malade, répondit-elle. Il souffre de la maladie de Charcot. Savez-vous ce que c'est ?

Tru secoua négativement la tête. Alors elle lui expliqua, ajoutant que le gouvernement et l'assurance ne couvriraient pas grand-chose.

— Ils vendent ce qu'ils peuvent, pour pouvoir aménager leur maison, payer les soins à domicile…

Elle fit tourner son verre entre ses doigts avant de continuer.

— Le pire, c'est l'incertitude… J'ai peur pour ma mère. Je ne sais pas ce qu'elle va faire sans lui. Elle donne l'impression que tout va bien, mais je crains que ça ne fasse qu'aggraver la situation pour elle par la suite. D'un autre côté, mon père semble en paix avec le diagnostic, mais peut-être fait-il aussi semblant, pour que nous nous sentions tous mieux. Parfois j'ai l'impression d'être la seule à m'inquiéter.

Tru ne dit rien mais se pencha en arrière dans son fauteuil à bascule et étudia Hope.

– Vous pensez à ce que j'ai dit, se hasarda Hope.
– Oui, admit-il.
– Et ?
Sa voix était calme.
– Je sais que c'est dur, mais s'inquiéter ne les aidera pas, ni vous non plus. Winston Churchill a décrit l'inquiétude comme un mince filet de peur qui traverse l'esprit et qui, s'il est encouragé, vous paralyse.
Elle fut impressionnée.
– Churchill ?
– L'un des héros de mon grand-père. Il avait l'habitude de le citer tout le temps. Mais Churchill avait raison.
– C'est comme ça que vous êtes avec Andrew ? Vous ne vous inquiétez pas ?
– Vous savez bien que si.
Malgré elle, elle rit.
– Au moins, vous êtes honnête.
– Parfois, c'est plus facile d'être honnête avec des étrangers.
Elle savait qu'il parlait d'elle autant que de lui-même.
Jetant un coup d'œil derrière elle, sur la plage, elle remarqua que toutes les autres maisons étaient plongées dans le noir, comme si Sunset Beach était une ville fantôme. Elle prit une gorgée de vin, savourant un sentiment de paix qui envahit ses membres, rayonnant vers l'extérieur comme la lueur d'une lampe.
– Je comprends pourquoi cet endroit va vous manquer, dit-il. C'est paisible.
Elle sentit son esprit dériver vers le passé.
– Notre famille passait la plupart des étés ici. Quand nous étions jeunes, mes sœurs et moi passions presque tout notre temps dans l'eau. J'ai appris à surfer là-bas, près de la jetée. Je n'ai jamais été vraiment douée, mais

ça allait. J'ai passé des heures à attendre la bonne vague. Et j'ai vu des choses incroyables : des requins, des dauphins, et même quelques baleines. Aucun d'entre eux de très près, mais une fois, j'avais à peu près douze ans, j'ai cru voir une bûche flottante, jusqu'à ce qu'elle réapparaisse à quelques mètres. J'ai vu sa face et ses moustaches, et tout mon corps s'est figé. J'étais trop terrifiée pour crier parce que je ne savais pas depuis combien de temps il était là ou même ce que c'était. Cela ressemblait à un hippopotame ou peut-être à un morse. Mais quand j'ai compris que la créature n'avait pas l'intention de me blesser, je l'ai juste… regardée. J'ai même pagayé pour suivre le rythme. En fin de compte, j'ai dû rester là-bas pendant quelques heures. C'est toujours l'une des choses les plus incroyables qui me soit arrivée.

— Qu'est-ce que c'était ?

— Un lamantin. Ils sont beaucoup plus communs en Floride, mais de temps en temps on en voit au large de la côte. Mais je n'en ai jamais revu d'autre. Ma sœur Robin ne me croit toujours pas, elle dit que j'ai tout inventé pour faire mon intéressante.

Tru sourit.

— Je vous crois. Et j'aime cette histoire.

— Je le pensais bien… comme elle comportait un animal. Mais il y a une autre chose vraiment intéressante que vous devriez voir pendant que vous êtes ici. Avant la pluie.

— Qu'est-ce que c'est ?

— Vous devriez visiter Âme Sœur demain. C'est sur l'île voisine, mais on peut l'atteindre en marchant à marée basse. Quand vous voyez le drapeau américain, commencez à tourner en direction des dunes. Vous ne pouvez pas le manquer.

– Je ne suis pas sûr de ce que c'est.
– C'est mieux de préserver la surprise. Vous saurez quoi faire.
– Je ne comprends pas.
– Bientôt.

À son expression, elle sut qu'elle avait éveillé sa curiosité.

– Je prévoyais d'aller pêcher demain. Si je peux trouver des appâts, évidemment.
– Ils en auront à la boutique de la jetée, mais vous pouvez faire les deux, l'assura-t-elle. Je pense que la marée basse se situe vers quatre heures de l'après-midi.
– Je vais y penser. Qu'est-ce qu'il y a sur votre agenda demain ?
– Des trucs de filles. Cheveux et ongles pour le mariage. Et je veux trouver une nouvelle paire de chaussures.

Il hocha la tête avant de prendre une autre gorgée de vin, et un calme naturel s'installa de nouveau entre eux. Tous deux admiraient le ciel nocturne glorieux. Mais elle se surprit à étouffer un bâillement, et elle sut qu'il était temps pour lui de partir. Il avait fini son vin et semblait encore savoir exactement ce qu'elle pensait.

– Je devrais probablement rentrer. La journée a été longue. Merci pour le vin.

C'était la bonne chose à faire, elle le savait mais éprouva une légère déception.

– Merci pour le dîner.

Il lui tendit son verre avant de se diriger vers la porte. Elle laissa les verres sur la table et le suivit. À la porte, il s'arrêta et se retourna. Elle pouvait presque sentir l'énergie émanant de lui, mais, quand il reprit la parole, sa voix était douce.

— Vous êtes une femme incroyable, Hope. Et je suis sûr que ça va marcher entre vous et Josh. C'est un homme chanceux.

Ses mots la prirent au dépourvu, mais elle savait qu'il se voulait gentil, sans jugement ou attente.

— Ça ira, j'en suis certaine, dit-elle, autant pour elle que pour lui.

Ouvrant la porte, il descendit les marches. Hope le suivit, s'arrêtant à mi-chemin. Croisant les bras, elle le regarda rejoindre la passerelle et se diriger vers la plage. Un instant plus tard, il se retourna et lui fit signe. Elle lui adressa un signe de la main et, quand il se fut un peu éloigné, elle retourna sur la terrasse. Elle prit les verres et les porta dans l'évier avant de se diriger vers la chambre à coucher.

Elle se déshabilla puis vint se placer devant le miroir. Elle se dit d'abord qu'elle avait vraiment besoin de perdre quelques kilos ; mais dans l'ensemble, elle était satisfaite de son apparence. Bien sûr, ç'aurait été génial d'avoir le genre de corps souple des magazines de fitness, mais elle n'était tout simplement pas bâtie ainsi et ne l'avait jamais été.

Elle avait toujours souhaité être plus grande de quelques centimètres ou même aussi grande que l'une ou l'autre de ses sœurs.

Et pourtant, tout en contemplant son reflet, elle pensa à la manière dont Tru l'avait regardée, à son intérêt pour tout ce qu'elle disait et aux compliments qu'il lui avait faits à propos de son apparence. Savourer l'attirance évidente d'un homme à son égard lui manquait, sans y voir pour autant un prélude au sexe. Même si elle essayait d'analyser ses sentiments, elle savait cette façon de penser dangereuse.

Se détournant du miroir, elle alla à la salle de bains, se lava le visage et se brossa les cheveux. Elle sortit un pyjama de sa valise avant d'hésiter. Décidant finalement de s'en passer, elle alla récupérer une couverture dans le placard.

Elle détestait avoir froid la nuit, et, en se glissant nue sous la couverture, elle ferma les yeux, se sentant sensuelle et étrangement contente.

7

Levers de soleil et surprises

Tru passa devant le cottage de Hope le lendemain matin, une canne à pêche sur l'épaule. Il nota que la peinture avait commencé à s'écailler sur une grande partie des moulures et que le bois des balustrades pourrissait par endroits, mais il la préférait toujours à la maison où il séjournait. Trop grande et définitivement trop moderne. Il n'arrivait toujours pas à comprendre comment faire fonctionner la machine à café. Il se serait contenté d'une seule tasse, mais les choses n'étaient visiblement pas censées se passer ainsi.

Le soleil était levé depuis une heure et Tru se demanda si la jeune femme était réveillée. À cause du soleil matinal, impossible de savoir si les lumières étaient allumées, mais il n'y avait aucun signe d'elle sur la terrasse. Il songea à son petit ami et secoua la tête, se demandant à quoi il pouvait bien penser. Malgré une vie passée en grande partie dans la brousse, même Tru savait qu'il aurait dû être présent pour le mariage d'une amie proche. Cela n'avait pas d'importance s'ils s'entendaient bien, ou même s'ils étaient temporairement brouillés, comme elle le disait.

Malgré lui, il imagina à quoi elle ressemblait le matin, avant de se préparer pour la journée. Même décoiffée et les yeux gonflés, il savait qu'elle serait belle. On ne pouvait pas cacher certaines choses. Son sourire répandait une lumière chaude autour d'elle, et il était facile de se laisser conquérir par son accent, doux et chantant comme une berceuse ; quand elle lui avait raconté ses anecdotes sur Ellen ou sur le lamantin, il avait eu l'impression de pouvoir l'écouter éternellement.

Malgré un ciel couvert, la matinée était plus chaude que la veille, et l'humidité plus présente. Le vent s'était levé lui aussi, Hope avait donc raison quant aux potentiels orages ce week-end. Au Zimbabwe, dans les jours précédant la pluie, l'atmosphère ressemblait beaucoup à ce qu'il sentait ce matin.

Une demi-douzaine d'hommes pêchait déjà sur la jetée et il vit l'un d'entre eux ramener quelque chose. Tru, trop loin pour distinguer les détails, considéra néanmoins cela comme un bon présage. Il doutait de garder toutes ses prises, car le réfrigérateur regorgeait de nourriture. Il n'était pas non plus d'humeur à nettoyer quoi que ce soit, d'autant plus que le couteau de son attirail de pêche semblait émoussé. Mais attraper un poisson était toujours un plaisir.

Entrant dans la boutique, il vit des étagères remplies de snacks et de boissons dans les allées centrales ; le long du mur arrière, un grill proposait de la nourriture chaude. Des équipements de pêche assortis étaient perchés sur des étagères en pagaille ; près de la porte, une glacière s'ornait d'un autocollant publicitaire. Tru prit des crevettes. Il y avait aussi des frais à régler pour pêcher depuis la jetée. Après avoir récupéré sa monnaie, il franchit la porte, passa devant un téléphone payant et descendit la jetée.

Malgré le ciel couvert, le soleil était apparu entre deux nuages et faisait briller l'eau.

La plupart des pêcheurs étaient regroupés au bout de la jetée ; supposant qu'ils en savaient plus que lui, Tru s'installa non loin. Contrairement au reste de son attirail, la canne à pêche était neuve et Tru se lança après avoir choisi un appât.

Dans le coin de la jetée, une radio jouait un morceau de country.

Étrangement, Andrew était fan de Garth Brooks et de George Straight, même si Tru n'avait aucune idée de comment il était tombé sur leurs chansons. Andrew avait mentionné leurs noms quelques mois auparavant et Tru l'avait regardé sans mot dire, si bien qu'Andrew avait insisté pour que son père écoute *Friends in Low Places*. C'était accrocheur, il fallait l'admettre, mais rien ne pouvait ébranler la fidélité de Tru à l'égard des Beatles.

Consciemment ou non, il avait choisi le côté de la jetée permettant de voir au loin le cottage de Hope. Il pensa à leur dîner et à leur promenade, conscient qu'il s'était senti à l'aise toute la soirée. Malgré leur attirance exaltante, il avait rarement ressenti ça avec Kim ; trop souvent, il avait eu l'impression de la décevoir. Et même s'ils étaient maintenant amis, il avait encore l'impression de la décevoir, surtout à propos du temps passé avec Andrew.

Il avait aussi été séduit par la façon dont Hope avait parlé de ses amis et de sa famille. Visiblement, elle se souciait sincèrement de tous. Elle était naturellement empathique, pas seulement amicale – les personnes comme elle étaient vraiment rares. Il l'avait senti même quand ils avaient parlé d'Andrew.

En pensant à son fils, il regrettait de n'avoir pas reporté son départ, étant donné que lui ne verrait pas son père avant samedi après-midi. C'était bizarre qu'il n'ait pas appelé pour s'expliquer, mais cela n'irritait Tru que par rapport à son fils. Andrew lui manquait. Il s'était résolu à utiliser la cabine téléphonique qu'il avait vue en passant. Ce serait un appel en PVC et le coût serait élevé, mais Kim le laisserait la rembourser à son retour. Avec le décalage horaire, et sachant qu'Andrew était à l'école et avait des devoirs, Tru se dit qu'il devait encore patienter quelques heures. Il attendait déjà avec impatience son vol de retour lundi.

Sauf que...

Il leva de nouveau les yeux vers le cottage de Hope et sourit en la voyant derrière Scottie sur la passerelle puis sur les marches. Sur la plage, elle se pencha et libéra Scottie. Le chien partit en courant. Il n'y avait pas de mouettes à proximité, mais il en trouverait, Tru n'en doutait pas. Il se demanda si Hope pensait à lui, espérant qu'elle ait apprécié leur soirée ensemble autant que lui.

Hope s'éloignait de la jetée, sa silhouette rapetissant à chaque pas.

Il la regarda quand même, jusqu'à ce qu'il remarque un léger mouvement sur sa ligne. Quand il sentit une secousse, il tira dessus et la résistance grandit brusquement. Il commença à tirer sur sa canne, gardant juste assez de tension sur la ligne. Décidément, peu importe leur taille, les poissons étaient tout en muscles. Mais il joua le jeu, sachant que le poisson se fatiguerait.

Continuant à travailler la ligne, il vit un poisson étrange émerger. Tru le balança sur la jetée, n'ayant aucune idée de ce qu'il fallait en faire. Il était plat et ovale, avec deux yeux sur le dos. En utilisant le bout de sa botte pour l'empêcher de s'agiter, il saisit une paire de pinces et commença à enlever le crochet, essayant de ne pas abîmer la bouche du poisson.

Soudain, Tru entendit une voix à côté de lui.

– C'est un sacré flet. Vous pouvez le garder.

Tru leva les yeux et vit un homme plus âgé avec une casquette de base-ball, portant des vêtements bien trop grands pour lui. Il avait les dents de devant écartées et son accent, beaucoup plus marqué que celui de Hope, était difficile à comprendre.

– Un flet ?

– Ne me dis pas que tu n'as jamais vu un flet avant.

– C'est une première.

L'homme plissa les yeux sur lui.

– D'où viens-tu ?

Se demandant si l'homme avait déjà entendu parler du Zimbabwe, Tru se contenta d'une réponse plus sommaire.

– D'Afrique.

– D'Afrique ! Tu n'as pas l'air d'être d'Afrique.

Tru avait ôté l'hameçon et mis les pinces de côté. Il allait rejeter le poisson quand l'homme reprit la parole.

– Que fais-tu ?

– J'allais le remettre à l'eau.

– Je peux le récupérer, alors ? Je n'ai pas eu beaucoup de chance hier ni ce matin. J'apprécierais une telle prise pour le dîner.

Tru réfléchit avant de hausser les épaules.

– Sûr.

– Merci, fit l'homme.

L'homme tendit le bras et attrapa le poisson, retournant de l'autre côté de la jetée où il le mit dans une petite glacière.

– De rien.

Tru prépara de nouveau sa ligne puis la relança. À ce moment-là, Hope n'était plus qu'une épingle au loin.

Il la reconnut malgré tout, et pendant longtemps il ne put détacher ses yeux de sa silhouette.

Hope surveillait Scottie, rappelant le chien chaque fois qu'il approchait de la dune, même s'il ne semblait jamais l'écouter. Espérer que Scottie commence soudain à obéir était inutile. Bien sûr, cela allait de pair avec la matinée déjà entamée.

Immédiatement après son réveil, le téléphone sonna dans la cuisine. Hope dut enrouler la couverture autour d'elle pour y répondre et se cogna l'orteil en courant. C'était peut-être Josh, se dit-elle, mais elle se souvint du décalage horaire à l'instant même où elle entendit Ellen pleurer à l'autre bout. De fait, elle sanglotait. Et au début, Hope ne comprit pas ce que son amie essayait de lui dire. Ellen ne parvenait pas à aligner plus de deux mots.

Hope crut que le mariage avait été annulé, et il lui fallut du temps pour comprendre qu'Ellen pleurait à cause de la météo. Entre deux sanglots, Ellen informa Hope qu'il devait commencer à pleuvoir plus tard dans la journée, alors le week-end serait presque à coup sûr gâché par les orages. Hope estima sa réaction excessive, mais Ellen restait inconsolable, peu importe ce qu'elle pouvait bien lui dire. Non pas que Hope ait eu l'occasion de beaucoup parler. Le coup de téléphone ressembla surtout à un monologue larmoyant de quarante minutes sur les injustices de la vie.

Pendant que son amie s'épanchait encore et encore, Hope s'appuya contre le comptoir, les jambes croisées et, l'orteil toujours palpitant, se demanda distraitement si Ellen remarquerait quelque chose si elle posait le téléphone pour aller aux toilettes. Elle avait vraiment, vraiment envie de faire pipi, et au moment où elle put enfin raccrocher, elle dut abandonner la couverture et boitiller aussi vite que possible.

Ensuite, comme si une divinité avait décidé de la frapper après s'en être prise à Tru, sa cafetière fit des siennes. La lumière brillait, mais l'eau ne chauffait pas. Hope se demanda s'il fallait faire bouillir de l'eau et la verser sur le café en poudre. Mais Scottie se tenait devant la porte... et elle le savait : si elle ne le sortait pas bientôt, elle devrait nettoyer. Alors, s'habillant à la va-vite, elle prit la direction de la plage, espérant sauver sa matinée par une promenade reposante.

Mais Scottie l'en empêcha. En deux occasions, il courut vers le haut de la dune et remonta chez des voisins – soit en essayant de retrouver un chat ou de lui provoquer une crise cardiaque – et elle dut se démener pour le rattraper. Elle pouvait lui remettre sa laisse, mais Scottie lui arracherait sans doute le bras ou bouderait, et elle n'était pas d'humeur non plus.

Malgré tout ça...

Pendant le coup de téléphone d'Ellen, elle avait vu Tru passer devant sa maison sur le chemin de la jetée, avec son attirail de pêche, et n'avait pu s'empêcher de sourire. Elle avait encore du mal à croire qu'elle avait dîné avec lui. Ses pensées revinrent à leur conversation... Hope était toujours surprise de constater combien la soirée avait été agréable et à quel point ils s'entendaient bien.

Elle se demanda s'il suivrait son conseil et visiterait Âme Sœur après avoir fini de pêcher. Avec les orages à venir, il serait sans doute trop tard demain, mais c'était aussi le cas pour elle. Après ses rendez-vous, elle se dit qu'elle pourrait prendre un moment pour visiter la boîte aux lettres et décida de le faire.

Mais Hope devait partir maintenant, ou elle serait en retard. Elle avait rendez-vous chez le coiffeur à neuf heures à Wilmington et une manucure à onze heures. Elle voulait aussi voir si elle pouvait trouver une paire de chaussures appropriée pour le mariage : les escarpins bordeaux choisis par Ellen pour les demoiselles d'honneur lui comprimaient terriblement les pieds, et elle avait décidé de ne pas passer toute la nuit à souffrir. La circulation serait sans doute dense. Interrompant sa brève promenade, elle rappela Scottie avant de faire demi-tour. Peu après, Scottie se faufila devant elle, la langue pendante. Alors qu'elle le regardait courir, elle jeta un coup d'œil vers la jetée. Elle vit un groupe de personnes, mais juste des silhouettes, et elle se demanda si Tru avait eu de la chance.

De retour chez elle, elle sécha Scottie avec une serviette puis prit une douche rapide. Ensuite, elle enfila un jean, un chemisier et des sandales, consciente de porter à peu près la même tenue que la veille. Mais quand elle se regarda dans le miroir, elle ne put s'empêcher de se trouver une allure différente. Plus jolie, peut-être, ou même plus désirable, et elle comprit qu'elle se voyait comme un étranger pourrait la voir – la façon dont Tru l'avait regardée la nuit dernière, quand ils s'étaient assis l'un en face de l'autre.

Après cette prise de conscience, elle prit une décision. Hope fouilla dans le tiroir sous le téléphone, trouvant tout ce dont elle avait besoin. Après avoir griffonné un mot, elle sortit par la porte arrière et descendit à la plage. Empruntant la passerelle de la maison voisine, elle accrocha la note au loquet de la porte – Tru ne pourrait pas la rater. Elle revint sur ses pas et attrapa son sac à main en sortant de la maison. En montant dans sa voiture, elle laissa échapper un profond soupir, se demandant ce qui allait s'ensuivre.

Tru n'était pas sûr de ce que Hope avait fait.

Il l'avait vue émerger sur la terrasse, peut-être quarante minutes après sa promenade avec Scottie, puis se diriger vers la maison où il séjournait. Il sentit un soupçon de dépit à la pensée qu'elle lui rendait visite alors qu'il n'était pas là, mais elle s'était arrêtée à la porte. Il supposa qu'elle avait peut-être débattu de la possibilité d'aller à la porte arrière, mais elle n'y était restée que quelques secondes avant de disparaître dans la maison de ses parents. Il ne l'avait pas vue depuis.

Étrange.

Ses pensées revenaient constamment à la jeune femme. Il aurait été facile de craindre ses sentiments. Kim, sans aucun doute, serait d'accord. Depuis le divorce, son ex lui demandait parfois s'il avait rencontré quelqu'un.

Quand il répondait que non, elle plaisantait, le disant tellement hors du coup qu'il tomberait probablement amoureux de la première femme qui lui jetterait un coup d'œil.

Ce n'était pas ce qui se passait ici. Il ne s'était pas entiché de Hope et ne se sentait pas désespéré ; mais il y avait quelque chose chez elle qu'il trouvait surprenant.

Ironiquement, cela avait à voir avec Kim elle-même. Dès le début, il s'était rendu compte que Kim savait exactement à quel point elle était attirante et qu'elle avait passé sa vie à apprendre à l'utiliser à son avantage. Hope était tout le contraire, même si elle était tout aussi belle, et cela lui semblait aussi intuitif que quand il terminait un dessin en estimant avoir obtenu le résultat recherché.

Il savait qu'un tel raisonnement n'était pas approprié, ne serait-ce que parce qu'il ne pouvait rien en résulter de bon. Non seulement il partait lundi, mais Hope retrouverait sa vie le dimanche, une vie incluant l'homme qu'elle pensait épouser même s'ils connaissaient des difficultés pour le moment. De plus, avec leurs week-ends respectifs, Tru n'était pas sûr de revoir Hope.

À temps, il sentit une secousse sur la ligne et hameçonna bien vite. Après une lutte surprenante, il attrapa un poisson différent du flet… mais qu'il ne connaissait pas non plus. L'homme plus âgé coiffé d'une casquette se dirigea vers lui, regardant Tru commencer à retirer l'hameçon.

– C'est un sacré merlan, dit l'homme.
– Un merlan ?
– Un merlan anglais. Du mulet de mer. Il a la mesure, lui aussi. Bien sûr, ce serait bien de le faire cuire. Si t'avais l'intention de le rejeter à la mer, je veux dire.

Tru lui tendit le poisson, le regardant disparaître dans la glacière.

Il n'eut guère de chance par la suite, mais il était temps d'appeler Andrew. Il rangea ses affaires puis marcha jusqu'à la boutique pour récupérer de la monnaie, avant de se rendre au téléphone public. Il fallut du temps pour passer à un opérateur international, mais il entendit enfin une sonnerie familière.

Kim accepta de payer l'appel et lui passa Andrew. Son fils avait mille questions sur l'Amérique, dont la plupart avaient trait à divers films qu'il avait vus. Il semblait déçu d'apprendre qu'il n'y avait pas d'interminables fusillades sur la voie publique, de chapeaux de cow-boys et de vedettes de cinéma à chaque coin de rue. La conversation prit ensuite un tour plus normal, et Tru écouta Andrew lui raconter ce qu'il avait fait ces derniers jours.

Le son de sa voix fit souffrir Tru, à la pensée que des milliers et des milliers de kilomètres les séparaient. De son côté, Tru lui parla de la plage et décrivit ses deux prises ; il lui parla aussi de Scottie et de comment Tru l'avait l'aidé. Ils parlèrent plus longtemps que Tru ne l'avait prévu – près de vingt minutes – avant qu'il entende Kim rappeler à Andrew qu'il avait encore des devoirs à faire.

Elle prit la suite au bout du fil.

– Tu lui manques, dit-elle.

– Je sais. Il me manque aussi.

– As-tu déjà vu ton père ?

– Non, répondit-il, évoquant la rencontre prévue pour samedi après-midi.

Kim s'éclaircit la voix.

– Qu'est-ce que j'ai entendu dire à propos d'un chien ? Il a été heurté par une voiture ?

– Ce n'était pas si grave, dit Tru avant de raconter l'histoire une seconde fois.

Il fit l'erreur de mentionner Hope par son nom, et Kim réagit aussitôt.

– Hope ?

– Oui.

– Une femme ?

– Évidemment.

– Je suppose que vous deux avez bien accroché.

– Pourquoi ça ?
– Parce que tu connais son nom, ça signifie que vous avez passé un certain temps à discuter. Et ça, tu ne le fais plus jamais. Parle-moi d'elle.
– Il n'y a pas grand-chose à dire.
– Vous êtes sortis tous les deux ?
– Pourquoi est-ce important ?
Au lieu de répondre, Kim rit.
– Je ne peux pas le croire ! Tu as finalement rencontré une femme, et en Amérique ! Est-elle déjà allée au Zimbabwe ?
– Non...
– Je veux tout savoir à son sujet. En échange, je ne te demanderai pas de me rembourser l'appel...
Kim et lui restèrent au téléphone dix minutes. Et même s'il fit de son mieux pour minimiser ses sentiments à propos de Hope, il pouvait presque sentir Kim sourire. Cet appel l'avait déconcerté, il prit son temps pour rentrer. Sous une ceinture de nuages qui prenait la couleur du plomb, il se demanda comment Kim avait bien pu comprendre autant de choses et si vite.
Même s'il acceptait l'idée qu'elle le connaissait mieux que n'importe qui ou presque, cela lui paraissait étrange.
Les femmes étaient vraiment mystérieuses.
Peu de temps après, en revenant sur ses pas, il fut surpris à la vue d'un morceau de papier blanc collé près du loquet. Comprenant que Hope devait l'avoir laissé pour lui – la raison de son passage –, il prit la note.

Salut !
Je vais faire un tour à Âme Sœur aujourd'hui. Si vous souhaitez vous joindre à moi, rendez-vous sur la plage à trois heures.

Il haussa un sourcil. Oui, les femmes étaient vraiment mystérieuses.

Il trouva un stylo dans la maison et lui répondit. Se rappelant qu'elle avait dit avoir des rendez-vous, il sortit par la porte d'entrée, se dirigea vers sa maison et glissa le billet dans le chambranle, à côté du bouton de porte. Sa voiture, remarqua-t-il, ne se trouvait pas dans l'allée.

De retour à la maison, il fit un peu d'exercice puis mangea un morceau. Assis à la table, il regarda par la fenêtre le ciel de plus en plus menaçant, espérant que la pluie attendrait, au moins jusqu'au soir.

Ellen avait recommandé non seulement le salon de Wilmington, mais aussi la styliste Claire. Hope s'assit en observant le reflet d'une femme avec de nombreux piercings aux oreilles, un collier de chien noir clouté et des cheveux noirs striés de pourpre. Elle portait un pantalon noir serré et un haut noir sans manches, complétant l'ensemble. En silence, Hope se demanda à quoi pouvait bien penser Ellen.

Claire avait travaillé à Raleigh avant de déménager à Wilmington plus tôt dans l'année, et Ellen était une cliente fidèle. Hope n'était toujours pas sûre de ce choix, mais, avec une petite prière, elle se réinstalla sur la chaise. Après lui avoir posé des questions sur la longueur et le style qui l'intéressaient, Claire continua à bavarder. Quand Hope se récria à la vue de près de dix centimètres de cheveux coupés, Claire lui promit qu'elle serait ravie du résultat final avant de reprendre le fil de la conversation comme si de rien n'était.

Hope resta nerveuse tout du long, mais après le balayage et le brushing elle dut bien admettre que Claire avait du talent. Les cheveux naturellement auburn de Hope affichaient maintenant des teintes plus claires, comme si elle avait passé la plus grande partie de l'été au soleil, et la coupe elle-même encadrait son visage de manière inédite.

Elle laissa à Claire un généreux pourboire et traversa la rue pour gagner le salon de manucure, ouvrant la porte au moment même où son rendez-vous devait commencer. La technicienne, une Vietnamienne entre deux âges, parlait peu l'anglais, si bien que Hope lui indiqua une couleur rose bourgogne qui correspondait à sa robe de demoiselle d'honneur, avant de se plonger dans la lecture d'une revue.

Ensuite, Hope passa par Wal-Mart pour acheter une nouvelle cafetière et choisit le modèle le moins cher. Cela semblait inutile puisqu'ils vendaient leur maison de vacances, mais une tasse de café faisait partie de sa routine matinale, et elle se dit qu'elle pourrait toujours l'offrir à Ellen en cadeau de mariage, avec une note disant qu'elle n'était plus tout à fait neuve. *Je blague.* Mais cette pensée la fit rire. Elle passa ensuite un certain temps à repérer les boutiques à proximité et fut ravie de trouver des talons confortables à lanières qui correspondaient à sa robe. Même s'ils étaient un peu chers, elle se sentit chanceuse de trouver une paire appropriée, alors qu'elle s'y prenait à la dernière minute.

Elle fit également une folie en achetant une paire de sandales blanches perlées pour remplacer les siennes, assez éraflées. Se précipitant dans la boutique de vêtements voisine, elle parcourut les étagères. Après tout, une petite thérapie shopping n'avait jamais blessé personne… Elle s'offrit donc une robe d'été à motif floral : elle affichait un léger décolleté sur le devant, une ceinture, et un ourlet juste au-dessus des genoux. En fait, pas le genre de robe qu'elle achetait habituellement... Pour être honnête, elle s'offrait rarement des robes, mais c'était amusant et féminin, et elle ne pouvait résister, même si elle n'avait aucune idée des circonstances où elle pourrait la porter.

Le retour se révéla plus facile, avec une circulation plus fluide et une succession de feux verts. Sur l'autoroute, elle traversa des terres cultivées. De temps en temps, elle croisait un chêne, avec des branches basses et pendantes drapées dans la mousse espagnole, avant d'atteindre enfin l'embranchement de Sunset Beach.

Quelques minutes plus tard, elle se gara dans l'allée. Rassemblant ses achats, elle grimpa les marches jusqu'à la porte d'entrée et vit un bout de papier près de la poignée. En le libérant, elle reconnut sa propre note. Elle se dit tout d'abord que Tru avait dû la lui rendre sans commentaire – elle se sentit confuse. Et c'est seulement en la retournant qu'elle vit sa réponse en retour.

Je serai sur la plage à trois heures. J'ai hâte de discuter et d'en apprendre plus sur les mystères qui entourent Âme Sœur... Je m'attends à une surprise avec vous comme guide.

Elle cligna des yeux et se dit qu'il savait écrire, même en quelques mots seulement. Le libellé lui semblait vaguement romantique, ce qui avivait le rouge qui lui était monté aux joues à la pensée qu'il avait accepté de se joindre à elle.

Elle ouvrit la porte, Scottie sur ses talons. Elle attrapa la vieille cafetière et la jeta dans la poubelle extérieure pendant que Scottie faisait son affaire, puis elle installa la nouvelle. Elle mit les autres sacs dans la chambre et nota qu'elle avait une heure pour se préparer. Déjà coiffée, il lui fallait juste attraper un sweat-shirt à fermeture Éclair dans sa valise.

Elle n'avait donc rien d'autre à faire que d'essayer de se détendre sur le canapé et de se lever régulièrement pour vérifier son apparence dans le miroir, pleinement consciente de la lenteur de l'écoulement du temps.

8

Une lettre d'amour

À trois heures moins dix, Tru quitta la maison et descendit la passerelle en direction de la plage, notant que la température s'était sensiblement refroidie depuis le matin. Le ciel était gris, et une brise constante agitait l'Océan. La plage était couverte d'écume, roulant comme les buissons desséchés dans les westerns qu'il avait, enfant, parfois regardés à la télévision.

Il entendit Hope avant de la voir. Elle criait à Scottie de ne pas tirer si fort. En descendant vers la plage, il remarqua qu'elle avait enfilé une veste légère, et que ses cheveux auburn non seulement étaient plus courts mais semblaient aussi briller par endroits. Il regarda Scottie l'entraîner dans sa direction.

— Hé ! dit-elle en approchant, vous avez passé une bonne journée ?

— Tranquille, répondit Tru, pensant que ses yeux habituellement turquoise reflétaient maintenant la grisaille du ciel, ce qui leur conférait une couleur presque éthérée. Je suis allé pêcher.

— Je sais. Je vous ai vu partir comme ça ce matin. Vous avez eu de la chance ?

— Un peu, dit-il. Et vous ? Vous avez fait tout ce que vous vouliez ?

— Oui, mais j'ai l'impression de courir partout depuis ce matin.

— Vos cheveux sont beaux, au fait.

— Merci. La coiffeuse en a coupé plus que je ne le pensais, mais je suis contente de voir que vous me reconnaissez.

Elle zippa sa veste avant de se pencher pour libérer Scottie de sa laisse.

— Pensez-vous que vous aurez besoin d'une veste ? Il fait un peu froid ici, et il faudra un bon moment.

— Tout ira bien.

— Ce doit être tout ce sang zimbabwéen qui coule dans vos veines.

Sitôt Scottie libre, il partit en courant en soulevant des jets de sable.

Tous les deux s'avancèrent dans son sillage.

— Je sais que vous pensez probablement qu'il est hors de contrôle, dit-elle, mais je lui ai fait suivre des cours de dressage. Il est trop têtu pour apprendre.

— Je vous prends au mot.

— Vous ne me croyez pas ?

— Pourquoi je ne vous croirais pas ?

— Je n'en suis pas sûre. Je crois que vous pensez peut-être que je me laisse marcher sur les pieds quand il s'agit de mon chien.

— Je ne suis pas sûr qu'il existe un moyen correct pour moi de répondre à ce commentaire.

Elle rit.

— Probablement pas. Vous avez pu parler à Andrew ?

— Oui. Mais je suis à peu près certain qu'il me manque plus que je ne lui manque.

– C'est typique des enfants, non ? Chaque fois que je partais en camp de vacances, je m'amusais trop pour avoir le temps de penser à mes parents.

– C'est bon à savoir. Il lui jeta un regard. Avez-vous déjà pensé à avoir des enfants ?

– Tout le temps, admit-elle. Je ne peux pas imaginer ne pas avoir d'enfants.

– Ah oui ?

– Je suppose que je suis juste très portée sur le mariage et la famille. Je veux dire, j'aime mon travail, mais ce n'est pas ça la vie, pour moi. Je me souviens quand ma sœur a eu son premier bébé, elle m'a laissé la tenir, et j'ai juste… fondu. Comme si je reconnaissais mon but dans la vie, mais encore une fois je l'ai toujours ressenti de cette façon. Ses yeux brillaient. Quand j'étais petite, je me promenais avec un coussin rembourré sous ma chemise. J'étais enceinte, dit-elle en éclatant de rire. Je me suis toujours imaginée dans la peau d'une mère… D'une façon ou d'une autre, l'idée de sentir grandir une vie en vous, de la faire venir au monde puis d'aimer l'enfant avec une intensité brute a toujours été… profonde pour moi. Je ne vais plus très souvent à l'église, mais mes sentiments à ce sujet sont aussi proches de ce que je ressens sur le plan spirituel, je pense…

Elle glissa une mèche de cheveux derrière son oreille, comme si elle essayait de repousser une vérité douloureuse – et sa vulnérabilité donna soudain envie à Tru de la prendre dans ses bras.

– Mais les choses ne marchent pas toujours comme on l'imagine, n'est-ce pas ?

La question était rhétorique, Tru ne répondit donc rien. Après quelques pas, Hope poursuivit.

— Je sais que la vie n'est pas juste, et je connais ce vieil adage comme quoi l'homme prévoit et Dieu rit, mais je ne m'attendais pas à être célibataire à mon âge. C'est comme si ma vie était en attente. Tout semblait sur la bonne voie. J'avais rencontré cet homme merveilleux, nous faisions des plans, et puis… rien. Nous en sommes exactement au même point qu'il y a six ans. Nous ne vivons pas ensemble, nous ne sommes pas mariés ni même fiancés. Nous sortons juste ensemble. Elle secoua la tête. Je suis désolée. Vous n'avez probablement aucune envie d'entendre ça.

— Ce n'est pas vrai.

— Pourquoi vous en soucieriez-vous ?

Parce que je me soucie de toi, pensa-t-il.

Mais il ne le dit pas.

— Parce que, parfois, tout ce dont une personne a besoin, c'est d'un peu d'écoute.

Elle sembla réfléchir à ses mots tout en marchant. Scottie était déjà loin sur la jetée, poursuivant une volée d'oiseaux après l'autre, toujours aussi énergique.

— Je n'aurais probablement rien dû dire, remarqua-t-elle avec un haussement d'épaules dépité. Je suis juste déçue par Josh en ce moment et je me demande ce que l'avenir nous réserve. Ou même si nous avons un avenir. Mais c'est juste ma colère qui parle. Si vous m'aviez interrogé quand tout allait bien entre nous, je continuerais encore et encore à dire à quel point il est merveilleux.

Elle s'interrompit et Tru lui jeta un coup d'œil.

— Savez-vous s'il veut se marier ? Ou avoir des enfants ?

— C'est ça le truc… Il dit que oui. Ou c'était le cas. Nous n'en avons pas beaucoup parlé récemment, et quand j'ai essayé de soulever à nouveau la question, la discussion a très vite mal tourné. C'est pour ça qu'il n'est pas là. Parce que nous avons eu une énorme dispute, et maintenant, au lieu de venir au mariage avec moi, il est à Las Vegas avec ses copains.

Tru grimaça. Même au Zimbabwe, les gens connaissaient la réputation de Las Vegas.

– Je ne sais pas, poursuivit Hope. Peut-être que c'est moi… J'aurais probablement pu mieux le gérer, et je sais que je le fais paraître complètement égoïste. Mais il ne l'est pas. C'est juste que parfois je pense qu'il n'a pas encore fini de grandir.

– Quel âge a-t-il ?

– Presque quarante ans. D'ailleurs, quel âge avez-vous ?

– Quarante-deux.

– Quand vous êtes-vous senti adulte ?

– À dix-huit ans, quand j'ai quitté la ferme.

– Cela ne vient pas comme un choc. Avec tout ce que vous avez vécu, vous n'aviez pas d'autre choix que de grandir.

Ils avaient atteint la jetée et Tru remarqua que de nombreux piliers n'étaient plus submergés. Marée basse, exactement comme elle le lui avait dit.

– Que comptez-vous faire ?

– Je ne sais pas, dit-elle. En ce moment, je suppose que nous nous remettrons ensemble pour tenter de reprendre le fil de notre relation.

– C'est ce que vous voulez ?

– Je l'aime, concéda-t-elle. Et il m'aime. Je sais qu'il joue les abrutis en ce moment, mais la plupart du temps il est… vraiment génial.

Même s'il s'était attendu à ces mots, Tru aurait préféré que Hope ne les prononce pas.

– Je n'ai aucun doute là-dessus.

— Pourquoi dire ça ?
— Parce que vous avez choisi de rester avec lui pendant six ans. Et d'après ce que je sais de vous, vous ne l'auriez pas fait s'il ne possédait pas de nombreux traits admirables.

Elle s'arrêta pour ramasser un coquillage coloré, mais qui se révéla cassé.

— J'aime votre façon de présenter les choses. Vous avez souvent l'air très britannique. Je n'ai jamais entendu quelqu'un décrit comme ayant de nombreux traits admirables.
— C'est dommage.

Elle jeta le coquillage de côté et rit.
— Vous voulez savoir ce que je pense ?
— Quoi donc ?
— Je pense que Kim a peut-être fait une erreur en vous laissant partir.
— C'est gentil de votre part. Mais c'est faux. Je ne suis pas sûr d'être taillé pour être un mari.
— Ça veut dire que vous ne vous marieriez plus jamais ?
— Je n'ai pas réfléchi à la question. Entre le travail et Andrew, rencontrer quelqu'un se place plutôt bas sur ma liste de priorités.
— Comment sont les femmes au Zimbabwe ?
— Dans mon monde, vous voulez dire ? Les célibataires ?
— Bien sûr.
— Rares. La plupart des femmes que je rencontre sont déjà mariées et elles sont là avec leurs maris.
— Peut-être que vous devriez déménager dans un autre pays.
— Le Zimbabwe, c'est chez moi. Et Andrew vit là. Je ne pourrai jamais le quitter.

— Non, dit-elle. Vous ne pouvez pas.
— Et vous ? Avez-vous déjà envisagé de quitter les États-Unis ?
— Jamais, dit-elle. Et ce n'est pas possible maintenant, puisque mon père est malade. Mais même à l'avenir, je ne suis pas sûr de pouvoir le faire. Ma famille est là, mes amis aussi. Mais j'espère pouvoir aller en Afrique un jour. Et faire un safari.
— Si vous le faites, prenez garde aux guides. Certains d'entre eux peuvent être extrêmement charmants.
— Oui, je sais. Elle lui donna un petit coup d'épaule. Vous êtes prêt pour Âme Sœur ?
— Je ne sais toujours pas ce que c'est.
— C'est une boîte aux lettres sur la plage.
— À qui appartient la boîte ?
Elle haussa les épaules.
— À tout le monde, je suppose. Et à personne.
— Suis-je censé écrire une lettre ?
— Si vous voulez, dit-elle. La première fois que j'y suis allée, j'en ai écrit une.
— C'était quand ?
Elle réfléchit à la question.
— Peut-être il y a cinq ans…
— J'imagine que vous y alliez depuis votre enfance.
— Cela ne fait pas si longtemps qu'elle existe. Je crois que mon père m'a dit qu'elle était là depuis 1983, mais je peux me tromper. Je n'y suis pas allée très souvent. La dernière fois, le lendemain de Noël l'an passé, ce qui était un peu fou.
— Pourquoi ça ?
— Parce que nous avons eu plus de quarante centimètres de neige. C'est la seule fois où j'ai vu de la neige sur la plage. De retour à la maison, nous avons fait

un bonhomme de neige près des marches. Je pense qu'il y a une photo dans le cottage quelque part.

— Je n'ai jamais vu de neige.

— Jamais ?

— Il ne neige pas au Zimbabwe et je ne suis allé en Europe qu'en été.

— Il neige rarement à Raleigh, mais mes parents nous emmenaient skier à Snowshoe, en Virginie-Occidentale, pendant l'hiver.

— Vous êtes douée ?

— J'ai un niveau correct. Je n'ai jamais aimé aller trop vite. Je ne suis pas une risque-tout. Je veux juste m'amuser.

Devant lui, des nuages scintillaient au loin.

— La foudre ?

— Probablement.

— Cela signifie-t-il que nous devrions renoncer à cette balade ?

— C'est en pleine mer, dit-elle. L'orage viendra du nord-ouest.

— Vous en êtes sûre ?

— Plutôt, dit-elle. Je suis prête à prendre le risque si vous l'êtes aussi.

— Très bien, alors, acquiesça-t-il.

La jetée rapetissait de plus en plus dans leur dos. Ils quittèrent Sunset Beach pour se retrouver avec Bird Island droit devant eux. Ils durent contourner la dune pour éviter de se mouiller les pieds et Tru repensa à l'épaule de Hope contre la sienne. Il lui semblait sentir encore ce contact, comme un picotement sur son bras.

— C'est une boîte aux lettres, dit Tru.

Ils avaient atteint Âme Sœur, et Tru se contentait de l'observer sous le regard de Hope.

– Je vous l'ai déjà dit.
– Je pensais que ça pouvait être une métaphore.
– Non, dit-elle. C'est vraiment une boîte aux lettres.
– Qui s'en occupe ?
– Aucune idée... Mon père pourrait probablement vous le dire, mais je suppose que c'est quelqu'un du coin. Allons-y.

Tandis qu'elle se dirigeait vers la boîte aux lettres, elle jeta un coup d'œil à Tru, remarquant à nouveau la petite fossette sur son menton et ses cheveux ébouriffés par le vent. Par-dessus son épaule, elle vit Scottie renifler près de la dune, la langue pendante, fatigué de tenter inlassablement d'empêcher les oiseaux de se poser.

– Vous emporterez probablement cette idée avec vous au Zimbabwe, et vous mettrez en place une boîte aux lettres au milieu de la brousse. Ce serait vraiment génial, non ?

Il secoua la tête.

– Les termites mangeraient le poteau en moins d'un mois. D'ailleurs, ce n'est pas comme si quelqu'un pouvait y mettre une lettre, ou s'asseoir à côté pour la lire. Trop dangereux.

– Vous sortez seul dans la brousse, parfois ?

– Seulement si je suis armé. Et seulement quand je m'estime en sécurité, parce que je sais que les animaux sont dans les parages.

– Quels sont les animaux les plus dangereux ?

– Cela dépend du moment, de l'endroit et de l'humeur de l'animal, répondit Tru. Généralement, si vous êtes dans ou près de l'eau, les crocodiles et les hippopotames. Dans la brousse, en journée, les éléphants, surtout s'ils sont en chaleur. Dans la brousse, à la nuit tombée, les lions. Et les mambas noirs à tout moment. C'est un serpent. Très venimeux. Sa morsure est presque toujours fatale.

— Nous avons des mocassins d'eau en Caroline du Nord. Des vipères, aussi. Un enfant a dû aller aux Urgences une fois après avoir été mordu. Mais nous avions de l'anti-venin à l'hôpital et il s'est rétabli. Et comment en sommes-nous arrivés à parler de ça ?

— Vous avez suggéré d'installer une boîte aux lettres au milieu de la brousse.

— Ah oui… dit-elle. Sa main se trouvait maintenant sur la poignée. Prêt ?

— Y a-t-il un protocole ?

— Bien sûr. D'abord, vous faites dix sauts puis vous chantez *Auld Lang Syne*, et vous êtes supposé poser sur le banc du gâteau rouge velours en guise d'offrande.

Il la regarda sans mot dire et elle émit un petit rire.

— Je vous ai eu ! Non, il n'y a pas de protocole. Vous lisez juste… ce qu'il y a dans la boîte aux lettres. Et on peut aussi écrire quelque chose.

Hope ouvrit la boîte et prit toute la pile avec elle sur le banc. Tru s'assit à côté d'elle, assez près pour sentir la chaleur de son corps.

— Et si je les lisais d'abord avant de vous les passer ?

— Je vais suivre votre exemple, répondit-il. Procédez.

Elle leva les yeux au ciel.

— Procédez, répéta-t-elle. Vous pouvez juste répondre « D'accord », vous savez.

— D'accord.

— J'espère tomber sur une bonne. J'en ai lu d'incroyables quand j'étais ici.

— Parlez-moi de celle dont vous vous souvenez le mieux.

Elle prit quelques secondes pour réfléchir.

— C'était à propos de cet homme qui cherchait une femme brièvement rencontrée dans un restaurant. Assis au bar, ils ont parlé quelques minutes avant que ses amis arrivent et qu'elle rejoigne sa table. Mais il savait qu'elle était la seule qui comptait pour lui. Il y avait cette belle phrase à propos d'une collision d'étoiles illuminant son âme. Et ce type écrivait parce qu'il espérait que quelqu'un savait qui elle était, et lui ferait savoir qu'il voulait la revoir. Il a même laissé son nom et son numéro de téléphone.

— Il lui avait à peine dit deux mots ? Il a l'air obsessionnel.

— Vous auriez dû lire la façon dont il l'a écrit, a-t-elle dit. C'était très romantique. Parfois, une personne sait, c'est tout.

Elle prit une carte postale sur le haut de la pile, affichant l'*USS North Carolina*, un cuirassé de la Seconde Guerre mondiale. Quand elle eut fini, elle la lui tendit sans commentaire.

Tru l'étudia avant de se tourner vers elle.

— C'est une liste de courses pour quelqu'un qui planifie un barbecue.

— Je sais.

— Je ne sais pas pourquoi je serais intéressé par ça.

— Vous n'êtes pas obligé de l'être, dit-elle. C'est pour ça que c'est excitant. Parce qu'on espère trouver ce diamant à l'état brut, et qui sait, dit-elle en prenant une lettre dans la pile, c'est peut-être celle-là.

Tru écarta la carte postale et lui tendit la lettre après l'avoir terminée. C'était celle d'une jeune fille, un poème sur ses parents, qui lui rappela quelque chose qu'Andrew aurait pu écrire plus jeune. Tout en lisant, il sentit la jambe de Hope contre la sienne, et, sa lecture finie, Hope lui tendit une liasse de pages arrachées à un cahier.

Il se demanda si elle se rendait compte qu'ils se touchaient, ou si elle était simplement absorbée par les mots de ces auteurs anonymes sans même le remarquer. De temps en temps, il remarqua qu'elle vérifiait que Scottie reste à proximité ; en l'absence d'oiseaux, il s'était rapproché du bord de l'eau.

Il y avait une autre carte postale, et quelques photographies avec des commentaires écrits au dos. Puis une lettre d'un père à ses enfants, avec qui il parlait rarement. Dans la lettre, il y avait plus d'amertume et de reproches que de tristesse à propos de cette relation brisée. Tru se demanda si l'homme assumait la moindre responsabilité dans ce qui s'était passé.

Hope lisait toujours la lettre suivante dans la pile. Tru aperçut un pélican qui planait au ras de l'eau, juste au-dessus des vagues. Au-delà, la mer continuait à s'assombrir, presque noire à l'horizon. Des coquillages brisés jonchaient le sable dur et lisse laissé par la marée. Les cheveux de Hope se soulevaient légèrement dans la brise ; dans la lumière grise, elle semblait incarner la seule trace de couleur.

Hope n'avait pas encore pris la lettre suivante, et Tru comprit à cet instant qu'elle la lisait une seconde fois. Il l'entendit renifler.

– Oh là là… dit-elle finalement.

– A-t-il écrit au sujet d'une collision d'étoiles qui illumine l'âme ?

– Non. Et à la réflexion, vous avez probablement raison. Ce gars était sans doute obsédé.

Il rit en lui tendant la lettre. Mais elle n'en prit pas une autre, son regard restant rivé sur lui.

– Vous n'allez pas me regarder la lire, n'est-ce pas ? demanda-t-il.

— J'ai une meilleure idée, dit-elle. Pourquoi ne pas la lire à haute voix ?

La suggestion le prit au dépourvu, mais il prit la lettre, sentant sa peau frôler la sienne. Il songea à quel point ils semblaient déjà être détendus tous les deux, et comme il serait facile de tomber amoureux d'une femme comme elle. Ou que peut-être, juste peut-être, il était déjà en train de tomber amoureux et incapable de s'en empêcher.

Il se pencha sur la lettre et sentit Hope se rapprocher. Il sentait ses cheveux, leur odeur propre et douce, aussi fraîche que des fleurs, et il dut lutter contre l'envie de passer un bras autour de ses épaules. Tru prit une profonde inspiration et baissa les yeux, commençant à lire le gribouillis tremblant.

Chère Lena,

Le sable du sablier est tombé sans pitié tout au long de ma vie, mais j'essaie de me rappeler les années bénies que nous avons partagées – surtout maintenant, quand je me noie dans une mare de tristesse et de vide.

Je me demande qui je suis sans toi. Même vieux et fatigué, c'est toi qui m'aidais à faire face. J'ai parfois eu l'impression que tu étais capable de lire dans mes pensées. Tu semblais toujours savoir ce que je voulais et ce dont j'avais besoin. Même si nous avons parfois connu des difficultés, je peux revenir sur plus d'un demi-siècle passé ensemble et je sais que j'ai été chanceux. Tu m'as inspiré et fasciné, et je suis allé un peu plus haut car tu étais à mes côtés. Chaque fois que je te tenais dans mes bras, j'avais l'impression de n'avoir besoin de rien d'autre. Je donnerais n'importe quoi pour te tenir dans mes bras une fois encore.

Je veux sentir tes cheveux et m'asseoir à table avec toi. Je veux te regarder cuire le poulet frit qui m'a toujours mis l'eau à la bouche, le repas que le docteur m'a conseillé de ne plus manger. Je veux te voir glisser tes bras dans le pull bleu que je t'ai acheté pour ton anniversaire, celui que tu portais habituellement le soir, quand tu t'installais à côté de moi. Je veux m'asseoir avec nos enfants et petits-enfants, et Emma, notre seule et unique arrière-petite-fille. Comment puis-je être aussi vieux ? Voilà ce que je pense quand je l'embrasse, mais j'attends que tu me taquines à ce sujet et je n'entends jamais ta voix. Et ça me brise le cœur à chaque fois.

Je ne suis pas bon pour ça. Passer mes journées tout seul. Ton sourire complice me manque, le son de ta voix me manque. Parfois, j'imagine que je peux encore t'entendre m'appeler depuis le jardin, mais quand je vais à la fenêtre il n'y a que des cardinaux, ceux pour qui tu m'as fait suspendre une mangeoire à oiseaux.

Je la garde remplie pour toi. Je sais que tu voudrais que je le fasse. Tu as toujours aimé regarder ces oiseaux. Je n'ai jamais compris pourquoi, jusqu'à ce que l'employé de l'animalerie mentionne que les cardinaux restent en couple pour la vie.

Je ne sais pas si c'est vrai, mais je veux le croire. Et je les regarde, comme tu le faisais, et je me dis que tu as toujours été mon cardinal et que j'ai toujours été à toi.

Tu me manques tellement.

Joyeux anniversaire.

Joe

Après avoir terminé sa lecture, Tru contempla encore la page, plus affecté qu'il ne voulait l'admettre. Il savait que Hope l'observait, et il fut frappé par la nature ouverte et vulnérable de sa beauté en se tournant vers elle.

— Cette lettre est la raison pour laquelle j'aime venir ici, dit-elle doucement.

Repliant la page, il la remit dans l'enveloppe et la posa sur la petite pile à côté de lui. Alors qu'il la regardait tendre la main vers la pile, il sut que les messages restants ne pourraient rivaliser avec cette lettre – et ce fut le cas. La plupart étaient sincères, mais il n'y avait rien d'aussi marquant que la lettre de Joe. Se levant, il s'interrogea sur cet homme : où il habitait, ce qu'il faisait et, compte tenu de son âge évident, comment il avait pu se rendre sur cette plage isolée, sur une île en grande partie inaccessible.

Ils prirent le chemin du retour en parlant de tout et de rien, mais surtout en se contentant de garder le silence. Leur naturel lui fit de nouveau penser à Joe et Lena, une relation enracinée dans le confort et la confiance, et un désir durable d'être ensemble. Il se demandait si Hope ressentait la même chose.

Devant eux, Scottie zigzaguait, passant des dunes au bord de l'eau, avant de revenir et de recommencer. Les nuages s'assombrirent encore, changeant de forme sous le vent, et quelques minutes plus tard, il se mit à pleuvoir. La marée était montée et ils devaient marcher sur la dune pour empêcher les vagues de les atteindre, mais en quelques minutes Tru se rendit compte qu'il était inutile de tenter de rester au sec. Il y eut deux éclairs suivis de deux coups de tonnerre, et l'orage explosa. Le crachin se transforma en pluie et devint une averse.

Hope poussa un cri et se mit à courir, mais la jetée était encore loin. Alors elle ralentit à nouveau. Se retournant, elle leva les mains.

— Je suppose que j'avais tort sur le temps que nous avions devant nous, hein ? cria-t-elle. Pardon !

— Pas d'inquiétude, répondit-il en marchant vers elle. C'est humide, mais pas très froid.

– Pas seulement humide, dit-elle. On dégouline. Quelle aventure, n'est-ce pas ?

Sous l'averse, il nota une tache de mascara sur sa joue, un soupçon d'imperfection chez une femme autrement presque parfaite à ses yeux.

Il se demandait pourquoi elle était entrée dans sa vie, comment elle pouvait être devenue si importante, si vite. Toutes ses pensées tournaient autour d'elle. Il ne pensait pas à sa vie au Zimbabwe, ni à la raison de sa venue en Caroline du Nord... Mais il s'émerveillait de sa beauté et songeait encore et encore aux moments qu'ils avaient passés ensemble, une bobine d'images saisissantes. C'était un raz de marée de sensations et d'émotion, et il sentit soudain que chaque pas parcouru dans sa vie avait formé un chemin qui l'avait conduit ici – comme si elle était sa destination finale.

Hope semblait figée sur place. Il devina qu'elle savait ce qu'il ressentait, et il se demanda si elle éprouvait la même chose. Il ne pouvait pas le dire, mais elle ne bougea pas, même quand il tendit la main, posant une main sur sa hanche.

Longtemps, ils restèrent ainsi, l'énergie passant et repassant entre eux à travers ce simple contact. Il la dévisagea et elle le regarda intensément, le moment semblant durer une éternité. Il pencha la tête, son visage se rapprochant lentement du sien, avant de sentir Hope poser doucement la main sur sa poitrine.

– Tru... murmura-t-elle.

Le son de sa voix suffit pour l'empêcher d'aller plus loin. Il savait qu'il aurait dû reculer, mais il se sentait incapable de bouger. Elle ne recula pas non plus. Ils restèrent à se dévisager ainsi, sous l'averse, et Tru sentit son vieil instinct revenir, un instinct qu'il ne pouvait pas contrôler. Et, avec une soudaine clarté, il comprit qu'il était tombé amoureux. Peut-être même avait-il attendu une femme comme elle toute sa vie.

Hope dévisageait Tru tandis que ses pensées défilaient à toute vitesse, essayant d'ignorer la chaleur et la force qu'elle sentait dans sa main. Essayant d'ignorer le désir qu'elle éprouvait à son contact. Une part d'elle-même savait qu'elle voulait ce baiser, même si une autre part, la plus forte, l'avait mise en garde – ce qui l'obligea à lever une main entre eux.

Elle n'était pas prête pour ça... Enfin, à contrecœur, elle détourna le regard, percevant à la fois sa déception et son acceptation. Quand il recula, elle sentit qu'elle pouvait à nouveau respirer, même si sa main restait sur sa hanche.

– Nous devrions probablement rentrer, murmura-t-elle.

Il hocha la tête et, alors qu'il laissait glisser sa main de sa hanche, elle tendit la sienne, dans l'intention de la serrer. Il tourna la main en même temps, et leurs doigts s'entrecroisèrent en un geste prémédité. Sans même s'en rendre compte, ils se tenaient la main en marchant côte à côte.

La sensation était enivrante, même si Hope savait que se tenir par la main ne signifiait rien dans le grand ordre des choses. Elle se rappela vaguement avoir tenu la main de Tony, le garçon qu'elle avait embrassé au cottage, quand ils étaient allés au cinéma le lendemain. À l'époque, cette main tendue lui semblait sans doute représenter un signe de maturité, comme si elle grandissait enfin ; mais ici et maintenant, cela la frappait comme l'une des choses les plus intimes qui lui soient jamais arrivées. Ce contact portait en lui la possibilité d'une intimité encore plus grande, et elle se concentra sur Scottie pour tenter de repousser de telles pensées.

Au bout d'un moment, ils passèrent devant Chez Clancy puis à proximité de la jetée. Peu après, ils atteignirent les marches de la maison. Tru lâcha sa main seulement quand elle s'arrêta. Comme elle le regardait, elle sut qu'elle n'était pas encore prête à mettre fin à leur rencontre.

– Veux-tu venir dîner ce soir ? Au cottage ? J'ai acheté du poisson frais au marché.

– Oui, dit-il. J'aimerais beaucoup.

9

Moments de vérité

Dès qu'elle ouvrit la porte du cottage, Scottie se précipita à l'intérieur, s'arrêta puis s'ébroua vigoureusement, projetant de fines gouttelettes d'eau un peu partout. Hope s'empara vite d'une serviette, mais Scottie recommença avant qu'elle puisse l'atteindre. La jeune femme grimaça. Après l'avoir séché, elle devrait essuyer les meubles et les murs. Mais d'abord, un bain.

Ils avaient décidé de se retrouver une heure et demie plus tard, aussi avait-elle encore du temps devant elle. Elle commença à faire couler de l'eau dans la baignoire, ôta ses vêtements mouillés pour les jeter dans le séchoir. À son retour, la baignoire était à moitié remplie, et elle ajouta quelques bulles. Comprenant qu'il manquait quelque chose, elle s'enroula dans une serviette puis alla dans la cuisine et se versa un verre de vin. En retournant à la salle de bains, elle prit des bougies et des allumettes dans un placard.

Elle alluma les bougies avant de se glisser dans l'eau chaude et savonneuse puis prit une longue gorgée de vin. La tête penchée en arrière, l'expérience semblait différente de celle de la veille, plus exaltante en quelque sorte. Alors qu'elle se détendait, elle pensa de nouveau à ce moment sur la plage, quand Tru avait failli l'embrasser. Même si elle l'en avait empêché, ce souvenir avait quelque chose touchant au rêve qu'elle voulait revivre. Il ne s'agissait pas seulement de se sentir à nouveau attirante. Il y avait quelque chose de gracieux et de spontané dans sa relation avec Tru, de presque paisible. Avant de le rencontrer, elle ne savait même pas combien elle recherchait ce sentiment.

Mais elle ignorait si c'était nouveau ou si c'était resté enfoui dans son subconscient jusqu'à ce jour, perdu au milieu de ses soucis, de sa frustration et de sa colère envers Josh. Mais le tourbillon d'émotions de ces derniers mois lui avait laissé bien peu d'énergie pour prendre soin d'elle-même, elle le savait. Les périodes de calme ou de simple détente étaient rares ces derniers temps. Malheureusement, elle se rendit compte de son total manque d'enthousiasme à l'idée de voir ses amis ce week-end.

Quelque part en chemin, elle avait perdu l'étincelle. Passer du temps avec Tru lui avait permis de prendre conscience qu'elle ne voulait pas être celle qu'elle se sentait devenir. Elle voulait être celle dont elle se souvenait : une personne qui embrassait la vie, passionnée à la fois par l'ordinaire et l'extraordinaire. Pas dans l'avenir, mais dès maintenant.

Elle se rasa les jambes et resta encore un peu dans son bain, jusqu'à ce que l'eau commence à refroidir. Après s'être essuyée, elle tendit la main vers la lotion sur le comptoir. Elle se massa les jambes, les seins et le ventre, savourant cette douce sensation, comme si sa peau reprenait vie.

Sortant sa nouvelle robe d'été, elle l'enfila ainsi que ses sandales neuves. Elle songea à mettre un soutien-gorge mais le jugea inutile. Se sentant scandaleuse, mais refusant de penser à ce que cela pourrait signifier pour plus tard, elle ne mit pas non plus de culotte.

Elle sécha et coiffa ses cheveux, essayant de faire comme Claire. Une fois satisfaite, elle entreprit de se maquiller. Pour le fard à paupières, elle choisit un saupoudrage d'aqua en espérant que cela accentuerait la couleur de ses yeux.

Elle appliqua une petite touche de parfum et choisit une paire de boucles d'oreilles en cristal que Robin lui avait offerte pour son anniversaire. Devant le miroir, elle ajusta la ceinture de sa robe et se coiffa jusqu'à obtenir satisfaction. Elle se montrait parfois assez critique à propos de son apparence, mais ce soir elle ne pouvait s'empêcher de se sentir satisfaite du résultat.

Elle emporta le fond de son verre de vin à la cuisine. De l'autre côté des fenêtres, le monde continuait à s'assombrir. Au lieu de commencer les préparatifs du dîner, elle épongea le reste du désordre de Scottie dans l'entrée et fit un tour rapide, redressant les coussins et rangeant le roman qu'elle avait lu sur l'étagère. Elle alluma des lampes dans le salon, ajustant la lumière pour obtenir l'effet recherché, puis passa en revue plusieurs stations de radio avant de trouver une station proposant du jazz classique.

Parfait.

Dans la cuisine, elle ouvrit une autre bouteille de vin mais la laissa se rafraîchir dans le réfrigérateur. Ensuite, elle prit des courges, des courgettes et des oignons pour les couper en dés avant de les mettre de côté. La salade vint ensuite : tomates, concombres, carottes et laitue romaine... Elle venait tout juste de les jeter dans un bol en bois quand elle entendit frapper à la porte d'entrée.

Le son la rendit toute chose.

— Entre ! cria-t-elle en se déplaçant vers l'évier. C'est ouvert !

Le bruit de la pluie s'intensifia soudainement, le temps pour Tru de refermer la porte.

— Une minute !

— Prends ton temps, dit-il depuis le couloir.

Elle se lava les mains puis sortit la bouteille de vin. Tout en le versant, elle se dit qu'elle aurait sans doute dû lui offrir de quoi grignoter. Hope n'avait pas grand-chose sous la main, mais elle trouva des olives Kalamata au réfrigérateur. Ça ferait l'affaire. Elle en versa une poignée dans un petit bol en céramique et le plaça sur la table de la salle à manger. Puis, après avoir allumé la lumière au-dessus du poêle, elle éteignit le plafonnier et ramassa les verres.

Elle prit une profonde inspiration avant de se diriger vers la salle familiale.

Tru, accroupi pour caresser Scottie, lui tournait le dos. Il portait une chemise bleue à manches longues et un jean, et Hope remarqua la façon dont son jean se tendait sur ses cuisses et ses fesses. Elle s'arrêta à mi-chemin. Elle n'avait jamais rien vu d'aussi sexy.

Il dut l'entendre car il se releva, souriant aussitôt en la voyant. Ses yeux s'élargirent et sa bouche resta entrouverte. Il semblait saisi, incapable de dire un mot.

— Tu es… incroyablement belle, souffla-t-il enfin. Vraiment.

Hope prit brusquement conscience qu'il était amoureux d'elle. Malgré elle, elle sentit que, d'une manière ou d'une autre, tous deux avaient avancé jusqu'à ce moment. Plus encore, elle savait maintenant qu'elle avait voulu que cela arrive, car elle comprenait qu'elle était amoureuse elle aussi. Incontestablement.

Tru baissa les yeux, Hope s'approcha de lui et lui tendit un verre de vin.

— Merci, dit-il, l'admirant de nouveau. J'aurais porté une veste si j'avais su. Et si j'en avais emporté une…

— Tu es parfait, répondit-elle, sachant qu'elle n'aurait pas voulu le voir vêtu autrement. C'est un vin différent d'hier soir. J'espère que ça va.

— Je ne suis pas difficile. Je suis sûr que c'est le cas.

— Je n'ai pas encore commencé à cuisiner. Je ne savais pas si tu étais déjà prêt à manger.

— Comme tu veux.

— J'ai des olives si tu veux grignoter quelque chose.

— D'accord.

— Elles sont sur la table de la salle à manger.

Elle savait qu'ils tournaient autour du pot, mais elle se sentait tout juste capable de ne pas renverser son vin. Prenant une inspiration profonde, elle se dirigea vers la salle à manger. De l'autre côté de la fenêtre, l'horizon vacillait comme s'il cachait une lumière stroboscopique dans ses profondeurs.

Elle sortit une chaise et s'assit. Tru fit la même chose, tous les deux se retrouvant face à la fenêtre. Sa gorge était sèche, Hope prit une gorgée de vin. Inconsciemment, ils faisaient la même chose. Tru posa son verre sur la table, sans le lâcher pour autant. Hope le sentait tout aussi nerveux qu'elle, et ça lui parut étrangement réconfortant.

— Je suis contente que tu sois venu avec moi aujourd'hui.

— Moi aussi, dit-il.

— Je suis contente que tu sois là, aussi.

— Où serais-je autrement ?

Le téléphone sonna.

Le combiné était sur le mur, près de Tru, mais le temps de quelques battements de cœur ils continuèrent simplement à se regarder. Hope pivota en direction du son à la deuxième sonnerie seulement. Elle aurait voulu laisser le répondeur s'enclencher, mais elle pensa à ses parents. Se levant, elle passa devant Tru et saisit le combiné.

— Hé ! dit Josh. C'est moi.

L'estomac de Hope se serra. Elle n'avait aucune envie de lui parler. Pas avec Tru ici, pas maintenant.

— Salut, répondit-elle fermement.

— Je n'étais pas sûr de tomber sur toi. Je pensais que tu serais peut-être sortie.

Elle l'entendit manger ses mots et réalisa qu'il avait bu.

— Je suis ici.

— Je viens juste de la piscine quelques minutes. Il fait très chaud dehors. Comment ça va ?

Tru était immobile et silencieux à la table. Si proche…

Remarquant la façon dont sa chemise épousait son corps, elle perçut les muscles sous le tissu, se rappelant la sensation de sa main sur sa hanche.

— Je vais bien, dit-elle, s'efforçant de paraître nonchalante. Et toi ?

— Je vais très bien. J'ai gagné de l'argent hier soir en jouant au blackjack.

— Contente pour toi.

— Comment ça va à la plage ? Beau temps ?

— Il pleut en ce moment et c'est censé durer toute la fin de semaine.

— Ellen doit être furax, hein ?

— Oui, répondit Hope.

Un silence gênant s'installa.

— Tu es sûre d'aller bien ? demanda-t-il. Elle pouvait presque voir son froncement de sourcils. Tu sembles bien calme.

— Je t'ai dit que je vais bien.

— On dirait que tu es toujours en colère contre moi.

— Qu'en penses-tu ?

Elle luttait pour maîtriser son agacement.
– Tu ne crois pas que tu réagis de manière excessive ?
– Je préfère ne pas en parler au téléphone.
– Pourquoi pas ?
– Parce que nous devrions en parler face à face.
– Je ne sais pas pourquoi tu agis comme ça.
– Alors peut-être que tu ne me connais pas du tout.
– Oh, allez ! Ne sois pas si mélodramatique…
Elle entendit la glace cliqueter dans son verre.
– Je pense que je devrais y aller, l'interrompit-elle. Salut.
Elle entendit Josh continuer à maugréer, même en raccrochant le combiné.
Hope fixa le téléphone, avant de laisser retomber sa main.
– Je suis désolée pour ça, soupira-t-elle. Je n'aurais probablement pas dû répondre.
– Tu veux en parler ?
– Non.
À la radio, une chanson laissa place à une autre. La musique était plaintive, Tru se leva de table. Il était très proche maintenant, son dos contre le mur. Il la dévisageait et elle croisa son regard sans hésiter. Il se rapprocha encore.
Elle savait ce qui se passait. Aucun mot n'était nécessaire. Elle se répéta que rien de tout cela ne pouvait être réel, mais quand son corps se pressa contre le sien, tout cela lui parut plus concret que tout ce qu'elle avait connu.
Elle pouvait encore s'arrêter là. Peut-être le devrait-elle. Dans quelques jours, il serait à l'autre bout du monde. Le lien physique et émotionnel entre eux était destiné à se briser. Il serait blessé, et elle aussi. Et pourtant… Elle ne pouvait pas s'arrêter. Plus maintenant.

La pluie recouvrit les fenêtres et les nuages continuaient de scintiller. Tru entoura son dos de son bras, sans la quitter des yeux. Elle pouvait sentir ses pouces tracer de petits cercles, le tissu de sa robe étant si mince et si léger qu'elle avait l'impression de ne rien porter. Elle se demandait s'il pouvait se rendre compte qu'elle ne portait pas de culotte et se sentit devenir humide.

Il la serra contre lui et la chaleur de son corps la surprit. Inspirant doucement, elle passa les bras autour de son cou. Elle pouvait entendre la musique, et ils commencèrent à tourner lentement, son corps se balançant toujours légèrement. Il sourit, comme s'il l'invitait dans son monde, et ses dernières défenses commencèrent à s'effondrer. Elle en avait envie et le savait. Elle trembla en sentant la chaleur de son souffle sur son cou.

Il embrassa doucement ses lobes d'oreille et sa joue, laissant des traces humides. Et quand ses lèvres rencontrèrent enfin les siennes, elle le sentit se retenir, comme s'il lui donnait une dernière chance d'y mettre fin. Cette prise de conscience était exaltante, presque libératrice. Alors, quand il enfouit ses mains dans ses cheveux, elle écarta les lèvres. Elle entendit un doux gémissement qu'elle reconnut à peine, tandis que leurs langues se touchaient. Il passa ses mains sur son dos et ses bras puis sur son ventre. La sensation fit naître une traînée de petits chocs électriques. Il suivit le contour de ses seins du doigt et ses mamelons durcirent.

Hope sentit ses seins gonfler contre lui. Elle porta une main à sa joue, toucha du bout de ses doigts sa barbe de trois jours, alors que la main de Tru remontait vers son cou, et le mordilla doucement pendant qu'elle caressait son torse. Finalement, elle prit sa main et le conduisit dans la chambre à coucher.

Dans le miroir de la chambre, elle le vit qui la regardait. Elle trouva les bougies et les allumettes, plaçant une bougie sur une petite table basse et l'autre sur le bureau. La lumière tamisée faisait danser les ombres sur les murs, les laissant seuls sous le regard de l'autre.

Elle sentit le désir de Tru et s'en enivra un instant, avant de faire un pas vers lui. Il fit de même, et le monde autour d'eux disparut. Elle savoura l'humidité et la chaleur de sa langue. Tirant sur sa chemise, elle la déboutonna lentement et suivit ensuite d'un ongle les contours de son ventre et de sa hanche. Son corps était dur et souple, les muscles de son ventre visibles et elle tira sur la chemise pour la laisser tomber sur le sol.

Sa bouche remonta vers son cou et elle le mordilla doucement en passant à la ceinture.

Elle le dégrafa puis défit le bouton de son jean. Glissant la fermeture Éclair vers le bas, elle sentit les mains de Tru se poser sur ses seins. Elle tira sur son jean et Tru recula. Il ôta ses bottes puis ses chaussettes, et enfin son boxer.

Il se tenait nu devant elle, son corps parfait évoquant une statue antique sculptée dans le marbre. Hope leva un pied vers le lit, puis l'autre, enlevant ses sandales avec une lenteur délibérée. Tru se dirigea vers elle, la prenant dans ses bras à nouveau. Sa langue dansa sur le lobe de son oreille tandis qu'il cherchait la bretelle de sa robe d'été. Il la fit glisser sur une épaule puis recommença avec la seconde. La robe froissée tomba à ses pieds, leurs corps nus se touchant enfin. Sa peau était chaude contre la sienne alors qu'il passait doucement un doigt le long de sa colonne vertébrale. Hope poussa un soupir quand la main de Tru glissa encore plus bas. Il la souleva d'un seul coup, l'embrassant tout en la portant sur le lit.

S'installant à son côté, il caressa ses seins et son ventre.

Elle mordilla doucement sa lèvre inférieure, alors même que ses doigts se pressaient contre son dos. Elle se sentait belle à la lueur des bougies, désirée dans ses bras. Il passa lentement sa langue sur son corps, entre ses seins et sur son ventre avant de remonter. La fois suivante, sa bouche descendit plus bas, et elle noua ses doigts dans ses cheveux pendant que sa langue la taquinait et l'excitait. Il continua encore et encore jusqu'à ce qu'elle ne puisse plus le supporter. Alors elle le ramena vers elle en s'accrochant à lui.

Rayonnant de chaleur, il lui embrassa le bout des doigts un par un, puis la joue, le nez, la bouche... et quand finalement il entra en elle, Hope se cambra en arrière et gémit, sachant qu'elle avait plus envie de lui que de n'importe quel homme dans toute sa vie.

Ils se mouvaient à l'unisson, tous deux parfaitement à l'écoute des désirs de l'autre, chacun essayant de plaire à l'autre, et elle sentit son corps frissonner d'une urgence croissante. Quand une vague de plaisir l'envahit, elle enfonça ses doigts dans son dos et poussa un cri, mais dès que cette sensation se dissipa, une autre vague commença à monter. Elle jouit encore et encore, une source infinie de plaisir, et quand il jouit à son tour, Hope était épuisée, son corps mouillé de sueur. Elle respirait fort dans les bras de Tru, dont les mains bougeaient sans cesse sur sa peau, et tandis que les bougies se consumaient peu à peu, Hope se laissait partir à la dérive, plongée dans ce qu'ils venaient de partager.

Plus tard, ils firent de nouveau l'amour, plus lentement, mais avec la même intensité. Elle jouit encore plus puissamment qu'auparavant, tremblante d'épuisement. Elle se sentait exténuée, mais comme la tempête à l'extérieur continuait à faire rage, Hope sentit son désir monter de nouveau. *Une troisième fois n'est pas possible*, pensa-t-elle. Mais elle se trompait, et ce fut seulement après qu'elle sombra dans un sommeil sans rêves.

Au matin, Hope fut réveillée par la lumière grise passant à travers les fenêtres et l'arôme du café venu de la cuisine. Elle attrapa un peignoir et se dirigea vers le couloir. Elle avait très faim, se rappelant soudain qu'ils n'avaient pas mangé la veille au soir. Tru était à table et elle remarqua qu'il avait préparé des œufs brouillés et des fruits. Il portait les mêmes vêtements que la veille. En la voyant, il se leva pour la prendre dans ses bras.

— Bonjour, dit-il.

— Bonjour, dit-elle. Ne m'embrasse pas. Je ne me suis pas encore brossé les dents.

— J'espère que cela ne te dérange pas que j'aie préparé le petit déjeuner.

— C'est parfait, dit-elle, admirant son œuvre. Depuis combien de temps es-tu réveillé ?

— Deux heures.

— Tu n'as pas dormi ?

— J'ai assez dormi. Il haussa les épaules. Et j'ai compris comment fonctionne ta cafetière. Je peux te servir une tasse ?

— Certainement, dit-elle.

Elle l'embrassa sur la joue et s'assit avant de prendre des œufs et des fruits dans son assiette. Hope remarqua que la pluie s'était arrêtée mais, de toute évidence le répit n'était que temporaire.

Tru revint avec une tasse et la posa à côté d'elle.

— Il y a du lait et du sucre sur la table.

– Je suis impressionnée de voir que tu as tout trouvé.
– Je le suis aussi, dit-il, assis à côté d'elle.

Elle pensa à quel point il comptait pour elle et à quel point cette matinée était naturelle.

– À part le petit déjeuner, qu'est-ce que tu as fait ?
– Je suis allé à côté et j'ai ramené des serviettes. Ce genre de choses.

– Pourquoi des serviettes ?
– Je voulais faire sécher les chaises sur le ponton, dit-il.

– Mais elles vont se mouiller à nouveau dès qu'il pleuvra.

– Je sais. Mais j'espère avoir un peu de temps avant que ça n'arrive.

Elle l'observa tout en prenant sa tasse son café.

– Tu es très mystérieux. Que se passe-t-il ?

Il lui prit la main pour en embrasser le dos.

– Je t'aime, dit-il simplement.

Entendre ces mots tout haut lui donna le vertige et Hope sut qu'elle ressentait exactement la même chose.

– Je t'aime aussi, murmura-t-elle.
– Alors, tu feras quelque chose pour moi ?
– N'importe quoi.
– Après le petit déjeuner, tu voudrais bien t'asseoir dehors pour moi ?
– Pourquoi ?
– Je veux te dessiner, répondit-il.

Surprise, Hope acquiesça d'un signe de tête.

Après le petit déjeuner, elle sortit et Tru lui désigna la chaise. Elle s'assit, étrangement gênée, les deux mains sur sa tasse de café.

– Devrais-je poser ça ? demanda-t-elle, parlant de sa tasse.

– Ce n'est pas grave.
– Quelle pose tu veux ?
Il ouvrit le carnet de croquis.
– Sois toi-même et fais comme si je n'étais pas là.

Pas si facile. Personne ne l'avait jamais dessinée auparavant. Elle croisa une jambe par-dessus l'autre puis changea de jambe. Mais que faire de son café ? Encore une fois, elle hésita, mit la tasse de côté après en avoir bu une gorgée. Elle se pencha en avant, puis essaya de reculer. Elle se tourna vers la maison où séjournait Tru, puis vers l'Océan, et de nouveau vers Tru. Rien ne semblait convenir, mais elle remarqua qu'il la regardait, paisible et concentré.

– Comment suis-je censé faire comme si tu n'étais pas là si tu me regardes comme ça ?

– Je ne sais pas, dit-il en riant. Je n'ai jamais été de l'autre côté.

– Merci pour ton aide, le taquina-t-elle, et glissant une jambe sous elle, elle essaya de se mettre à l'aise.

C'est mieux, se dit-elle. Heureusement, Scottie les avait suivis et elle décida de se concentrer sur lui, assis sous la fenêtre de la cuisine.

Tru s'était tu et Hope le regarda choisir un crayon. Ses yeux passèrent d'elle à l'esquisse, et de nouveau Hope nota le mouvement assuré de sa main pendant qu'il dessinait. De temps en temps, il plissait les yeux ou fronçait les sourcils, et elle savait qu'il n'en avait même pas conscience.

D'une certaine façon, ce soudain aperçu de sa nature profonde sous son attitude assurée le rendait encore plus désirable.

Le ciel s'assombrit, et ils surent tous les deux qu'il était temps de s'arrêter là pour le moment.

– Tu voudrais jeter un coup d'œil ? Ce n'est pas fini, mais tu pourrais te faire une idée générale.

– Peut-être après ma douche, suggéra-t-elle en se levant.

Tru récupéra le bloc à dessin et les crayons. S'arrêtant sur le pas de la porte, il l'embrassa tendrement. Il l'attira contre elle et Hope se pencha vers lui pour respirer son odeur, se remémorant les forces mystérieuses qui les avaient rapprochés.

10

Ensemble

Après sa douche, Hope s'assit à côté de Tru sur le canapé et il lui montra son dessin ainsi que d'autres, tirés de son carnet de croquis. Elle prit son temps pour les admirer. Plus tard, quand la pluie se calma, ils s'aventurèrent dehors pour un déjeuner tardif dans un café à Ocean Isle Beach, tandis que l'orage faisait rage de l'autre côté des fenêtres.

Lorsque Hope dut commencer à se préparer pour le dîner de répétition, Tru s'assit sur le bord du lit pour la regarder. Une femme sans maquillage lui avait toujours paru sexy, et il sentait qu'elle appréciait son regard.

À la porte, juste avant le départ de Hope, ils s'embrassèrent longuement. Il la serra tout contre lui puis lui fit un signe de la main pour lui dire au revoir, toujours sur le perron. Elle lui avait demandé de sortir Scottie plus tard et lui avait dit qu'il était le bienvenu s'il voulait rester au cottage.

Il fit un rapide passage chez lui pour récupérer un steak et quelques plats puis se prépara à manger dans la cuisine de Hope. Tout en dînant, il essaya d'imaginer Hope avec ses amis, se demandant s'ils sauraient lire sur son visage tout ce qui s'était passé ces derniers jours.

Il dessina encore un moment pour détailler son croquis, s'arrêtant seulement une fois satisfait. Cependant, pas encore décidé à ranger ses crayons, Tru commença un autre dessin, les représentant tous les deux debout sur la plage, se faisant face, de profil. Elle n'avait pas besoin d'être là en personne pour ça. Il pouvait imaginer la scène et travailla rapidement. Il s'était écoulé plusieurs heures quand Tru s'arrêta, et l'absence de Hope lui était devenue douloureuse.

La jeune femme rentra à minuit. Ils firent l'amour, mais, toujours épuisée après la nuit précédente, elle s'endormit bien vite dans ses bras. Impossible pour lui de trouver le sommeil. Leur temps ensemble ici se terminerait bientôt, et pourtant il savait qu'elle était la femme avec qui il voulait passer le reste de sa vie.

Il contempla le plafond, essayant désespérément de concilier ces deux réalités.

Au matin, Tru se montra plus silencieux que d'habitude. Au lieu de parler, il la retint longtemps au lit, et Hope sentit son corps tout entier vibrer de ses sentiments pour lui.

Mais ça l'effrayait, tout comme Tru. Elle aurait voulu que ces derniers jours durent éternellement, que le temps s'arrête. Mais l'horloge semblait se faire de plus en plus bruyante à chaque minute écoulée.

Il pleuvait encore un peu quand ils se levèrent. Ils décidèrent néanmoins de faire une autre promenade sur la plage. Hope trouva des imperméables dans le placard et ils emmenèrent Scottie. Ils marchaient main dans la main et, mus par un accord tacite, ils s'arrêtèrent à l'endroit où ils s'étaient rencontrés la toute première fois. Tru l'embrassa et quand elle se recula, il lui prit les mains.

— Je pense que je voulais que tout cela se produise dès que je t'ai rencontrée.

— Quoi donc ? Coucher avec moi ou tomber amoureux ?

— Les deux, admit-il. Quand as-tu su ?

— Je pense que je savais que nous pourrions coucher ensemble quand nous avons bu du vin sur le porche après le dîner. Je ne savais pas que je tomberais amoureuse de toi avant. Elle lui serra la main. Je suis désolée de m'être détournée quand tu as essayé de m'embrasser la première fois.

— Ne le sois pas.

Ils prirent le chemin du retour, s'arrêtant à la maison où séjournait Tru. Son père avait laissé un message sur le répondeur, disant qu'il espérait arriver à la maison entre deux et trois. Ça tombait bien, se dit Hope. Elle partirait alors pour le mariage. Même si la cérémonie commençait à six heures, elle devait être là tôt pour les photos.

Tru lui fit faire un tour rapide de la maison pendant que Scottie l'explorait tout seul, et elle dut admettre que l'ensemble n'était pas de si mauvais goût. Malgré ses préjugés initiaux, elle s'imaginait bien louer cet endroit pour une semaine avec ses amis et y passer un moment fantastique. Dans la salle de bains principale, Hope désigna l'immense baignoire à remous.

— Ça te dit ?

Un instant plus tard, ils se déshabillaient, jetant leurs vêtements et leurs vestes dans le séchoir. Plongée dans l'eau écumante, Hope s'appuya contre Tru, soupirant quand ce dernier fit doucement courir le gant de toilette sur ses seins, son ventre, ses bras et ses jambes.

Ils déjeunèrent en peignoir, pendant que leurs vêtements séchaient.

Après quoi, elle se glissa dans sa tenue réchauffée par le séchoir, et tous deux s'assirent à table pour parler, jusqu'à ce qu'il soit temps pour elle de retourner au cottage afin de commencer à se préparer.

Comme la veille, il la regarda se coiffer et se maquiller, avant qu'elle s'occupe de sa robe de demoiselle d'honneur et de ses nouvelles chaussures. Enfin en tenue, elle fit une pirouette rapide pour lui.

– C'est bon ?

– Superbe, dit-il, son regard admiratif soulignant sa sincérité. Je suis très tenté de t'embrasser, mais je ne veux pas gâcher ton rouge à lèvres.

– Je vais prendre le risque, dit-elle en se penchant. Si tu n'étais pas censé rencontrer ton père aujourd'hui, je t'aurais demandé de te joindre à moi.

– J'aurais dû acheter des vêtements appropriés.

– Je parie que tu es incroyablement beau en costume. Elle tapota sa poitrine et se percha à côté de lui sur le lit. Es-tu nerveux à l'idée de rencontrer ton père ?

– Pas vraiment.

– Et s'il ne se souvient pas vraiment de ta mère ?

– Alors, j'imagine que notre rencontre tournera court.

– Tu ne t'intéresses vraiment pas à qui il est ? À quoi il ressemble ? Où il a passé toutes ces années ?

– Pas particulièrement.

– Je ne sais pas comment tu peux rester si détaché. Il pourrait vouloir une relation avec toi. Même sans occuper une place très importante

– Je l'ai envisagé, mais je doute que ce soit vrai.

– Mais il t'a fait venir ici.

– Et en même temps, je ne l'ai pas encore vu. S'il tenait vraiment à établir une relation entre nous, je suppose qu'il serait passé plus tôt dans la semaine.

— Alors pourquoi penses-tu qu'il voulait que tu viennes ?

— Je pense, répondit Tru, qu'il veut me dire pourquoi il a quitté ma mère.

Quelques minutes plus tard, Tru accompagna Hope jusqu'à sa voiture tout en tenant deux parapluies, afin qu'elle ne soit pas mouillée.

— Je sais que ça semble idiot, mais je pense que tu vas me manquer, dit-elle.

— Toi aussi.

— Tu me raconteras, avec ton père ?

— Bien sûr. Et je ferai en sorte de sortir Scottie aussi.

— Je ne sais pas à quelle heure je serai de retour. Il pourrait être en retard. Tu peux m'attendre au cottage. Je ne serai pas vexée si tu dors déjà quand j'arriverai.

— Amuse-toi bien.

— Merci, dit-elle en se glissant derrière le volant.

Bien qu'elle lui ait adressé un salut joyeux, pour une raison inconnue Tru eut soudain un vague pressentiment alors qu'elle s'éloignait de lui – et il se demanda pourquoi ce sentiment avait brusquement surgi dans son esprit.

11

Figures paternelles

Décidant qu'il était probablement préférable de laisser Scottie dans le cottage, Tru prit son carnet de croquis et ses crayons puis retourna à la maison, attendant la visite de son père.

Il continua à travailler sur le dessin les représentant, Hope et lui, si facile à exécuter pour lui. Bientôt, il put se concentrer sur les détails, signe qu'il aurait bientôt fini. Absorbé par son travail, il mit un moment à se rendre compte que l'on frappait à la porte.

Ce devait être son père.

Se levant de la table, il traversa le salon et s'arrêta un instant, la main sur le bouton de porte. Tru l'ouvrit et découvrit pour la première fois le visage de son père. À sa grande surprise, il reconnut certains de ses propres traits dans le visage du vieil homme devant lui : les mêmes yeux bleu foncé, la même petite fossette au menton. Son père avait perdu beaucoup de cheveux et le peu qui lui restait était devenu blanc, avec quelques traces de gris. Il était légèrement voûté, pâle et frêle. Sa veste semblait l'envelopper, comme si elle avait été achetée pour quelqu'un de beaucoup plus grand. Malgré le vacarme de l'orage, Tru pouvait entendre sa respiration sifflante.

— Bonjour, Tru, dit-il enfin.

D'une main, il tenait un parapluie et Tru remarqua une sacoche sur le porche.

— Bonjour, Harry.

— Puis-je entrer ?

— Bien sûr.

Son père se pencha pour ramasser son porte-documents et se figea en grimaçant. Tru tendit la main.

— Je peux prendre ça pour vous ?

— S'il te plaît, répondit Harry. Plus je vieillis, plus je m'éloigne du sol, semble-t-il.

Tru récupéra la sacoche et ferma la porte. Son père s'était lentement avancé jusqu'aux fenêtres. Tru le rejoignit, se tenant à son côté et le regardant du coin de l'œil.

— C'est vraiment la tempête ici, mais c'est encore pire à l'intérieur des terres. Il nous a fallu une éternité pour arriver ici à cause de l'eau sur l'autoroute. Mon chauffeur a dû faire de nombreux détours.

C'était plus un commentaire qu'une question, et Tru ne dit rien. Mais il étudia son père, contemplant son avenir. *Si je vis aussi longtemps que lui, voilà à quoi je ressemblerai.*

— La maison te convient ?

— C'est grand, répondit Tru, se rappelant comment Hope l'avait décrite pour la première fois. Mais, oui... c'est une belle maison.

— Je l'ai fait construire il y a quelques années. Ma femme voulait un pied-à-terre près de la plage, mais nous ne l'avons presque jamais utilisée.

Il prit deux longues inspirations avant de continuer.

— Il y avait assez de nourriture dans le réfrigérateur ?

– Trop, répondit Tru. Il en restera probablement beaucoup quand je partirai.

– Ce n'est pas grave. Je vais demander au service de nettoyage de s'en occuper. Je suis content que tout ait été prêt à temps. Tu étais déjà dans l'avion quand j'y ai repensé, mais je ne pouvais plus faire grand-chose. J'ai dû passer par l'unité de soins intensifs, et ils n'autorisent pas les appels téléphoniques, alors j'ai demandé à ma fille de s'en occuper. Elle a pris des dispositions avec le gestionnaire immobilier.

Les mots continuaient à tournoyer dans l'esprit de Tru, alors que son père avait déjà fini de parler. Sa femme, l'unité de soins intensifs, une fille… Tru peinait à se concentrer. Hope avait eu raison de prédire que leurs retrouvailles seraient un peu surréalistes.

– Je vois, fut tout ce qu'il trouva à dire.

– Je voudrais aussi m'excuser de ne pas t'avoir proposé une voiture de location au lieu d'un chauffeur. Cela aurait peut-être été plus pratique pour toi.

– Ça ne m'a pas dérangé. Je n'aurais pas su où aller. Vous avez dit que vous étiez à l'unité de soins intensifs ?

– J'ai pu quitter l'hôpital hier. Mes enfants ont essayé de me dissuader de venir, mais je ne pouvais pas manquer ce rendez-vous.

– Voulez-vous vous asseoir ? demanda Tru.

– Je pense qu'il vaudrait mieux, répondit son père.

Ils se dirigèrent vers la table de la salle à manger et son père parut s'effondrer sur la chaise. Dans la lumière grise qui coulait à travers les fenêtres, il paraissait encore plus épuisé qu'à son arrivée.

Tru s'assit à côté de lui.

– Puis-je vous demander pourquoi vous étiez à l'hôpital ?

– Cancer du poumon, répondit son père. Stade IV.
– Je ne sais pas grand-chose sur le cancer.
– Phase terminale, lui expliqua Harry. Les médecins me donnent quelques mois, peut-être moins. Peut-être un peu plus. C'est entre les mains de Dieu, je suppose. Je suis au courant depuis le printemps.

Tru éprouva un soupçon de tristesse à ce sujet, mais comme à l'égard d'un étranger, pas d'un membre de sa famille.

– Je suis désolé d'apprendre ça.
– Merci. Malgré ce qu'il venait de lui révéler, son père sourit. Je n'ai aucun regret. J'ai eu une bonne vie et, contrairement à beaucoup de gens, j'ai la chance de pouvoir dire au revoir. Ou même, dans ton cas, bonjour. Il tira un mouchoir de la poche de sa veste et toussa dedans, avant de reprendre péniblement son souffle. Je veux te remercier d'avoir fait le voyage, ajouta son père. Quand j'ai envoyé le billet, je n'étais pas sûr que tu acceptes de venir.
– Initialement, moi non plus.
– Mais tu étais curieux.
– Oui, admit Tru.
– Moi aussi. Depuis que j'ai appris ton existence. Il y a quelques années seulement.
– Et pourtant vous avez attendu pour me rencontrer.
– C'est exact, répondit son père.
– Pourquoi ?
– Je ne voulais pas compliquer ta vie. Ou la mienne.

C'était une réponse honnête, mais Tru ne savait pas trop quoi en faire.

– Comment avez-vous entendu parler de moi ?
– C'est une longue histoire, mais je ferai de mon mieux pour être bref. Frank Jessup, un homme que je

connaissais depuis longtemps, était en ville. Je ne l'avais pas vu depuis près de quarante ans, mais nous avions vaguement gardé contact au fil des années. Des cartes de Noël, une lettre de temps en temps, mais pas plus. Bref, nous déjeunions quand il a fait référence à ta mère et mentionné des rumeurs selon lesquelles elle aurait eu un fils moins d'un an après mon départ du pays. Il n'a pas dit que c'était le mien, mais je pense qu'il se le demandait. Après cette conversation, je me suis aussi posé la question. J'ai engagé un enquêteur. Ça a pris du temps. Il y a encore beaucoup de gens qui ont peur de parler de ton grand-père, même s'il n'est plus là, et nous savons tous les deux que le pays est tombé en décrépitude, si bien que les archives sont incomplètes. En résumé, le gars était bon et j'ai finalement envoyé quelqu'un à Hwange. Il a pris des photos de toi, et quand je les ai vues, j'ai tout de suite su. Tu as mes yeux, mais tu as les traits de ta mère.

Son père se tourna vers la fenêtre, laissant le silence retomber. Tru pensa à des mots que son père avait prononcés un instant auparavant.

– Que vouliez-vous dire par « ne pas me compliquer la vie » ? demanda Tru.

Quelques instants s'écoulèrent avant que son père reprenne la parole.

– Les gens parlent de la vérité comme si c'était l'élixir miracle pour tous les problèmes de la vie. Je suis là depuis assez longtemps pour savoir que ce n'est pas le cas, et que parfois la vérité peut faire plus de mal que de bien.

Tru ne dit rien. Il savait que son père préparait son argumentation.

– C'est à ça que j'ai réfléchi depuis. Depuis que j'ai compris que tu avais accepté de venir, je me suis demandé ce que je devrais te dire. Il y a certains aspects du passé qui pourraient être pénibles pour toi, et des choses que, rétrospectivement, tu pourrais préférer ne pas avoir sues. Donc je suppose que ce que je vais te dire ensuite dépendra de toi. Veux-tu connaître la vérité ou seulement une partie ? Mais souviens-toi, je ne suis pas celui qui va vivre avec ce savoir pour les années à venir. Mes regrets seront beaucoup plus éphémères. Pour des raisons évidentes.

Tru noua les mains. Les références obscures et les mots de son père choisis avec prudence l'intriguaient, mais l'avertissement le fit réfléchir. Que voulait-il vraiment savoir ? Au lieu de répondre tout de suite, il se leva de table.

— J'ai soif. Vous voulez un verre d'eau vous aussi ?

— Je vais prendre un thé chaud, si ce n'est pas un problème.

— Pas du tout, dit Tru.

Il prit la bouilloire dans l'une des armoires, la remplit d'eau et la mit à chauffer. Dans un autre placard, il trouva des sachets de thé.

Il remplit son verre d'eau, prit un verre, puis le remplit lui aussi. Il ne fallut pas longtemps pour que la bouilloire siffle. Il revint s'asseoir en apportant une tasse de thé. Son père n'avait pas dit un mot dans l'intervalle. Comme Tru, l'homme ne semblait pas enclin à rompre le silence pour rien. Intéressant.

— As-tu pris ta décision ?

— Non, répondit Tru.

— Y a-t-il quelque chose que tu veux savoir ?

Je veux tout savoir à propos de ma mère, se dit-il encore. Mais, assis à côté du vieil homme à la table, il posa une question bien différente.

– D'abord, parlez-moi de vous, dit-il.

Son père gratta à une tache de vieillesse sur sa joue.

– Très bien. Je suis né en 1914, dans le Colorado, dans une maison avec un toit en herbe, si tu peux croire ça. J'avais trois sœurs, plus âgées. À l'adolescence, les temps étaient durs à cause de la grande dépression, mais ma mère enseignait et elle mettait toujours l'accent sur l'éducation. Je suis allé à l'université du Colorado et j'ai décroché quelques diplômes. Ensuite, j'ai rejoint l'armée. Je crois avoir mentionné dans ma lettre que j'étais dans le corps du génie, n'est-ce pas ?

Tru acquiesça.

– Au début, la plus grande partie de mon travail se déroulait aux États-Unis, mais la guerre est arrivée. J'ai vécu en Afrique du Nord, en Italie et enfin en Europe. J'œuvrais principalement dans la démolition, mais fin 1944 et au printemps 1945, il s'agissait surtout de construire des ponts, sous les ordres de Montgomery. Les alliés progressaient rapidement en Allemagne et il y avait beaucoup de cours d'eau à franchir, y compris le Rhin. Quoi qu'il en soit, je suis devenu ami avec l'un des ingénieurs du côté britannique. Ayant grandi en Rhodésie, il avait beaucoup de contacts sur place. Il m'a parlé des gisements de minerais qui n'attendaient que d'être exploités. Donc, après la guerre, je l'ai suivi. Il m'a aidé à trouver un emploi à la mine Bushtick. J'ai travaillé là-bas pendant quelques années et j'ai rencontré ta mère.

Il but une gorgée de thé, mais Tru savait qu'il réfléchissait aussi à tout ce qu'il pouvait dire.

– Ensuite, je suis retourné aux États-Unis. Je suis allé travailler pour Exxon et j'ai rencontré ma femme Lucy lors de la fête de Noël de l'entreprise. Elle était la sœur de l'un des cadres, et nous avons sympathisé. Nous avons commencé à sortir ensemble, puis nous nous sommes mariés et nous avons eu des enfants. J'ai pris un boulot chez Exxon et j'ai travaillé dans de nombreux pays au fil du temps, certains sans danger, d'autres beaucoup plus dangereux. Lucy et les enfants me rejoignaient sur place ou restaient aux États-Unis pendant mon séjour à l'étranger. La parfaite famille d'entreprise, pour ainsi dire, qui a contribué tout du long à ma carrière. J'ai gravi les échelons jusqu'à la retraite. J'ai fini en tant que vice-président, et fait fortune. Nous avons déménagé en Caroline du Nord il y a onze ans. Lucy avait grandi là-bas et voulait rentrer à la maison.

Tru l'étudia, pensant à la nouvelle famille – et à la vie – que son père avait créée après son passage en Afrique.

– Combien d'enfants avez-vous eus ?

– Trois. Deux garçons et une fille. Tous ont maintenant la trentaine. Ma femme et moi fêterons nos quarante ans de mariage en novembre. Si je vis jusque-là.

Tru prit une gorgée d'eau.

– Y a-t-il quelque chose que vous voulez savoir sur moi ?

– Je pense que je connais à peu près tout. L'enquêteur a bien fait son travail.

– Alors vous savez que j'ai un fils. Votre petit-fils.

– Oui.

– Aimeriez-vous le rencontrer ?

– Oui, répondit-il. Mais ce n'est probablement pas une bonne idée. Je suis un étranger, et je suis en train de mourir. Je ne vois pas comment lui pourrait en tirer du positif.

Tru se dit qu'il avait probablement raison à ce sujet. Mais...

– Pour moi, cependant, vous n'avez pas réagi ainsi.

Même constat, mais conclusion différente.

– Tu es mon fils.

Tru but une gorgée d'eau.

– Parlez-moi de ma mère, dit-il enfin.

Son père baissa le menton. Il reprit la parole mais s'exprima plus lentement.

– Elle était belle. Une des plus belles femmes que j'aie vues. Elle était beaucoup plus jeune que moi, mais elle était… intelligente et mature pour son âge. Elle pouvait parler longuement de poésie et d'art, des domaines que je ne connaissais pas, et avec passion. Et elle avait le rire le plus merveilleux que j'aie connu, tout simplement irrésistible. Je pense que je suis tombé amoureux d'elle le soir de notre première rencontre. Elle était… extraordinaire.

Il s'essuya la bouche avec son mouchoir et sa voix se fit plus douce.

– Nous avons passé beaucoup de temps ensemble les mois suivants. Elle était à l'université, et la mine avait un laboratoire là-bas. Nous nous sommes vus chaque fois que nous le pouvions. Je travaillais beaucoup, bien sûr, mais nous prenions du temps pour nous. Je me souviens de ce livre de poésie de Yeats qu'elle avait toujours sur elle, et je ne peux pas te dire combien de fois nous avons lu ces poèmes à voix haute. Il fit une pause, sa respiration se faisant hachée. Elle aimait les tomates. Elle en mangeait à chaque repas que nous avons pris ensemble. Toujours saupoudrées d'un peu de sucre. Elle adorait les papillons, et elle pensait que Humphrey Bogart dans *Casablanca* était l'homme le plus sexy du monde. J'ai commencé à fumer avant même de rejoindre l'armée, mais quand elle m'a parlé de Bogart, je me suis mis à tenir mes cigarettes comme lui dans le film. Entre le pouce et l'index.

Il fit tourner la tasse de thé entre ses doigts, apparemment perdu dans ses pensées.

— Je lui ai appris à conduire, tu sais. Elle ne savait pas, jusqu'à notre rencontre, et je me souviens avoir pensé que c'était étrange, surtout qu'elle avait grandi dans une ferme. Et avec le temps, j'ai commencé à éprouver autre chose à son sujet. Sous la surface, aussi intelligente et mature fut-elle, je décelai une insécurité profonde, même si cela me semblait n'avoir aucun sens. Pour moi, elle avait tout. Et elle était tout ce que j'avais toujours voulu. Mais plus je la connaissais, plus je me rendais compte qu'elle était vraiment secrète. Pendant longtemps, je sus peu de choses sur son père ou sur le pouvoir qu'il exerçait. Elle ne parlait presque jamais de lui. Mais vers la fin de notre relation, elle me faisait souvent promettre de l'emmener avec moi aux États-Unis. Et la façon dont elle me suppliait parfois me faisait penser que son désir avait plus à voir avec ces circonstances qu'avec ses sentiments pour moi. Elle ne me laissa jamais rencontrer son père, ni même visiter la ferme. Nous devions toujours nous retrouver dans des endroits éloignés. Et toutes ces choses m'ont poussé à me poser des questions.

— Je me demande bien lesquelles ?

— Je pense que c'est là que tu devrais te demander à nouveau ce que tu veux vraiment savoir. C'est ta dernière chance.

Tru pinça les lèvres et acquiesça.

— Continuez.

— Quand elle me parla enfin de son père, elle me décrivit deux personnes complètement différentes. D'un côté, elle l'adorait et soulignait à quel point ils avaient besoin l'un de l'autre. Mais elle pouvait aussi me dire qu'elle le détestait, qu'il était méchant, qu'elle voulait s'éloigner le plus possible de lui et ne plus jamais le revoir. Je ne connais pas en détail ce qui s'est passé dans la maison dans son enfance, et je ne suis pas sûr de vouloir le savoir. Ce que je sais, c'est que ta mère a paniqué quand son père a découvert mon existence. Elle s'est présentée chez moi, hystérique, affirmant que nous devions quitter le pays tout de suite, parce que le colonel était furieux… Je n'avais même pas le temps de rassembler mes affaires. Impossible de la calmer, mais quand elle a compris que je n'allais pas faire ce qu'elle me demandait, elle s'est enfuie. C'est la dernière fois que je l'ai vue. À l'époque, je ne savais pas qu'elle était enceinte. Peut-être que si elle me l'avait dit, les choses auraient été différentes. J'aime à penser que je l'aurais suivie et l'aurais aidée à s'enfuir. Mais je n'ai jamais eu cette chance.

Ses mains étaient nouées, comme s'il espérait en tirer de la force.

— Ils sont arrivés chez moi cette nuit-là, alors que je dormais déjà. Un groupe d'hommes. Ils m'ont malmené, mis un capuchon sur la tête avant de me jeter dans le coffre d'une voiture. Ils m'ont conduit dans une cave, et après m'avoir tiré de la voiture ils m'ont fait dégringoler un escalier. Ils m'ont frappé, et à mon réveil j'ai senti l'humidité et la moisissure. Ils m'avaient menotté à des tuyaux. Et c'était sacrément douloureux, parce que mon épaule avait été disloquée à l'automne.

Il prit de longues respirations, comme s'il rassemblait ses forces avant un dernier effort.

— Quand ils m'ont enfin enlevé cette cagoule, une lampe de poche m'aveuglait. Je ne voyais rien du tout. Mais il était là. Le colonel. Il m'a dit que j'avais le choix : je pouvais soit quitter la Rhodésie le lendemain matin, soit mourir dans cette cave, menotté aux tuyaux, sans nourriture ni eau.

Il se tourna vers Tru.

– J'ai fait la guerre. J'avais vu des choses terribles. On m'avait tiré dessus – j'ai eu une Purple Heart – et je me suis parfois demandé comment survivre. Mais jamais je n'avais eu aussi peur qu'à ce moment-là, car je savais que c'était un tueur de sang-froid. Ça s'entendait dans sa voix. Le lendemain, je suis monté dans ma voiture et je ne me suis pas arrêté avant d'atteindre l'Afrique du Sud. J'ai attrapé un vol de retour pour les États-Unis. Je n'ai jamais revu ta mère, ni ne lui ai parlé de nouveau.

Il déglutit avec difficulté.

– J'ai passé ma vie à savoir que j'étais un lâche. Pour l'avoir laissée avec lui. Pour disparaître complètement de sa vie. Et pas un jour ne s'est écoulé sans que je le regrette. Je veux dire… J'aime ma femme, mais je n'ai jamais éprouvé pour elle la passion profonde et brûlante que m'a inspirée ta mère. J'ai abandonné Evelyn à cet homme, et je sais au fond de moi que c'est la pire chose que j'aie faite. Tu dois aussi savoir que je ne suis pas venu ici pour obtenir ton pardon. Certaines choses ne peuvent pas être pardonnées. Mais je veux que tu saches que si j'avais été au courant pour toi, tout aurait été différent. Je comprends que ce ne sont que des mots et que tu ne me connais pas, mais c'est la vérité. Et je suis désolé pour la façon dont tout ça s'est passé.

Tru ne dit rien, comprenant qu'il n'était pas difficile d'associer l'histoire qu'il venait d'entendre avec le grand-père qu'il avait connu. Il se sentait écœuré, mais surtout il éprouvait un vif chagrin pour sa mère et de la pitié pour l'homme assis à côté de lui à la table.

Son père désigna la sacoche d'un geste.

– Est-ce que ça te dérangerait de me la donner ?

Tru attrapa le porte-documents et le posa sur la table, regardant son père l'ouvrir.

— Je voulais aussi te donner quelque chose. J'ai pris tout ça avec moi le jour où j'ai quitté la Rhodésie, et au fil du temps je l'ai complètement oublié. Mais quand j'ai vu ta photo, j'ai demandé à l'un de mes fils de retrouver la malle dans le grenier. Au cas où tu ne serais pas venu, j'avais l'intention de te les envoyer.

À l'intérieur de la sacoche, se trouvait une enveloppe posée sur une pile de papier à dessin qui avait jauni sur les bords. Son père tendit l'enveloppe à Tru.

— À l'époque, un de mes amis était photographe et il emportait son appareil photo partout avec lui. Il y a quelques photos de nous deux, mais la plupart d'entre elles sont de ta mère. Il voulait la convaincre de devenir mannequin.

Il y avait huit photos en tout. La première était une photographie de sa mère et de son père assis ensemble devant une rivière, tous les deux en train de rire. La deuxième photographie les voyait aussi réunis, se regardant de profil comme le dessin sur lequel Tru travaillait. Les autres étaient toutes de sa mère, dans diverses poses et tenues, avec des arrière-plans dépouillés, un style photographique commun à la fin des années 1940.

Sa gorge se serra et Tru perçut un brusque sentiment de perte auquel il ne s'était pas attendu. Harry lui passa ensuite les dessins. Le premier était un autoportrait de sa mère observant son reflet dans le miroir. Malgré sa beauté, son expression sombre évoquait sa nature tourmentée. Le suivant était un dessin de sa mère, vue de dos. Enveloppée dans un drap, elle regardait derrière elle par-dessus son épaule. Tru se demanda si elle avait utilisé une photographie similaire comme source d'inspiration.

Il y avait trois autres autoportraits et plusieurs scènes de paysage semblables à celles que Tru avaient dessinées pour Andrew. Mais l'une représentait la maison principale avant l'incendie, avec ses colonnes imposantes ornant la véranda. Tru se rendit alors compte qu'il avait oublié à quoi ressemblait la maison avant le drame.

Tru mit finalement les dessins de côté et son père s'éclaircit la voix.

— Je la trouvais assez bonne pour ouvrir un studio, mais ça ne l'intéressait pas. Elle disait dessiner parce qu'elle voulait oublier son quotidien. À l'époque, je ne savais pas trop ce qu'elle voulait dire par là, mais j'ai passé de nombreux après-midi à la regarder. Elle avait la charmante habitude de se mordre la lèvre inférieure en travaillant, même si elle n'était jamais complètement satisfaite des résultats. Dans son esprit, aucun d'entre eux n'était jamais fini.

Tru réfléchit tout en buvant une nouvelle gorgée.

— Était-elle heureuse ? demanda-t-il enfin.

Harry soutint le regard de Tru.

— Je ne sais pas comment répondre à ça. J'aime penser qu'elle était heureuse quand nous étions ensemble. Mais…

Son père s'interrompit et Tru réfléchit aux implications de ce que son père lui avait dit plus tôt, aux sous-entendus concernant ce qui s'était vraiment passé dans cette maison, quand sa mère était enfant.

— Si tu es d'accord, j'aimerais te poser une question, dit son père.

— Oui ?

— Y a-t-il quelque chose que tu veux de moi ?

— Je ne suis pas sûr de comprendre la question.

— Veux-tu rester en contact ? Ou préfères-tu que je disparaisse après aujourd'hui ? Je t'ai déjà dit qu'il ne me reste plus beaucoup de temps, mais après toutes ces années j'ai pensé que c'était mieux pour toi de pouvoir prendre une décision.

Tru regarda le vieil homme assis à côté de lui, le considérant.

— Oui, répondit-il finalement, se surprenant lui-même. J'aimerais pouvoir vous parler à nouveau.

— Très bien, acquiesça son père. Et mes autres enfants ? Ou ma femme ? Veux-tu parler avec eux ?

Tru y réfléchit avant de secouer la tête.

— Non. À moins qu'ils le désirent. Nous sommes des étrangers, et comme vous je suppose que je n'ai aucun désir d'ajouter d'autres complications à l'une de nos vies.

Son père esquissa un sourire.

— C'est suffisant. J'ai une faveur à te demander. Mais n'hésite pas à dire non.

— Qu'est-ce que c'est ?

— As-tu une photo de mon petit-fils que je pourrais voir ?

Son père resta quarante minutes de plus.

Il lui expliqua que sa femme et ses enfants soutenaient sa décision d'entrer en contact avec Tru — malgré leur perplexité concernant quelqu'un issu d'un passé qui leur était inconnu. Quand il ajouta que le trajet de retour vers Charlotte était long et qu'il ne souhaitait pas les inquiéter davantage, Tru sut que c'était sa façon de dire qu'il était temps pour lui d'y aller. Tru prit la sacoche et tint le parapluie pour son père tandis qu'ils descendaient l'escalier vers la voiture dans l'allée.

Tru regarda la voiture s'éloigner puis se dirigea vers le cottage pour laisser sortir Scottie. Malgré l'orage, il avait envie de marcher sur la plage, car il avait besoin d'espace et de temps pour réfléchir.

Leur rencontre avait été surprenante, à tout le moins. Il n'avait jamais imaginé son père comme un homme attaché à sa famille, marié à la même femme depuis des décennies ; ou fuyant le pays en craignant pour sa vie, à cause du grand-père de Tru. Tout en marchant, il lui était impossible d'ignorer son dégoût à l'égard de la figure masculine dominante de son enfance.

Il y avait aussi cette famille dont il n'avait jamais entendu parler : ses demi-frères et sœurs, au nombre de trois – et même s'il avait refusé de les rencontrer, il se posait des questions. Qui étaient-ils ? Comment étaient-ils ? Il doutait que l'un d'entre eux ait éprouvé le besoin de quitter la maison à l'âge de dix-huit ans. Leurs vies n'avaient sûrement rien à voir avec la sienne. Pendant un moment, il essaya d'imaginer à quoi aurait ressemblé sa propre vie si sa mère et son père avaient trouvé un moyen de rester ensemble, mais il abandonna bientôt.

Contemplant le ressac, il se dit qu'il restait encore trop de questions sans réponse, trop de choses qu'il n'apprendrait jamais. Même à propos de sa mère. Il savait seulement que sa courte vie avait été encore plus tragique qu'il ne l'avait imaginé, et si son père lui avait apporté une quelconque joie, il était content.

Tru regretta soudain que cette rencontre avec son père n'ait pas eu lieu des années plus tôt, quand ils auraient eu plus de temps pour se connaître. Mais certaines choses n'étaient pas censées se produire, et, alors que le soleil commençait à se coucher, il prit le chemin du retour. Tru marchait lentement, surveillant distraitement Scottie, accablé par les révélations de l'après-midi et par un regret intense. Il faisait presque nuit quand il rentra au cottage. Il laissa Scottie à l'arrière pendant qu'il se douchait et se changeait, puis rassembla les photographies et les dessins laissés par son père.

Chez Hope, il s'assit à la table de la cuisine, regardant de nouveau les images attentivement. Il aurait souhaité que la jeune femme soit là. Elle saurait comment l'aider à comprendre les choses, et sans elle il se sentait à bout. Pour se calmer, il se remit à dessiner tandis que la pluie continuait à tomber. De l'autre côté des fenêtres, la foudre scintillait, reflétant ses propres émotions, et il songea aux étranges parallèles entre lui et son père.

Son père avait quitté sa mère en Afrique et était retourné en Amérique ; dans quelques jours, Tru repartirait en Afrique, laissant Hope ici, aux États-Unis. Son père et sa mère n'avaient pas pu trouver un moyen d'être ensemble, mais Tru voulait croire que Hope et lui agiraient différemment. Il voulait que tous deux fassent leur vie ensemble. Tout en continuant à dessiner, il se demanda comment y parvenir.

Épuisé, Tru ne réalisa pas que Hope était revenue du mariage, jusqu'à ce qu'il la sente se glisser dans le lit à côté de lui. Il était minuit passé et elle s'était déjà déshabillée, sa peau chaude au toucher. Sans un mot, elle commença à l'embrasser. Il répondit par des caresses et quand ils commencèrent à faire l'amour, il goûta la saveur salée de ses larmes. Mais il ne dit rien. C'était tout ce qu'il pouvait faire pour ne pas pleurer lui aussi à la pensée du lendemain. Ensuite, elle se recroquevilla contre lui, et Tru la tint serrée dans ses bras pendant qu'elle s'endormait, la tête sur sa poitrine.

12

Plus de lendemains

Tru se réveilla à l'aube, juste au moment où la lumière du jour commençait à entrer par la fenêtre au niveau de Hope. À cet instant seulement, il prit conscience de son absence. Se relevant sur un coude, il se frotta les yeux, surpris et un peu déçu. Il aurait voulu passer la matinée au lit avec elle, à chuchoter et à faire l'amour, repoussant la réalité de leur dernière journée ensemble.

Tru se leva puis enfila le jean et la chemise qu'il portait la veille. Sur la taie d'oreiller, il vit des traces de mascara, vestiges des larmes de Hope la nuit précédente et sentit une vague de panique l'envahir à l'idée de la perdre. Il voulait un autre jour, une autre semaine, une autre année avec elle. Il voulait des années de vie, et il était prêt à tout pour qu'ils restent ensemble pour toujours.

Il répéta mentalement ce qu'il allait dire à Hope, tout en se dirigeant vers la cuisine. Il sentit l'odeur du café, mais à sa grande surprise Hope n'était pas là. Il se versa une tasse et se remit en marche, passant la tête dans la salle à manger, puis dans le salon, sans succès. Il la retrouva finalement sur la terrasse de derrière. Hope était assise dans un fauteuil à bascule. La pluie s'était arrêtée et Tru pensa de nouveau qu'elle était la plus belle femme qu'il ait jamais vue.

Il s'arrêta un instant avant d'ouvrir la porte.

Hope se retourna en l'entendant. Elle lui offrit un sourire timide, mais ses yeux étaient rouges. La tristesse extrême de son expression lui fit se demander depuis combien de temps elle était là, seule avec ses pensées, réfléchissant encore et toujours à leur impossible situation.

– Bonjour, dit-elle, d'une voix douce.

– Bonjour.

Tru sentit en l'embrassant une hésitation inattendue, qui balaya d'un coup tous les discours qu'il avait répétés. Il lui semblait que, même s'il se confiait, elle n'était plus prête à l'entendre. Il nota avec appréhension que quelque chose avait changé, même s'il n'était pas sûr de savoir quoi.

– Je ne t'ai pas réveillé ?

– Non, répondit-il. Je ne t'ai pas entendue quitter la chambre.

– J'ai essayé de ne pas faire de bruit.

Elle semblait avoir répété sa réponse.

– Je suis surpris que tu sois déjà réveillée, vu que tu es rentrée si tard.

– Dormir n'est pas fait pour moi, je suppose.

Elle prit une gorgée de café avant de continuer.

– As-tu bien dormi ?

– Pas vraiment, admit-il.

– Moi non plus. Je suis réveillée depuis quatre heures. De sa tasse, elle indiqua le fauteuil. J'ai séché ton siège, mais peut-être que tu voudras quand même passer un coup de plus.

– D'accord.

Attrapant la serviette, il essuya rapidement le fauteuil avant de s'asseoir.

Malgré lui, ses entrailles étaient nouées. Pour la première fois depuis des jours, on pouvait discerner des coins de ciel bleu, même si une traînée de nuages blancs s'étirait encore au-dessus de l'eau, tandis que la tempête s'éloignait. Hope se tourna vers l'Océan, comme incapable de lui faire face, sans mot dire.

— Il pleuvait quand tu t'es réveillée ? demanda-t-il en rompant le silence.

Du bavardage, il le savait, mais quoi dire d'autre...

Elle secoua la tête.

— Non. La pluie s'est arrêtée la nuit dernière. Probablement peu après mon retour.

Il inclina son fauteuil à bascule vers le sien, attendant de voir si elle ferait la même chose. Mais non. Elle ne parlait pas non plus. Tru s'éclaircit la voix.

— Comment était le mariage ?

— Magnifique, dit-elle, refusant toujours de le regarder. Ellen rayonnait. Elle était beaucoup moins stressée que je le pensais. Surtout en considérant son coup de fil l'autre jour.

— La pluie n'a pas été gênante ?

— La cérémonie s'est tenue sur le porche. Les gens étaient serrés, mais ça la rendait plus intime. Et la réception s'est déroulée sans accroc. La nourriture, la musique, le gâteau... C'était très amusant pour tout le monde.

— Je suis content que ça se soit bien passé.

Elle parut perdue dans ses pensées pendant un moment, avant de se tourner vers lui.

— Comment ça s'est passé avec ton père ? Je me le demandais, depuis que je suis partie hier.

— C'était… Tru hésita, cherchant le mot juste. Intéressant.

— Comment est-il ?

— Pas comme je l'avais imaginé.

— Comment ?

— Je suppose que je m'attendais plus à une sorte de canaille. Mais il n'est pas du tout comme ça. Il a environ soixante-dix ans et il est marié depuis près de quarante ans à la même femme. Il a trois enfants adultes et a travaillé pour une grande compagnie pétrolière. Il m'a rappelé les touristes américains que je côtoie au lodge.

— Il t'a dit ce qui s'est passé entre lui et ta mère ?

Tru hocha la tête. Pour la première fois de la journée, Hope parut sortir de sa coquille, échappant à la prison de ses sombres pensées. Hypnotisée par son récit, elle ne put dissimuler sa stupeur.

— Et il est sûr que c'est ton grand-père qui l'avait kidnappé ? Il ne l'avait jamais rencontré, alors ce n'était pas comme s'il pouvait reconnaître sa voix.

— C'était mon grand-père. Il n'y a aucun doute dans mon esprit. Tout comme il n'y en avait pas dans le sien.

— C'est… terrible.

— Mon grand-père pouvait être un homme terrible.

— Comment tu te sens ? s'enquit Hope, d'une voix douce.

— C'était il y a longtemps.

— Ce n'est pas vraiment une réponse.

— C'est aussi la vérité.

— Et maintenant, est-ce que tu vois ton père différemment ?

— D'une certaine manière, oui. J'avais toujours supposé qu'il venait juste de s'enfuir sans se soucier de ma mère. Mais je me trompais.

— Ça te dérangerait de me montrer les photos et les dessins ?

Tru retourna à l'intérieur et les récupéra sur la petite table basse. Lui tendant la pile, il se rassit et regarda Hope commencer à les regarder.

— Ta mère était très belle, commenta-t-elle.

— Oui, en effet.

— On voit qu'elle était amoureuse de lui. Et qu'il éprouvait la même chose pour elle.

Tru hocha la tête, ses pensées se concentrant plus sur Hope que sur les évènements de la veille. Il essayait de tout mémoriser à propos de son apparence, chaque petite manie, chaque geste. Quand elle eut fini avec les photos, elle reprit le premier des dessins, celui de sa mère contemplant son reflet dans le miroir.

— Elle était très talentueuse. Mais je trouve que tu es meilleur.

— Elle était encore jeune. Et elle avait plus de talent inné que moi.

Hope but une autre gorgée de café puis finit sa tasse.

— Je sais que tu viens de te réveiller, mais ça te dirait, une promenade sur la plage ? Je dois bientôt sortir Scottie.

— Bien sûr. Laisse-moi chausser mes bottes.

Le temps pour lui de se préparer, Scottie était déjà en laisse près de la porte. Tru laissa Hope ouvrir le chemin, et une fois sur la plage Scottie s'élança en courant vers une volée d'oiseaux. Ils le suivirent à pas lents. La matinée était plus fraîche que prévu. Pendant un moment, ni l'un ni l'autre ne parut vouloir rompre le silence. Quand Tru glissa sa main dans la sienne, Hope sembla hésiter avant de se détendre. Elle dressait une barrière entre eux, et Tru en fut blessé.

Ils marchèrent en silence, longtemps. Hope évitait de

le regarder. La plupart du temps, elle semblait se concentrer sur quelque chose au loin ou sur l'eau. Comme presque toute la semaine, la plage était déserte, calme. Il n'y avait pas de bateaux, et même les mouettes et les sternes semblaient avoir quitté les lieux.

Confirmant ses premières craintes, Tru sentait maintenant avec certitude que quelque chose s'était passé la veille, quelque chose qu'elle craignait de lui dire. Il était certain que ce qu'elle lui cachait allait à la fois le surprendre et le blesser, et il sentit son cœur se serrer. Désespéré, il repensa à tout ce qu'il voulait lui dire ; mais, avant qu'il puisse prononcer le moindre mot, elle leva les yeux vers les siens.

— Je suis désolée d'être si calme, dit-elle en s'efforçant de sourire. Je ne suis pas de très bonne compagnie ce matin.

— Tout va bien. Tu t'es couchée tard.

— Ce n'est pas ça. C'est…

Elle s'interrompit et Tru sentit une touche d'embruns, humide et froide.

Hope s'éclaircit la voix.

— Je veux que tu saches que je n'avais aucune idée de ce qui allait se passer.

— Je ne suis pas sûr de savoir de quoi tu parles.

Sa voix devint plus douce et ses doigts serrèrent la main de Tru plus fort.

— Josh est venu au mariage.

Tru sentit son estomac se serrer, mais il ne dit rien. Hope poursuivit.

— Après son coup de fil l'autre soir, il a réservé un vol pour Wilmington… Je suppose qu'il n'a pas aimé la façon dont je lui avais répondu. Il est arrivé juste avant la cérémonie… Il est juste venu comme ça, et il a bien vu que je n'étais pas contente. Elle fit quelques pas, regardant le sable devant elle. Ce n'était pas trop difficile de l'éviter au début. Après la cérémonie, j'étais assise avec Ellen à la table principale. Je suis restée avec mes copines presque toute la soirée, mais vers la fin de la réception je suis sortie me rafraîchir... Et là il est venu me trouver.

Elle prit une longue inspiration, comme si elle invoquait les mots dont elle avait besoin.

– Il s'est excusé, il voulait parler et...

Tru sentit que tout commençait à s'échapper.

– Et ? demanda-t-il doucement.

Elle s'arrêta et se tourna vers lui.

– Quand il est arrivé, je ne pouvais penser à rien d'autre qu'à cette semaine, à quel point elle comptait pour moi. La semaine dernière, je ne savais même pas que tu existais, donc je ne peux m'empêcher de me demander si je suis folle. Parce que je sais que je t'aime.

Tru remarqua que les yeux de Hope étaient brillants de larmes.

– Même maintenant, ici avec toi, je n'arrête pas de me dire à quel point ça me paraît naturel. Et je ne veux pas te quitter.

– Alors, reste avec moi, plaida-t-il. Nous allons trouver une solution.

– Ce n'est pas si simple, Tru. J'aime Josh aussi. Je sais que cela doit être douloureux pour toi d'entendre ça, et la vérité est que je n'éprouve pas la même chose pour lui que pour toi. Son regard s'était fait implorant. Vous êtes tous les deux si différents... Elle semblait vouloir saisir quelque chose hors de portée. J'ai l'impression d'être en guerre avec moi-même, comme si j'étais deux personnes différentes, qui veulent des choses complètement différentes. Mais...

Elle parut soudain incapable de continuer, et Tru la saisit par les bras.

— Je ne peux pas imaginer une vie sans toi, Hope, et je n'en veux pas. Je te veux, et seulement toi, pour toujours. Tu pourrais vraiment abandonner sans regret ce que nous avons entre nous ?

Hope se figea, son visage changé en masque d'angoisse.

— Je sais qu'une part de moi va le regretter pour toujours.

Il la dévisagea, essayant de déchiffrer ses intentions, sachant déjà ce qu'elle essayait de lui dire.

— Tu ne vas pas lui parler de nous, n'est-ce pas ?

— Je ne veux pas le blesser...

— Et pourtant tu es prête à lui cacher des choses ?

Il regretta aussitôt ses mots.

— Ce n'est pas juste ! s'écria-t-elle en s'écartant brusquement de lui. Tu crois que je veux être dans cette situation ? Je ne suis pas venue ici pour rendre ma vie encore plus compliquée qu'elle ne l'était déjà. Je ne suis pas venue ici parce que je voulais tomber amoureuse d'un autre homme. Mais peu importe ce que je décide, quelqu'un va être blessé, et je n'ai jamais, jamais voulu ça.

— Tu as raison, murmura-t-il. Je n'aurais pas dû le dire. Ce n'était pas juste, et je m'excuse.

Les épaules de Hope s'affaissèrent et sa colère se mua lentement en confusion.

— Josh semblait différent cette fois. Effrayé. Sérieux... dit-elle, presque pour elle-même. Je ne sais pas...

C'était maintenant ou jamais, comprit soudain Tru, et il tendit à nouveau la main.

— Je voulais te parler plus tôt à ce sujet, mais la nuit dernière, quand je ne pouvais pas dormir, j'ai beaucoup réfléchi. À propos de toi et moi. À propos de nous.

Et peut-être que tu n'es pas tout à fait prête à l'entendre, mais... Il garda ses yeux rivés sur les siens. Je veux que tu viennes avec moi au Zimbabwe. Je sais que je te demande beaucoup, mais tu pourrais rencontrer Andrew et nous pourrions y faire notre vie. Si tu n'aimes pas ça, je peux trouver une autre solution.

Hope cligna des yeux sans rien dire, essayant d'appréhender ce qu'il disait. Elle ouvrit la bouche pour répondre puis la referma, même après lui avoir lâché la main.

Elle se tourna, face à l'Océan, avant de secouer la tête.

– Je ne veux pas que tu changes pour moi, insista Hope. Ton métier est important pour toi.

– Tu es plus importante, répliqua-t-il, sentant le désespoir dans sa voix, sentant leur avenir et toutes ses espérances commencer à s'éloigner. Je t'aime. Tu ne m'aimes pas ?

– Bien sûr que si.

– Alors, avant de dire non, peux-tu au moins y penser ?

– Je l'ai fait, dit-elle, si doucement que l'écho du ressac la rendit presque inaudible. Hier, quand je revenais du mariage, j'ai justement pensé à ça. Simplement... m'enfuir en Afrique avec toi. Partir, sans hésiter. Et je rêvais de le faire. J'ai imaginé expliquer la situation à mes parents, j'étais sûre qu'ils me donneraient leur bénédiction. Mais...

Elle leva sur lui un regard brillant d'angoisse.

– Comment puis-je laisser mon père ici, sachant qu'il ne lui reste que peu de temps à vivre ? Je vais devoir passer ces dernières années avec lui, pour moi autant que pour lui. Parce que je le sais, je ne me pardonnerais jamais si je ne le faisais pas. Et ma mère va avoir besoin de moi, même si elle pense que non.

— Tu pourrais rentrer à la maison aussi souvent que tu le souhaites. Une fois par mois si tu veux. Ou même plus. L'argent n'est pas un problème.

— Tru...

Il sentit monter une vague de panique.

— Et si je déménage ici ? proposa-t-il. En Caroline du Nord ?

— Et Andrew ?

— Je reviendrai tous les mois. Je le verrai plus que maintenant. Je ferai tout ce que tu veux.

Elle le regardait avec une douleur incommensurable, sa main serrée dans la sienne.

— Mais si tu ne peux pas ? demanda-t-elle. Ses mots étaient presque un murmure. Et s'il y a quelque chose dont j'ai besoin, que tu ne pourras jamais me donner ?

À ces mots, il tressaillit, comme s'il avait été giflé. Tout à coup, il comprit ce qu'elle essayait à tout prix de ne pas lui dire explicitement. Pour rester avec lui, elle devrait renoncer à l'enfantement. Ne lui avait-elle pas parlé de son rêve de toute une vie ? De son désir de tenir dans ses bras la chair de sa chair, de créer une vie avec l'homme qu'elle chérissait ? Plus que tout, elle voulait être mère — elle voulait donner naissance à un enfant... Et ça, il ne pouvait pas le lui donner.

Sur le visage de Hope, Tru lut un plaidoyer silencieux espérant son pardon, un plaidoyer aussi fort que sa douleur.

Tru se détourna, incapable de la regarder en face. Il avait toujours cru que tout était possible en amour, que tout obstacle pouvait être surmonté. N'était-ce pas une vérité que presque tout le monde tenait pour acquise ? Alors qu'il luttait contre le caractère implacable de ce que Hope venait de dire, elle le serra dans ses bras.

— Je me déteste pour ça, reprit-elle, éclatant en sanglots. Je déteste cette part de moi qui a besoin d'un bébé. J'aimerais pouvoir imaginer une vie sans enfant, mais je ne peux pas. Je sais qu'il serait possible d'adopter, il y a même des techniques médicales incroyables maintenant, mais... dit-elle en secouant la tête et poussant un long soupir. Ce ne serait pas pareil pour moi. Je déteste ça, mais je n'arrive pas à penser autrement.

Pendant longtemps, aucun d'eux ne parla, tous les deux contemplant les vagues.

Finalement, Hope reprit, d'une voix déchirée :

— Je ne veux pas me dire un jour que j'ai abandonné mon rêve pour toi. Je ne veux jamais avoir de raison de t'en vouloir... Cette idée me terrifie. Elle secoua la tête. Je sais à quel point je suis égoïste, à quel point je te fais mal. Mais s'il te plaît, ne me demande pas de partir avec toi, parce que je le ferais...

Il lui prit la main et la porta à ses lèvres, l'embrassant.

— Tu n'es pas égoïste.

— Mais tu me méprises.

— Jamais.

Il la prit dans ses bras et l'attira contre lui.

— Je t'aimerai toujours. Il n'y a rien que tu puisses faire ou dire qui t'enlèvera ça.

Hope secoua la tête, essayant vainement de retenir ses larmes.

— Il y a autre chose, dit-elle, d'une voix nouée tandis qu'elle se mettait à pleurer sans retenue. Quelque chose que je ne t'ai pas dit.

Intérieurement, Tru se prépara. D'une certaine manière, il savait déjà ce qu'elle allait dire.

— Josh m'a demandé de l'épouser hier soir, a déclaré Hope. Il m'a dit qu'il était prêt à fonder une famille.

Tru ne dit rien. Étourdi, il s'effondra dans ses bras, comme si ses membres s'étaient changés en plomb. Il voulait la consoler, mais son corps ne lui répondait plus.

— Je suis désolée, Tru, dit-elle. Je ne savais pas comment te le dire la nuit dernière. Mais je ne lui ai pas encore donné de réponse. Je veux que tu le saches. Et je veux que tu le comprennes, je n'avais aucune idée qu'il allait me le demander.

Il s'efforça de contrôler ses propres émotions.

— Est-ce vraiment important ?

— Je ne sais pas. En ce moment, j'ai l'impression de ne rien comprendre à ce qui se passe. Tout ce que je sais, c'est que je n'ai jamais voulu que ça se termine comme ça. Je n'ai jamais voulu te faire du mal.

Une douleur physique semblait le traverser, rayonnant depuis sa poitrine jusqu'à ses doigts, qui commencèrent à l'élancer.

— Je ne peux pas te forcer à rester avec moi, murmura-t-il. Même si c'est tout ce que je désire, je ne peux pas. Je ne vais pas non plus essayer, même si ça signifie que je ne te reverrai plus jamais. Mais j'aimerais te demander quelque chose.

— Tout ce que tu veux... murmura-t-elle.

Avec appréhension, il demanda :

— Essaieras-tu de te souvenir de moi ?

Hope voulut répondre mais ne put émettre qu'un son étranglé. Elle pinça les lèvres et hocha la tête. Tru la sentit s'effondrer en lui, comme si ses jambes ne la soutenaient plus. Elle fondit en larmes et Tru sombra. Les vagues continuaient à déferler sur la plage, indifférentes au monde qui venait de se briser entre elles.

Il la voulait, elle et seulement elle, pour toujours. Mais ce n'était pas possible. Plus maintenant, car malgré l'amour qu'ils éprouvaient l'un pour l'autre, Tru savait déjà quelle réponse Hope allait donner à Josh.

De retour au cottage, Hope vida le réfrigérateur de toute nourriture et la mit dans un sac poubelle. Elle se dirigea vers la douche et Tru emporta le sac à l'extérieur. Il étais pris de vertiges. Revenu dans la cuisine, il entendit l'eau couler dans la salle de bains.

Il fouilla alors dans les tiroirs, où il trouva du papier et un stylo. Dévasté, il tenta de faire le point sur ses sentiments en jetant des mots sur cette feuille. Il avait tant de choses à dire.

Quand il eut fini, il retourna chez son père et récupéra deux dessins. Il les mit avec la lettre dans la boîte à gants de sa voiture, sachant qu'au moment où Hope les découvrirait, le temps passé ensemble appartiendrait déjà aux souvenirs.

Hope réapparut bientôt avec sa valise. Vêtue d'un jean, d'un chemisier blanc et des sandales achetées quelques jours plus tôt, elle était d'une beauté à lui fendre le cœur. Tru était de nouveau assis à la table. Après avoir éteint toutes les lumières, Hope vint s'asseoir sur ses genoux.

Elle le prit dans ses bras et, pendant longtemps, ils restèrent simplement ainsi. Hope s'écarta enfin, affichant une expression sombre.

– Je devrais probablement y aller, dit-elle.

– Je sais… murmura-t-il.

Elle se leva et se dirigea lentement vers la porte, après avoir mis Scottie en laisse.

Le temps des adieux était venu. Tru prit sa valise et la boîte de souvenirs qu'elle avait rassemblés plus tôt dans la semaine. Il la suivit, s'arrêta à côté d'elle tandis qu'elle fermait la porte et respira l'odeur de fleurs sauvages du shampoing qu'elle utilisait.

Il chargea ses affaires dans le coffre pendant qu'elle posait Scottie sur le siège arrière.

Après avoir fermé les portières, elle s'approcha lentement de lui. Il la retint. Ni l'un ni l'autre ne pouvait parler. Quand elle recula, il essaya de sourire, même si tout se brisait en lui.

– Si tu comptes faire un safari, assure-toi de me le faire savoir. Je peux vous dire quelles lodges vous devriez visiter, même si ce n'est pas au Zimbabwe. J'ai des contacts dans toute la région. Tu peux toujours me joindre à Hwange.

– Très bien, dit-elle d'une voix incertaine.

– Et si tu veux juste parler ou me voir, c'est possible. Les compagnies aériennes font du monde un endroit beaucoup plus petit qu'avant. Si tu as besoin de moi, je viendrai. D'accord ?

Elle hocha la tête, incapable de croiser son regard tandis qu'elle ajustait la sangle de son sac à main sur son épaule. Il voulait la supplier encore de venir avec lui, lui assurer qu'un amour comme le leur était unique. Il sentit les mots prendre forme, mais ils ne franchirent pas ses lèvres.

Il l'embrassa, doucement, une dernière fois, puis lui ouvrit la portière.

Une fois Hope au volant, Tru ferma la portière, ses espoirs et ses rêves brisés. Il entendit le moteur démarrer.

Elle tendit la main pour prendre la sienne.

– Je ne t'oublierai jamais, dit-elle.

Elle partit alors, enclenchant la marche arrière pour sortir de l'allée. Tru la suivit, comme en transe.

Un rayon de soleil perça les nuages et illumina sa voiture comme un projecteur. Loin de lui. Elle ne regardait pas dans sa direction. Il continua à la suivre, attiré dans la rue. Sa voiture se faisait déjà de plus en plus petite au loin. Elle était à cinquante mètres, et même plus, son image n'était plus visible à travers le pare-brise arrière, mais Tru regardait toujours. Il se sentait comme une coquille vide.

Les feux de stop clignotèrent un instant avant de rester allumés. La voiture s'était arrêtée et Tru vit la portière s'ouvrir. Hope sortit et se tourna vers lui. Elle semblait si loin, comme à l'autre bout du monde.

Elle lui souffla un dernier baiser tendre. Tru ne put se résoudre à lui retourner son geste. Elle attendit un moment puis remonta dans la voiture, qui redémarra.

– Reviens-moi, murmura-t-il, alors qu'elle atteignait le bout de l'allée donnant sur la route principale de l'île.

Mais elle ne pouvait pas l'entendre. Devant lui, la voiture ralentit, sans s'arrêter pour autant. Incapable de regarder plus longtemps, Tru se plia en deux, les mains sur les genoux. L'asphalte arborait les taches sombres de ses larmes.

Il leva les yeux. La voiture avait disparu, la route était déserte.

13

Répercussions

Hope oublia son retour à Raleigh, tout comme elle oublia son déjeuner avec Josh le dimanche après-midi. Il l'avait appelée plusieurs fois depuis le mariage d'Ellen, lui laissant des messages, la suppliant de le rencontrer pour le déjeuner. À contrecœur, elle accepta ; mais pendant que Josh lui parlait, assis en face d'elle, la jeune femme ne pouvait songer qu'à Tru la regardant partir. Tout à coup, elle dit à Josh qu'elle avait besoin de quelques jours pour réfléchir et quitta le restaurant avant même que leurs plats leur soient apportés, sentant son regard stupéfait sur elle pendant qu'elle se dépêchait de sortir.

Il réapparut à son appartement quelques heures plus tard et ils discutèrent devant sa porte. Il s'excusa de nouveau et Hope réussit à dissimuler son trouble. Après avoir accepté de le rencontrer le jeudi suivant, elle ferma la porte et s'y appuya, épuisée. Elle s'allongea sur le canapé du salon, avec l'intention de somnoler un moment, mais dormit jusqu'au lendemain matin. Sa première pensée au réveil fut de se dire que Tru était déjà en route vers le Zimbabwe, le fossé entre eux se creusant de minute en minute.

Elle eut bien du mal à travailler. Elle opta pour le pilotage automatique et, à l'exception d'une adolescente victime d'un horrible accident de voiture, aucun patient ne lui resta en mémoire. Si les autres infirmières avaient remarqué à quel point elle semblait détachée, aucune d'entre elles ne dit rien.

Mercredi, Hope avait prévu de rendre visite à ses parents après le travail. Sa mère avait laissé un message sur son répondeur quelques jours plus tôt en disant qu'elle allait préparer un ragoût, et Hope décida d'acheter une tarte aux myrtilles dans une boulangerie locale. Mais la boulangerie n'acceptait que de l'argent liquide et, avec tous les évènements de ces derniers jours, elle avait oublié d'aller à la banque. Se rappelant qu'elle gardait de l'argent dans la boîte à gants en cas d'urgence, Hope retourna à la voiture. Comme elle fouillait dans la boîte à gants, une partie de son contenu se répandit sur le sol. Et ce fut seulement en ramassant ce qu'elle venait de faire tomber que Hope reconnut le dessin de Tru.

La jeune femme en eut le souffle coupé. Elle savait qu'il devait l'avoir placé dans sa boîte à gants le matin de son départ. Elle contempla l'image, et sentit ses mains trembler, avant de se rappeler qu'elle devait encore payer la tarte. Elle posa soigneusement le dessin sur le siège passager puis se précipita dans la boulangerie.

De retour dans la voiture, elle ne démarra pas, mais prit à nouveau le dessin. En regardant sa propre image, elle reconnut une femme désespérément amoureuse de l'homme qui l'avait dessinée, et elle éprouva un désir intense de le voir, juste une fois encore. Elle voulait respirer son odeur, sentir sa barbe de trois jours, contempler le visage de l'homme qui la comprenait comme personne auparavant. Être avec l'homme qui lui avait volé son cœur.

Posant le dessin sur ses genoux, elle remarqua une autre feuille de papier dans la boîte à gants encore ouverte, soigneusement pliée. Et une enveloppe avec son nom dessus. Elle les saisit, les mains tremblantes. Elle déplia le dessin d'abord et se vit avec lui debout sur la plage, se regardant, de profil.

Hope en eut le souffle coupé, vaguement consciente qu'une voiture s'était arrêtée à côté d'elle, la radio à fond. Elle regarda le dessin de Tru, envahie de nostalgie, et se força à le mettre de côté. L'enveloppe était lourde. Elle ne voulait pas lire son contenu, pas ici. Elle devait attendre, être de retour chez elle, seule. Mais la lettre l'attirait irrésistiblement, alors Hope décida de l'ouvrir.

Chère Hope,

Je ne suis pas sûr que tu veuilles lire ceci, mais dans ma confusion, je me raccroche à ce que je peux. Avec cette lettre, tu trouveras deux dessins. Peut-être les as-tu déjà vus. Tu pourrais reconnaître le premier. J'ai travaillé sur le second pendant que tu étais au dîner de répétition et au mariage. J'ai l'impression que je ferai d'autres dessins de toi quand je rentrerai à la maison, mais j'aimerais les garder, si ça ne te dérange pas. Sinon, s'il te plaît, fais-le-moi savoir. Je peux te les envoyer, ou en disposer, et je n'en ferai pas d'autre. J'espère que tu crois que je suis et serai toujours quelqu'un en qui tu pourras avoir confiance. Je veux que tu saches que même si imaginer une vie sans toi m'est insupportable, je comprends tes raisons. J'ai vu ton expression radieuse quand tu as parlé d'avoir des enfants, et je ne l'oublierai jamais. Je sais à quel point ce choix a été douloureux pour toi. Pour moi, il a été dévastateur, mais je ne peux rien te reprocher. Après tout, j'ai un fils, et je ne peux pas imaginer la vie sans lui. Après ton départ, je pense que je vais marcher sur la plage comme tous les jours depuis mon arrivée, mais je sais que rien ne sera plus pareil. Car à chaque pas, je vais penser à toi, je le sais. Je te sentirai à côté de moi, en moi. Tu fais déjà partie de moi, après tout, et je sais avec certitude que cela ne changera jamais.

Je ne me suis jamais attendu à ressentir cela. Comment aurais-je pu ? Pendant la majeure partie de ma vie, et à l'exception de mon fils, j'ai toujours eu l'impression d'être seul. Je n'insinue pas que j'ai vécu une vie d'ermite parce que ce n'est pas le cas, et tu sais déjà que mon travail exige un certain niveau d'interactions sociales. Mais je ne me suis jamais senti incomplet sans quelqu'un couché près de moi dans son lit ; je ne me suis jamais senti comme si j'étais la moitié de quelque chose de mieux. Jusqu'à ce que tu arrives. Et j'ai compris alors que je m'étais trompé, et que tu m'avais vraiment manqué toutes ces longues années.

Je ne sais pas ce que cela signifie pour mon avenir. Je sais que je ne serai plus la même personne, parce que ce n'est plus possible. Je ne suis pas assez naïf pour croire que les souvenirs suffiront, et dans les moments de calme il se peut que je prenne mon bloc pour tenter de saisir ce qui reste de nous. J'espère que tu ne me le refuseras pas. J'aurais voulu que les choses soient différentes pour nous, mais le destin semble avoir eu d'autres plans. Pourtant, tu dois savoir ceci : l'amour que je ressens pour toi est réel, et toute la tristesse qui en découle est un prix que je paierais mille fois. Car te connaître et t'aimer, même pour un court moment, a donné un sens différent à ma vie, et ce, je le sais, pour toujours.

Je ne te demande pas la même chose. Je sais ce qui va suivre pour toi, la nouvelle vie que tu vas vivre, et il n'y a pas de place pour une troisième personne. Je l'accepte. Le philosophe chinois, Lao Tseu, a dit un jour qu'être aimé profondément par quelqu'un vous donne de la force, et qu'aimer profondément quelqu'un vous donne du courage. Je comprends maintenant ce qu'il voulait dire. Parce que tu es entrée dans ma vie, je peux faire face aux années à venir avec un courage que je ne savais pas posséder. T'aimer m'a rendu plus grand que je ne l'étais.

Tu sais où je suis et où je serai si jamais tu veux me contacter. Cela pourrait prendre du temps. J'ai déjà mentionné que le temps passe *plus lentement dans la brousse. Et certains articles n'atteignent jamais leur destination. Mais je crois fermement que toi et moi avons partagé quelque chose de spécial et que l'univers me le fera savoir d'une manière ou d'une autre. C'est grâce à toi, après tout, que je crois maintenant aux miracles. Avec nous, je veux croire que tout sera toujours possible.*

Je t'aime,
Tru

Hope lut la lettre une deuxième fois puis une troisième, avant de la remettre dans l'enveloppe. Elle imagina Tru l'écrivant dans sa cuisine. Elle avait déjà envie de la relire, se demandant si elle allait pouvoir se rendre chez ses parents.

Elle rangea les dessins et la lettre dans la boîte à gants mais ne démarra pas tout de suite. Elle resta renversée sur l'appuie-tête, s'efforçant de dominer ses émotions. Et, après un délai qui lui parut interminable, elle s'obligea à reprendre la route.

Ses jambes tremblaient encore quand elle se dirigea vers la porte de la maison de ses parents. Elle afficha un sourire forcé en franchissant le seuil, regardant son père lutter pour se lever du fauteuil pour la saluer. Les odeurs de cuisine embaumaient la maison, mais Hope n'avait pas faim.

Hope leur raconta quelques anecdotes au sujet du mariage. Interrogée sur le reste de sa semaine, elle ne mentionna pas Tru. Elle ne leur dit pas non plus que Josh l'avait demandée en mariage.

Après le dessert, elle se retira sur le porche, prétendant avoir besoin d'air frais. Le ciel était illuminé d'étoiles, et quand elle entendit la moustiquaire glisser, Hope vit la silhouette de son père se détacher dans la lumière du salon. Il sourit et lui toucha l'épaule avant de s'installer lentement à côté d'elle. Il tenait une tasse de café décaféiné à la main et en but une gorgée.

— Ta mère prépare toujours le meilleur ragoût de bœuf que je connaisse.

— C'était très bon ce soir.

— Tu vas bien ? Tu semblais bien silencieuse au dîner.

Hope glissa une jambe sous elle.

— Oui… Sans doute que je me remets encore du week-end.

Il posa la tasse sur la table entre eux. Dans un coin du porche, un papillon dansait autour de la lumière et les criquets avaient commencé à chanter.

— J'ai entendu dire que Josh est venu au mariage. Elle se tourna vers lui et il haussa les épaules. Ta mère me l'a dit.

— Comment l'a-t-elle découvert ?

— Je ne suis pas sûr, répondit-il. Je suppose que quelqu'un lui a dit.

— Oui, dit Hope, il était là.

— Et vous deux avez parlé ?

— Un peu, dit-elle.

Jusqu'à la semaine dernière, elle n'aurait jamais imaginé ne pas parler à son père de cette demande en mariage ; mais, dans l'air lourd et étouffant de ce soir de septembre, elle se sentait incapable de prononcer le moindre mot.

— Nous dînons ensemble demain soir, se contenta-t-elle de dire.

Il regarda sa fille, ses yeux doux essayant de lire en elle.

— J'espère que ça se passera bien. Peu importe ce que cela signifie pour toi.

— Moi aussi.

— Si tu veux mon avis, il a des explications à te fournir.

— Je sais, répondit-elle.

À l'intérieur, elle entendit l'horloge carillonner.

Plus tôt dans la journée, elle avait pris un atlas poussiéreux sur une étagère et calculé le décalage horaire avec le Zimbabwe. C'était maintenant le milieu de la nuit là-bas. Tru devait se trouver à Bulawayo avec Andrew, et Hope se demanda ce qu'ils avaient prévu de faire le lendemain. Est-ce qu'il emmènerait Andrew dans la brousse pour voir les animaux, ou allaient-ils échanger quelques balles, ou bien tout simplement faire une promenade ? Elle se demanda si Tru pensait toujours à elle, de la même façon qu'elle ne pouvait cesser de penser à lui. Dans le silence, les mots de sa lettre tentèrent de remonter à la surface.

Elle savait que son père attendait qu'elle parle. Par le passé, chaque fois qu'elle avait eu des problèmes ou des soucis, elle était venue le trouver. Son écoute la réconfortait toujours. Naturellement empathique, il offrait rarement des conseils. Il lui demandait plutôt ce qu'elle pensait devoir faire, l'encourageant silencieusement à faire confiance à son propre instinct et à son jugement.

Mais après avoir lu les mots de Tru, Hope ne pouvait s'empêcher de penser qu'elle avait fait une terrible erreur. Assise à côté de son père, elle revit sa dernière matinée avec Tru. Elle se souvint de lui sur le ponton, de la sensation de sa main dans la sienne sur la plage. Elle se rappela son expression blessée quand elle lui avait parlé de la demande de Josh.

Mais ce n'étaient pas ses souvenirs les plus vifs. Elle pensa à la façon dont il l'avait suppliée de venir avec lui au Zimbabwe ; elle le revit se plier en deux alors qu'elle partait loin d'une possible vie ensemble. Elle pouvait encore changer les choses et le savait. Il n'était pas trop tard. Elle pourrait réserver un vol pour le Zimbabwe le lendemain et le rejoindre ; elle lui dirait qu'elle savait maintenant qu'ils étaient tous les deux destinés à vieillir ensemble. Ils pourraient faire l'amour dans un endroit étranger, et elle deviendrait quelqu'un de nouveau, dont elle avait fantasmé la vie.

Elle voulait raconter tout cela à son père assis à côté d'elle. Elle voulait l'entendre dire que son bonheur était tout ce qui comptait pour lui ; mais avant qu'elle puisse parler, elle sentit une petite brise, et tout à coup, elle imagina Tru assis à côté d'elle près de la boîte aux lettres, le vent ébouriffant ses cheveux épais.

Elle avait fait le bon choix, n'est-ce pas ?

N'est-ce pas ?

Les criquets continuaient à chanter et la nuit tomba très vite, presque suffocante. Le clair de lune se faufila dans les branches des arbres. Dans la rue, une voiture passa, les fenêtres baissées et la radio allumée. Elle se rappela le morceau de jazz passant à la radio quand Tru l'avait retenue dans la cuisine.

– J'ai oublié de te demander… dit son père. Je sais qu'il a fait beaucoup d'orage cette semaine, mais tu as pu faire un tour à Âme Sœur ?

À ses mots, le barrage céda soudain et Hope étouffa un cri, qui laissa vite place aux sanglots.

– Qu'est-ce que j'ai dit ? demanda-t-il, affolé, mais elle pouvait à peine l'entendre. Qu'est-ce qui ne va pas ? Parle-moi, ma chérie…

Elle secoua la tête, incapable de répondre. Comme plongée dans le brouillard, elle sentit son père lui poser une main sur le genou. Même sans ouvrir les yeux, elle savait qu'il la regardait avec inquiétude. Mais Hope ne pouvait penser qu'à Tru, et ne pouvait s'arrêter de pleurer.

Partie 2

14

Du sable dans le sablier

Octobre 2014

Les souvenirs sont une porte vers le passé et plus on les chérit, plus la porte s'ouvre. Voilà ce que le père de Hope avait l'habitude de dire, de toute façon ; et comme beaucoup de choses qu'il lui avait dites, le passage du temps semblait accroître la sagesse de ses mots.

Près d'un quart de siècle s'était écoulé depuis ces quelques jours à Sunset Beach. Il s'était passé tellement de choses qu'elle avait souvent l'impression d'être devenue une personne totalement différente. Hope était désormais seule. Elle était assise sur la véranda de sa maison de Raleigh, en Caroline du Nord. L'hiver approchait. On le sentait dans le vent. La lumière de la lune projetait une lueur étrange sur la pelouse et recouvrait d'argent les feuilles remuant dans la brise. Les feuilles chuchotantes étaient comme des voix du passé qui l'appelaient très souvent ces jours-ci. Elle pensa à ses enfants et, tout en se balançant doucement dans son fauteuil à bascule, fut rattrapée par les souvenirs, formant un kaléidoscope d'images. Dans l'obscurité, elle se souvint de la crainte qu'elle avait ressentie en les berçant à l'hôpital ; elle sourit en se souvenant d'eux, courant nus dans le couloir après avoir pris leur bain. Elle pensa à leurs sourires édentés après la perte de leurs dents de lait, éprouvant le même mélange de fierté et d'inquiétude que pendant les épreuves de l'adolescence. C'étaient de bons enfants. Des enfants super. À sa grande surprise, elle se rendit compte qu'elle pouvait même se souvenir de Josh avec une affection qui semblait autrefois impossible. Ils avaient divorcé huit ans plus tôt, mais à soixante ans Hope aimait croire qu'elle avait atteint l'âge où il devenait facile de pardonner.

Jacob était passé vendredi soir, et Rachel avait ramené des bagels dimanche matin. Ni l'un ni l'autre n'avait manifesté de curiosité au sujet de la volonté de leur mère de louer à nouveau un cottage sur la côte, comme l'année précédente. Leur manque d'intérêt n'était pas surprenant. Comme beaucoup de jeunes, ils avaient leur propre vie. Rachel avait obtenu son diplôme en mai, Jacob l'année précédente, et tous deux avaient pu trouver un emploi avant même la cérémonie de remise. Jacob vendait des publicités dans une station de radio locale et Rachel travaillait pour une firme de marketing Internet. Ils avaient tous deux leur propre appartement et payaient leurs factures, ce que Hope savait rare ces temps-ci. La plupart de leurs amis étaient retournés chez leurs parents après la fin de leurs études et, en privé, Hope considérait l'indépendance de ses enfants comme plus remarquable encore que leurs diplômes.

Avant de faire sa valise, plus tôt dans la journée, Hope était allée chez le coiffeur. Depuis qu'elle avait pris sa retraite, deux ans plus tôt, elle avait choisi un salon haut de gamme, près des grands magasins. C'était sa seule folie.

Elle avait appris à connaître certaines clientes régulières, et elle s'était assise pour écouter les conversations. Elles parlaient de leurs maris, de leurs enfants ou bien de leurs vacances d'été. C'était un baume pour Hope, qui avait de nouveau songé à ses parents.

Ils étaient morts depuis longtemps maintenant. La maladie de Charcot avait eu raison de son père, décédé dix-huit ans plus tôt ; sa mère avait survécu quatre tristes années. Ils lui manquaient toujours, mais la douleur de la perte avait disparu au fil du temps pour devenir une souffrance sourde, qui se manifestait seulement quand elle se sentait vraiment déprimée.

Après son passage chez le coiffeur, Hope quitta le salon, notant les BMW et les Mercedes, et les femmes sortant des grands magasins chargées de sacs. Elle se demanda si elles avaient vraiment besoin de tout ça ou si le shopping était une sorte de dépendance, si le fait de prendre un article quelconque dans un rayon offrait un répit momentané à leur anxiété ou leur dépression. À un moment dans sa vie, Hope avait occasionnellement magasiné pour les mêmes raisons, mais ce temps était loin derrière elle. Et elle ne pouvait s'empêcher de penser que le monde avait changé au cours des dernières décennies. Les gens semblaient plus matérialistes, plus concentrés sur la rivalité avec leurs voisins ; mais Hope avait appris que le sens d'une vie était rarement lié à de telles choses. Il s'agissait plutôt d'expériences et de relations ; de santé, de famille, d'aimer quelqu'un qui vous aimait en retour. Elle avait fait de son mieux pour inculquer ces valeurs à ses enfants – mais comment savoir si elle avait réussi ?

Ces jours-ci, les réponses lui échappaient. Dernièrement, elle s'était demandé : « Pourquoi ? » à propos de nombreuses choses. Et même si des gens prétendaient avoir toutes les réponses – les émissions télévisées en journée pullulaient de tels experts –, Hope était rarement convaincue. S'il y avait une question à laquelle elle aurait pu répondre, c'était simplement la suivante : pourquoi l'amour semble-t-il toujours exiger un sacrifice ?

Elle ne savait pas. Mais elle l'avait observé dans son mariage, en tant que parent, et en tant qu'enfant adulte d'un père condamné à dépérir lentement. Même si elle avait réfléchi à la question, elle ne pouvait toujours pas mettre le doigt sur la réponse. Le sacrifice était-il une composante nécessaire de l'amour ? Les mots étaient-ils en fait synonymes ? Le premier était-il la preuve du second, et vice versa ?

Elle ne voulait pas penser que l'amour avait un coût intrinsèque – qu'il exigeait une déception, une douleur ou une angoisse ; mais à certains moments, elle ne pouvait s'en empêcher.

Malgré les imprévus de la vie, Hope n'était pas malheureuse. Elle comprenait que la vie n'était facile pour personne, et elle éprouvait la satisfaction d'avoir fait de son mieux. Et pourtant, comme tout le monde, elle avait des regrets. Ces deux dernières années, ceux-ci l'avaient souvent hantée. Ils surgissaient inopinément, et souvent aux moments les plus inattendus : en mettant de l'argent dans le panier de l'église, par exemple, ou en balayant du sucre répandu sur le sol. Hope se souvenait de choses qu'elle aurait voulu changer, de disputes qui auraient dû être évitées, de mots de pardon qui n'avaient pas été prononcés. Une part d'elle aurait souhaité revenir en arrière et prendre des décisions différentes ; mais quand elle était honnête avec elle-même, elle se demandait ce qu'elle aurait vraiment pu changer.

Les erreurs étaient inévitables, et elle en avait conclu que les regrets pouvaient constituer des leçons de vie importantes, si l'on voulait bien apprendre d'eux. Et en ce sens, elle s'était rendu compte que son père n'avait qu'à moitié raison au sujet des souvenirs : ils n'étaient pas, après tout, que des portes vers le passé ; elle voulait croire qu'ils pourraient aussi ouvrir la porte à un avenir nouveau et différent.

Hope frissonna sous la caresse d'une rafale glacée et sut qu'il était temps de rentrer. Elle avait vécu dans cette maison plus de vingt ans. Elle et Josh l'avaient achetée peu après avoir prononcé leurs vœux, et en contemplant cet environnement familier, elle songea combien elle avait toujours adoré cette demeure de style géorgien, avec de grandes colonnes à l'avant et du lambris dans la plupart des chambres à l'étage principal. Néanmoins, il était probablement temps de la vendre. La maison lui paraissait bien trop vaste pour elle, et l'entretien de toutes les pièces constituait une véritable gageure. Les escaliers, aussi, devenaient un défi ; mais quand elle avait émis l'idée de vendre, Jacob et Rachel avaient hésité à abandonner leur maison d'enfance.

Qu'elle la vende ou non, il y avait des travaux à faire. Le parquet était abîmé ; dans la salle à manger, le papier peint avait disparu – il fallait le remplacer. La cuisine et les salles de bains étaient toujours fonctionnelles, mais démodées. Il y avait tant de choses à faire. Elle se demandait quand – ou même si – elle serait à la hauteur.

Elle éteignit les lumières en passant de pièce en pièce. Certains interrupteurs étaient difficiles à actionner, et il lui fallut plus de temps que prévu.

Sa valise près de la porte d'entrée était pleine à craquer, à côté de la boîte récupérée dans le grenier. Sa vue lui fit penser à Tru, mais là encore elle n'avait jamais vraiment cessé de penser à lui. Il devait avoir soixante-six ans. Elle se demandait s'il avait pris sa retraite ou s'il vivait encore au Zimbabwe ; peut-être avait-il déménagé en Europe ou en Australie, ou dans un endroit encore plus exotique. Elle se demandait s'il habitait près d'Andrew, et s'il était devenu grand-père depuis le temps ; s'il s'était remarié, avec qui il était sorti, ou même s'il se souvenait d'elle, tout simplement. Était-il encore en vie ? Elle aimait à penser qu'elle aurait instinctivement su qu'il était mort – comme s'ils étaient en quelque sorte liés ; mais elle devait admettre qu'elle n'en savait rien. Surtout, elle se demandait si les derniers mots de sa lettre pouvaient être vrais ; à savoir que, pour eux, tout serait toujours possible.

Dans la chambre, elle enfila le pyjama que Rachel lui avait acheté pour Noël. Il était confortable et chaud, exactement ce que désirait Hope. Elle se glissa dans son lit et ajusta les couvertures, espérant trouver le sommeil qui se dérobait si souvent ces derniers temps.

L'année dernière, à la plage, elle s'était réveillée en pensant à Tru. Elle aurait voulu le retrouver, ayant beaucoup repensé à la semaine qu'ils avaient passée ensemble. Hope s'était souvenue de leur rencontre sur la plage et du café qu'ils avaient partagé dès le premier matin ; elle avait revécu cent fois dans sa tête leur dîner Chez Clancy et leur retour au cottage. Elle avait senti son regard sur elle tandis qu'ils sirotaient du vin sur le porche, et le son de sa voix quand il avait lu la lettre sur le banc d'Âme Sœur. Plus que tout, elle s'était rappelé leurs étreintes tendres et sensuelles, l'intensité de son expression, les mots qu'il lui avait murmurés.

Elle se demandait à quel point tout cela était encore proche, le poids tangible de ses sentiments pour elle – et même la culpabilité implacable. Quelque chose s'était brisé en elle ce matin-là, mais elle voulait croire qu'un élément plus fort avait pris racine après cette rupture. Chaque fois que la vie lui semblait incroyablement difficile, elle pensait à Tru et se rappelait que si jamais elle avait besoin de lui, il serait là pour elle – il le lui avait dit. Il lui avait répété la même chose lors de leur dernière matinée ensemble, et cette promesse était suffisante pour qu'elle continue d'y croire.

Cette nuit-là, sur la plage, incapable de trouver le sommeil, Hope avait essayé de récrire l'histoire, afin de trouver la paix. Elle s'imagina faire demi-tour au coin de la rue et se précipiter vers lui ; elle s'imagina au restaurant, expliquant à Josh qu'elle avait rencontré quelqu'un d'autre. Elle rêvait aussi de retrouver Tru à l'aéroport, de retour du Zimbabwe ; dans ce rêve, ils s'embrassaient près du carrousel à bagages, au milieu de la foule. Il passait son bras autour d'elle tandis qu'ils se dirigeaient vers sa voiture, elle le voyait même jeter son sac de sport dans le coffre en toute décontraction, comme si la scène avait réellement eu lieu. Elle s'imaginait ensuite faire l'amour dans son ancien appartement.

Mais ses visions étaient devenues troubles. Elle ne parvenait pas à se représenter le genre de maison qu'ils auraient choisi ; quand elle les imaginait dans la cuisine, c'était soit au cottage que ses parents avaient vendu longtemps auparavant, soit dans la maison qu'elle possédait avec Josh. Elle ne pouvait concevoir ce que Tru ferait ici pour vivre ; elle le voyait revenir à la fin de la journée, portant le même genre de vêtements que la semaine où elle l'avait rencontré, comme s'il revenait d'un safari. Hope savait qu'il irait régulièrement à Bulawayo pour voir Andrew, mais elle n'avait aucune référence pour se représenter sa maison. Andrew avait toujours dix ans, ses traits figés à jamais dans le temps, tout comme Tru restait éternellement cet homme de quarante-deux ans.

Bizarrement, quand elle rêvait d'une vie avec Tru, Jacob et Rachel étaient toujours présents. Si elle et Tru mangeaient à table, Jacob refusait de partager ses frites avec sa sœur ; si Tru dessinait sur le porche de la maison de ses parents, Rachel peignait avec ses doigts à la table de pique-nique. Dans l'auditorium de l'école, elle s'asseyait à côté de Tru tandis que Jacob et Rachel chantaient dans la chorale ; à Halloween, elle et Tru suivaient les enfants, habillés comme Woody et Jesse de *Toy Story 2*. Ses enfants étaient toujours présents dans la vie qu'elle imaginait avec Tru ; et, même si elle n'appréciait guère cette intrusion, Josh était là lui aussi. Jacob, en particulier, ressemblait beaucoup à son père ; et Rachel avait grandi en pensant qu'un jour elle pourrait devenir médecin.

Finalement, Hope se leva. Il faisait froid sur la plage et, enfilant une veste, elle récupéra la lettre que Tru lui avait écrite longtemps auparavant et s'assit derrière la maison. Elle avait voulait la lire mais en fut incapable. Elle avait contemplé le sombre Océan en serrant l'enveloppe usée, submergée par une vague de solitude. Hope était seule ici, loin de tous ceux qu'elle connaissait. Seul Tru était avec elle – sauf que, bien sûr, pas vraiment.

Hope était revenue de sa semaine à la plage l'année précédente, habitée par un mélange d'espoir et de crainte. Cette année, elle s'était dit que les choses seraient différentes. Elle avait décidé que ce serait son dernier séjour au cottage ; et au matin, après avoir placé la boîte sur le siège arrière, Hope fit rouler sa valise jusqu'au coffre de sa voiture d'un pas déterminé. Son voisin Ben, qui ratissait sa pelouse, vint l'aider à la hisser dans le coffre. Elle lui en fut reconnaissante. À son âge, les petites blessures étaient plus nombreuses et souvent lentes à guérir. L'année précédente, elle avait glissé dans la cuisine ; et même si elle n'était pas tombée, se rattraper l'avait laissée avec une épaule endolorie pendant des semaines.

Elle parcourut sa check-list mentale avant de monter dans la voiture – les portes étaient fermées, elle avait éteint toutes les lumières, les poubelles se trouvaient près du trottoir, et Ben avait accepté de récupérer son courrier et ses journaux. Le trajet lui prendrait un peu moins de trois heures, mais elle n'avait aucune raison de se précipiter. Demain, après tout, était le jour important. Le simple fait d'y penser la rendait nerveuse.

Heureusement, la circulation fut fluide pendant la majeure partie du voyage. Elle passa devant des champs et des petites villes sans ralentir jusqu'à la banlieue de Wilmington, où elle déjeuna dans un bistrot découvert l'année précédente.

Par la suite, elle passa par une épicerie pour remplir le réfrigérateur, s'arrêta à l'agence de location pour récupérer les clés et entama la dernière étape de son voyage. Elle trouva la rue transversale qu'elle cherchait, avant de se garer un peu plus loin dans l'allée. Le cottage ressemblait à celui de ses parents, avec de la peinture délavée, des marches menant à la porte d'entrée et un porche à l'avant.

À cette vue, la maison familiale lui manqua de nouveau. Comme elle l'avait pressenti, les nouveaux propriétaires n'avaient pas perdu de temps pour la démolir et construire une nouvelle maison, plus grande, semblable à celle où Tru avait séjourné.

Depuis lors, elle n'avait que rarement visité Sunset Beach, car elle ne s'y sentait plus chez elle. Comme dans nombre de petites villes le long de la côte, les lieux avaient beaucoup changé. Le ponton flottant avait été remplacé par une installation plus moderne, les demeures imposantes étaient maintenant la norme. Et Chez Clancy avait disparu aussi, un an ou deux après le début du siècle. Sa sœur l'avait informée de la fermeture du restaurant ; lors d'un voyage à Myrtle Beach dix ans plus tôt, elle et son mari avaient fait un détour par cette île, car elle aussi avait été curieuse de voir les changements opérés au fil du temps.

Ces derniers temps, Hope préférait Carolina Beach, une île un peu plus loin au nord et plus proche de Wilmington. Elle l'avait d'abord visité, sur la suggestion de sa conseillère, en décembre 2005, lorsque la procédure de divorce avec Josh traversait sa phase la plus terrible. Josh avait prévu d'emmener Jacob et Rachel dans l'Ouest pendant une semaine, pour les vacances d'hiver. Les enfants étaient encore de jeunes adolescents, en général mal lunés, et l'implosion du mariage de leurs parents avait aggravé les tensions. Alors que Hope reconnaissait que les vacances pourraient constituer une distraction bénéfique pour les enfants, sa conseillère souligna que passer les vacances dans la maison familiale ne serait pas bon pour son propre moral. Elle avait suggéré Carolina Beach : en hiver, l'île était paisible et apaisante. Hope avait réservé un endroit discret, et le petit cottage de la plage s'était révélé être exactement ce dont elle avait besoin. Hope avait commencé son processus de guérison, faisant le point pour entrer dans la phase suivante de sa vie.

Elle ne se réconcilierait pas avec Josh, elle le savait. Elle s'était lamentée là-dessus pendant des années. Mais si la dernière liaison de son mari avait brisé leur couple pour de bon, la première restait la plus douloureuse pour Hope. À l'époque, les enfants, pas encore scolarisés, avaient des besoins constants. Et, dans le même temps, l'état de son père avait empiré.

Quand Hope avait appris cette liaison, Josh avait présenté des excuses – et promis d'y mettre un terme. Mais il était resté en contact avec la femme tandis que la maladie du père de Hope empirait encore.

Hope avait eu l'impression de frôler l'attaque de panique pendant des mois, et elle avait envisagé pour la première fois de mettre fin à son mariage. Mais, dépassée à la perspective d'un tel bouleversement et effrayée par l'effet dévastateur que le divorce pourrait avoir sur ses enfants, elle fit de son mieux pour pardonner. Mais d'autres liaisons suivirent. Avec toujours plus de larmes et de disputes. Quand elle informa enfin Josh de sa volonté de divorcer, ils dormaient dans des chambres séparées depuis près d'un an.

Le jour de son déménagement, il lui dit qu'elle faisait la plus grosse erreur de sa vie. Malgré ses bonnes intentions, l'amertume et la rancœur ne les avaient pas épargnés en cours de route.

Hope était choquée par la rage et la tristesse qu'elle éprouvait, et Josh était tout aussi en colère et sur la défensive. Ils s'étaient mis aisément d'accord sur la garde des enfants, mais les querelles financières avaient tourné au cauchemar. Hope était restée à la maison pendant les premières années de leurs enfants, ne retournant travailler qu'une fois Rachel et Jacob scolarisés tous les deux. Elle ne travaillait plus en tant qu'infirmière en traumatologie, mais à temps partiel, dans un cabinet médical, afin de pouvoir être à la maison après l'école. Ses horaires étaient plus souples, mais le salaire moins élevé ; et l'avocat de Josh avait soutenu avec vigueur qu'en raison de ses qualifications, elle aurait pu prétendre à un salaire plus élevé : en conséquence, il estimait que la pension versée par son client devait être drastiquement réduite. Josh ne croyait pas non plus, comme beaucoup d'hommes, à une division égale des biens du couple. À cette époque, Josh et Hope communiquaient principalement par l'intermédiaire de leurs avocats.

Elle se sentait usée par ses émotions – des sentiments d'échec, de perte, de colère, de résolution et de peur ; mais, en marchant sur la plage pendant les vacances de Noël, elle s'était surtout inquiétée pour les enfants. Elle voulait être la meilleure mère possible. Cependant, sa conseillère lui avait continuellement rappelé que si elle ne prenait pas soin d'elle, elle ne pourrait pas apporter aux enfants le soutien dont ils avaient besoin.

Au fond, Hope savait que sa conseillère avait raison, mais l'idée semblait presque sacrilège. Mère depuis bien longtemps, elle ne savait même plus avec certitude qui elle était vraiment. Cependant, à Carolina Beach, elle avait peu à peu accepté l'idée que sa santé émotionnelle était aussi importante que celle de ses enfants. Pas plus, mais pas moins non plus.

Hope comprenait aussi à quel point la pente pouvait être glissante si elle ne tenait pas compte de cet avis. Elle avait vu des femmes perdre ou prendre du poids pendant un divorce ; elle les avait entendues parler de leurs vendredis et samedis soir dans les bars et de leurs nuits avec des inconnus, des hommes dont elles se souvenaient à peine. Certaines s'étaient remariées rapidement, ce qui se révélait presque toujours une erreur. Les autres adoptaient souvent des habitudes autodestructrices. Hope avait vu des amies divorcées passer de deux verres de vin le week-end à trois ou quatre verres, plusieurs fois par semaine. Une de ces femmes avait expliqué sans ambages que c'était la seule façon pour elle de survivre à son divorce.

Hope ne voulait pas tomber dans le même piège, et son séjour ici l'avait aidée à mettre les choses à plat. De retour à Raleigh, elle s'était inscrite dans une salle de sport et avait commencé à faire des séances de spinning. Elle ajouta le yoga à sa routine, préparait des repas sains pour elle et les enfants ; et même les nuits où elle ne trouvait pas le sommeil, elle se forçait à rester au lit et à respirer profondément, s'efforçant de discipliner son esprit. Elle s'initia à la méditation et redoubla d'efforts pour ranimer les amitiés éteintes ces dernières années. Elle fit aussi le vœu de ne jamais dire du mal de Josh – et ça n'avait pas été facile ; mais cette décision avait probablement jeté les bases de leur relation actuelle.

La plupart de ses amis ne comprenaient pas pourquoi elle accordait encore du temps à Josh, quand on pensait à tout le chagrin qu'il lui avait causé. Les raisons étaient nombreuses mais ne regardaient qu'elle. Elle leur disait simplement que, même s'il avait été un très mauvais mari, il avait toujours été un bon père. Josh avait passé beaucoup de temps avec les enfants quand ils étaient petits, les accompagnant dans leurs activités parascolaires et entraînant leurs équipes de jeunes ; et il avait passé de nombreux week-ends en famille plutôt qu'avec des amis. Hope avait insisté sur ce dernier point avant d'accepter de l'épouser.

Elle n'avait cependant pas accepté la proposition de mariage de Josh tout de suite. « Voyons voir comment iront les choses pendant un moment », lui avait-elle dit.

En partant, il s'était arrêté sur le pas de la porte.

– Il y a quelque chose de différent chez toi, lui avait-il dit.

– Tu as raison. Je suis différente.

Huit semaines s'étaient écoulées avant qu'elle accepte finalement sa demande. Et, contrairement à toutes ses amies, elle avait insisté pour faire un mariage simple quelques mois plus tard, avec seulement les amis proches et la famille. Chaque invité apporta quelque chose à manger et l'un des beaux-frères de sa belle-famille s'occupa de filmer. Les convives avaient fini la soirée en dansant dans une boîte de nuit locale. Leurs très courtes fiançailles et leur mariage très discret avaient surpris Josh. Il ne comprenait pas pourquoi elle ne voulait pas le genre de mariage réclamé par toutes ses amies.

Elle lui avait dit ne pas vouloir gaspiller d'argent, mais en vérité elle soupçonnait qu'elle était déjà enceinte. Et c'était bien le cas – de Jacob. À ce moment-là, elle éprouvait peu le désir de sourire. Après tout, elle comprenait la nature de la romance et savait que cela n'avait rien à voir avec la création d'un fantasme. La vraie romance était spontanée, imprévisible, et pouvait se révéler aussi simple que d'écouter un homme lire une lettre d'amour trouvée dans une boîte aux lettres un après-midi d'orage de septembre.

Hope s'installa dans le cottage. Elle posa la boîte en bois sur la table de la cuisine, rangea ses affaires dans les tiroirs pour ne pas garder sa valise ouverte toute la semaine ; et elle envoya un texto à ses enfants pour les informer qu'elle était bien arrivée. Puis, enfilant une veste, elle gagna la terrasse et descendit lentement les marches. Son dos et ses jambes étaient raides et, même si elle avait voulu se promener, elle ne serait pas allée très loin. Elle voulait garder son énergie pour le lendemain.

Le ciel était couleur cobalt, mais la brise était fraîche. Elle glissa les mains dans les poches de sa veste. L'air sentait la saumure fraîche. Près d'un pick-up garé au bord de l'eau, un homme était assis sur une chaise de jardin flanquée d'une rangée de cannes à pêche, leurs lignes disparaissant dans la mer. Hope se demandait s'il aurait de la chance. Jamais elle n'avait vu quelqu'un réussir à pêcher un poisson ainsi, mais ce passe-temps restait populaire.

Dans sa poche, elle sentit son téléphone vibrer. Espérant qu'il s'agissait de l'un des enfants, elle nota un appel manqué de Josh. Elle remit le téléphone dans sa poche. Contrairement à Jacob et à Rachel, il s'était montré intrigué par son retour ici. Il pensait qu'elle détestait la plage, car elle n'avait jamais voulu y passer des vacances au temps de leur mariage. Chaque fois que Josh suggérait de louer une maison de plage, Hope proposait une alternative : Disneyworld, Williamsburg, du camping dans les montagnes... Ils étaient allés skier en Virginie-Occidentale et au Colorado, et avaient passé du temps à New York, à Yellowstone et au Grand Canyon ; finalement, ils avaient acheté un chalet près d'Asheville, que Josh avait gardé après le divorce.

Pendant des années, l'idée de se retrouver sur la plage avait été trop douloureuse pour Hope. Dans son esprit, la plage et Tru étaient liés pour toujours.

Néanmoins, elle avait envoyé les enfants en colonie de vacances près de Myrtle Beach et dans des camps de surf à Nags Head. Jacob et Rachel s'étaient naturellement mis au surf et, ironiquement, c'est après l'un des séjours de Rachel au camp de surf que Josh et Hope avaient commencé à panser les blessures de leur divorce. Pendant son séjour au camp, Rachel s'était plainte de difficultés respiratoires et de tachycardie. De retour à la maison, ils l'avaient emmenée consulter un cardiologue pédiatrique et, en une journée, on lui avait diagnostiqué une anomalie congénitale jamais décelée auparavant et nécessitant une opération à cœur ouvert.

À l'époque, Hope et Josh ne s'étaient pas adressé la parole depuis près de quatre mois, mais tous deux mirent de côté leurs griefs. Ils avaient alterné les nuits à l'hôpital, sans jamais élever la voix sous le coup de la colère. Cette unité, née de leur souffrance commune, avait volé en éclats sitôt Rachel sortie de l'hôpital ; mais elle avait suffi à faire naître une relation qui leur avait permis de parler des enfants de manière cordiale.

Finalement, Josh s'était remarié avec une femme nommée Denise ; et, à la grande surprise de Hope, quelque chose ressemblant à de l'amitié était lentement né entre eux.

C'était dû en partie au mariage de Josh avec Denise. Quand il avait commencé à se désintégrer, Josh s'était mis à appeler Hope. Elle avait essayé de lui offrir tout le soutien possible. Mais à la fin, le divorce de Josh et de Denise s'était révélé encore plus acrimonieux que le premier.

Le stress de ces deux divorces avait lourdement pesé sur Josh, il ne ressemblait plus à l'homme qu'elle avait épousé. Il avait pris du poids et sa peau était pâle et tachée ; il s'était largement dégarni et sa posture autrefois athlétique s'était voûtée. Une fois, ne l'ayant pas vu pendant quelques mois, il lui avait fallu quelques secondes pour le reconnaître quand il lui fit signe de l'autre côté de la salle à manger de leur country club. Elle ne le trouvait plus du tout séduisant. À plus d'un titre, elle se sentait désolée pour lui.

Quelques mois plus tôt, environ un an après sa retraite, il s'était présenté à sa porte, vêtu d'une veste de sport et d'un pantalon, fraîchement douché. Son apparence lui avait indiqué qu'il ne s'agissait pas d'une visite « normale » ; elle lui fit signe de se diriger vers le canapé, s'assurant de s'asseoir dans le coin opposé.

Il lui avait fallu du temps pour en arriver au but. Il avait commencé en parlant de tout et de rien, des enfants, puis un peu de son travail. Il lui avait demandé si elle faisait toujours les mots croisés du *New York Times*, une habitude qu'elle avait prise peu de temps après que les enfants eurent commencé l'école et qui, lentement mais sûrement, était devenue une véritable petite addiction.

Hope lui avait dit avoir justement terminé une grille quelques heures plus tôt, et elle lui demanda ce qu'il avait en tête en le voyant joindre les mains.

– Je me disais l'autre jour que tu es ma seule véritable amie, dit-il finalement. J'ai des partenaires au travail, mais je ne peux pas vraiment discuter avec eux comme avec toi.

Elle resta silencieuse et attendit.

– Nous sommes amis, n'est-ce pas ?

– Oui. Je suppose.

– Nous avons traversé beaucoup d'épreuves, non ?
Elle acquiesça.
– Oui.
– J'ai beaucoup réfléchi ces derniers temps… à toi et moi. Au passé. Depuis combien de temps nous nous connaissons… Tu sais que ça fait trente ans ? Depuis notre rencontre ?
– Je ne peux pas dire que j'y ai beaucoup pensé.
– Ouais… d'accord. Il hocha la tête, mais elle savait qu'il aurait souhaité une réponse différente. Je suppose que ce que j'essaie de dire, c'est que je sais que j'ai fait beaucoup d'erreurs par le passé. J'en suis désolé. Je ne sais pas ce qui me traversait l'esprit à ce moment-là.
– Tu t'es déjà excusé, dit-elle. Et d'ailleurs, c'est du passé. Nous avons divorcé il y a longtemps.
– Mais nous étions heureux, non ? Quand nous étions mariés.
– Parfois, admit-elle. Pas toujours.
Il hocha de nouveau la tête, avec un soupçon de désespoir.
– Penses-tu que nous pourrions réessayer ? Nous donner une autre chance ?
Elle n'était pas sûre d'avoir bien entendu.
– Tu parles de mariage ?
Il leva les mains.
– Non, pas de mariage. Plutôt… un rendez-vous. Du genre, puis-je t'inviter à dîner samedi soir ? Juste pour voir comment ça se passe. Peut-être que ça ne donnera rien, mais comme je l'ai dit, tu es ma meilleure amie ces temps-ci…
– Je ne pense pas que ce soit une bonne idée, l'interrompit-elle.
– Pourquoi pas ?

— Je pense que tu ne vas pas bien en ce moment. Et quand on se sent mal, de mauvaises idées peuvent sembler bonnes. Il est important que les enfants sachent que nous nous entendons toujours bien, et je ne voudrais pas gâcher ça.

— Moi non plus. Je me demandais si tu voudrais bien nous donner une autre chance… Donne-moi une chance.

À cet instant, Hope se demanda si elle l'avait jamais vraiment connu.

— Je ne peux pas, dit-elle finalement.

— Pourquoi pas ?

— Parce que je suis amoureuse de quelqu'un d'autre.

Sur la plage, l'air froid et humide commença à lui faire mal aux poumons. Hope décida de faire demi-tour. À la vue du cottage au loin, le souvenir de Scottie lui traversa l'esprit. S'il avait été là avec elle, il aurait été déçu de rentrer et l'aurait regardée avec ses yeux doux et tristes.

Les enfants se souvenaient peu de Scottie, bien qu'il ait fait partie de la famille quand ils étaient petits. Hope avait lu un jour que la partie du cerveau qui traite la mémoire à long terme n'est pas complètement développée chez l'enfant avant sept ans, et Scottie était déjà mort à cet âge là. En revanche, Jacob et Rachel se souvenaient de Junior, le scottish terrier qui avait vécu avec eux jusqu'à leur entrée à l'université. Hope avait adoré Junior, mais elle devait bien admettre en son for intérieur que Scottie resterait à jamais son préféré.

Pour la seconde fois, elle sentit son téléphone vibrer. Jacob n'avait pas encore répondu, mais Rachel avait envoyé un texto, disant : « Amuse-toi ! Des mecs mignons en vue ? Bisous ☺. »

Hope savait que les enfants de maintenant avaient leurs propres façons de s'exprimer, avec des réponses brèves, des acronymes, une orthographe et une grammaire incorrectes, et des emojis en pagaille. Hope préférait toujours communiquer comme autrefois : soit en personne, soit au téléphone, soit par courrier ; mais ses enfants étaient d'une génération différente, et elle avait appris à faire ce qui leur venait le plus facilement.

Elle se demanda ce qu'ils en penseraient s'ils connaissaient la véritable raison de sa venue à Carolina Beach. Elle avait souvent l'impression que ses enfants ne pouvaient pas l'imaginer vouloir autre chose dans la vie que faire des mots croisés ou un tour chez le coiffeur, et attendre leurs visites. Mais ils n'avaient jamais connu la véritable Hope, la femme qu'elle avait été à Sunset Beach longtemps auparavant. Sa relation avec Rachel était différente de celle avec Jacob qui avait plus de points communs avec son père.

Tous les deux pouvaient passer un samedi entier à regarder le football ; ils allaient pêcher ensemble, ils aimaient les films d'action et le tir sur cible, et ils pouvaient parler du marché boursier pendant des heures. Avec Hope, Jacob parlait principalement de sa petite amie mais semblait souvent ne pas savoir quoi lui dire d'autre.

Hope était plus proche de Rachel, surtout depuis son opération. Bien que le cardiologue référent leur ait assuré que la procédure était sûre, Rachel avait été terrifiée. Hope aussi avait eu peur, mais elle fit de son mieux pour le cacher à sa fille. Durant les jours précédant l'opération, Rachel avait souvent pleuré à l'idée de mourir, et encore plus amèrement à l'idée d'avoir une affreuse cicatrice sur la poitrine si elle survivait. Consumée par l'angoisse, l'adolescente se conduisait comme dans un confessionnal. Elle avait confié à Hope que son petit ami – de trois mois – avait commencé à insister pour faire l'amour et qu'elle allait probablement dire oui, même si elle ne le voulait pas ; elle lui avait avoué qu'elle s'inquiétait constamment de son poids et qu'elle en souffrait depuis plusieurs mois. En fait, Rachel lui avait confié qu'elle s'inquiétait tout le temps, et de presque tout : son apparence, sa popularité, ses notes, et si elle serait acceptée à l'université qu'elle visait, même si la décision devrait attendre des années. Elle se rongeait les ongles jusqu'au sang.

De temps en temps, Rachel avait même pensé au suicide. Hope savait que les adolescents étaient capables de cacher des secrets à leurs parents, mais ces confessions l'avaient profondément alarmée. Une fois Rachel prête à quitter l'hôpital, Hope lui avait trouvé une bonne thérapeute, puis une psychiatre qui lui avait prescrit des antidépresseurs.

Lentement mais sûrement, Rachel commença à se sentir plus à l'aise avec elle-même ; son anxiété aiguë et sa dépression s'atténuèrent.

Mais cette terrible période avait aussi marqué le début d'une nouvelle étape dans leur relation. Rachel avait ainsi appris qu'elle pouvait être honnête avec sa mère sans se sentir jugée, sans craindre de la voir réagir de façon excessive. Au moment de son départ pour l'université, elle avait l'impression de pouvoir presque tout lui raconter. Bien que reconnaissante de son honnêteté, Hope admettait qu'il y avait certaines choses – surtout la quantité d'alcool que les étudiants semblaient boire chaque week-end – où un peu moins d'honnêteté lui aurait épargné du souci.

Peut-être leur intimité était-elle à l'origine du texto de Rachel. Comme de toute amie fidèle, la question de Rachel sur les « mecs mignons » reflétait son inquiétude quant au statut relationnel de Hope.

– As-tu déjà pensé à rencontrer quelqu'un ? lui avait demandé Rachel, environ un an plus tôt.

– Pas vraiment.

– Pourquoi pas ? Parce que personne ne t'a invitée à sortir ?

– J'ai été invitée par quelques hommes. Mais j'ai refusé.

– C'étaient des crétins ?

– Pas du tout. Quelques-uns semblaient très gentils.

Rachel avait froncé les sourcils.

– Alors pourquoi ? Tu avais peur ? À cause de ce qui s'est passé entre papa et Denise ?

– Je vous avais tous les deux et mon travail, et j'étais contente comme ça.

– Mais tu es à la retraite et nous ne vivons plus à la maison. Je n'aime pas l'idée que tu sois toujours seule. Je veux dire… et si l'homme parfait était là, s'il t'attendait ?

Le sourire de Hope se teintait de mélancolie.

– Alors je suppose que je vais devoir essayer de le trouver, n'est-ce pas ?

Aussi terrifiante que fût l'opération de sa fille, la mort lente de son père avait, d'une certaine manière, été encore plus pénible à endurer. Les premières années après Sunset Beach n'avaient pas été si terribles. Son père pouvait encore se déplacer, et chaque mois Hope était plus convaincue qu'il avait contracté une version lente de la maladie de Charcot. Parfois, son état semblait même s'améliorer. Pourtant, en six ou sept semaines, la situation s'aggrava brusquement : il eut d'abord plus de mal à marcher puis fut incapable d'y parvenir sans le soutien de quelqu'un, avant de devoir y renoncer.

Avec ses frères et sœurs, Hope avait fait de son mieux. Ils avaient installé des barres d'appui près de la baignoire et dans les couloirs, trouvé une fourgonnette d'occasion pour les personnes handicapées, avec un chariot élévateur. Ils espéraient permettre à leur père de se déplacer en ville ; mais sept mois plus tard, il ne fut plus capable de prendre le volant, et leur mère était trop nerveuse pour conduire la camionnette. Ils l'avaient vendue à perte. Les derniers mois avant sa mort, son père ne s'aventura jamais plus loin que le porche ou la terrasse à l'arrière, sauf pour aller voir ses médecins.

Mais il n'était pas seul. Il était aimé par sa famille et révéré par d'anciens étudiants et collègues, si bien que les visites ne manquaient pas. Comme de coutume dans le Sud, les visiteurs apportaient de la nourriture ; et chaque week-end, la mère de Hope implorait ses filles d'en emporter chez elles parce que le réfrigérateur débordait.

Cette période assez édifiante fut de courte durée. Elle se termina pour de bon quand son père commença à perdre l'usage de la parole. Il dut alors utiliser un respirateur et il souffrait de violentes quintes de toux, car ses muscles étaient trop faibles pour évacuer le flegme. Hope se souvenait des innombrables fois où elle avait dû lui taper dans le dos. Il avait perdu tellement de poids qu'elle avait parfois l'impression de le briser en deux ; mais finalement les glaires étaient crachées, et son père, blanc comme un linge, reprenait enfin son souffle.

Les dernières semaines avaient ressemblé à d'interminables hallucinations. Ils avaient engagé des infirmières à domicile, d'abord pour la moitié de la journée, puis vingt-quatre heures sur vingt-quatre. Son père devait être nourri à l'aide d'une paille. Il était désormais si faible qu'il lui fallait une heure pour boire un demi-verre ; il était même devenu incontinent.

Hope lui avait rendu visite tous les jours pendant cette période. Parce que parler était devenu un défi, elle faisait toute la conversation. Elle lui parlait des enfants ou bien lui confiait ses problèmes avec Josh.

Elle avait avoué qu'un voisin avait vu Josh dans un hôtel avec une femme, agent immobilier local ; elle avait confirmé que Josh avait récemment admis cette liaison mais était resté en communication avec la personne, et Hope ne savait pas vraiment quoi faire.

Finalement, six ans après son séjour à Sunset Beach, au cours de l'un des derniers moments de lucidité de son père, Hope lui parla de Tru. Il ne la quitta pas des yeux durant son récit. Et quand elle atteignit le moment de l'histoire où elle avait fondu en larmes devant son père sur le porche, il bougea la main pour la première fois depuis des semaines. Elle tendit le bras pour la prendre entre les siennes.

Il expira longuement, essayant en vain de parler. Ses propos étaient inintelligibles, mais elle le connaissait assez bien pour comprendre ce qu'il disait.

— Es-tu sûre qu'il est déjà trop tard ?

Il mourut six jours plus tard.

Des centaines de personnes assistèrent à l'enterrement, et tout le monde se précipita ensuite chez eux. Après leur départ ce soir-là, la maison se tut, comme morte elle aussi. Hope savait que les gens réagissaient différemment au stress et au chagrin, mais elle se sentait choquée par la spirale infernale qu'avait connue sa mère, une descente aux enfers aussi furieuse qu'irrésistible. Sa mère se mit à pleurer de façon imprévisible et plongea dans l'alcool. Elle cessa de s'occuper de la maison, laissant des vêtements sales éparpillés un peu partout, plein de poussière, et si Hope ne passait pas, la vaisselle sale restait dans l'évier.

La nourriture pourrissait dans le réfrigérateur, et la télévision était allumée non-stop. Puis sa mère commença à se plaindre de divers maux : sensibilité à la lumière, douleurs articulaires et douleurs abdominales, difficultés à avaler... Chaque fois que Hope lui rendait visite, elle était agitée et souvent incapable de tenir un discours cohérent. Parfois, elle se retirait dans sa chambre aux volets clos et fermait la porte. Le silence derrière la porte était souvent plus déconcertant que ses crises de larmes.

Le temps fit encore empirer les choses. Sa mère restait désormais aussi recluse que son père l'avait été. Elle quittait la maison seulement pour aller voir son médecin. Et quatre ans après les funérailles de son mari, elle dut se faire opérer d'une hernie. Cette chirurgie était considérée comme mineure, et de l'avis général l'opération se passa bien. Les signes vitaux de sa mère étaient restés stables. Mais elle ne se réveilla jamais de l'anesthésie et mourut deux jours plus tard.

Hope connaissait le médecin, l'anesthésiste et les infirmières. Tous avaient participé à d'autres opérations le même jour, avant et après la mère de Hope, sans aucune complication d'aucune sorte. Hope avait passé suffisamment de temps dans le monde médical pour savoir que ce genre d'accidents se produisait parfois et qu'il n'y avait pas toujours d'explication évidente. Elle se demanda si sa mère n'avait pas tout simplement voulu mourir.

La semaine suivante se passa comme dans un brouillard. Hébétée, Hope se souvenait peu de la veillée funèbre ou des funérailles. Par la suite, ni elle ni ses sœurs n'avaient trouvé les réserves émotionnelles nécessaires pour trier les affaires de leur mère.

Hope errait parfois dans la maison de son enfance, incapable de se dire qu'elle allait devoir vivre sans ses parents. Même si elle était adulte, il lui avait fallu des années pour cesser de penser qu'elle pouvait décrocher le téléphone et les appeler.

Le sentiment de perte et la mélancolie s'estompèrent lentement, remplacés par des souvenirs plus tendres. Elle se souvenait de vacances en famille et de promenades avec son père. Elle se souvenait de dîners et de fêtes d'anniversaire, du cross-country et de projets d'école avec sa mère. Ses souvenirs préférés étaient ceux de ses parents en tant que couple, quand ils flirtaient en pensant que leurs enfants ne les regardaient pas. Mais son sourire disparaissait souvent aussi vite qu'il était venu, car Hope pensait alors à Tru aussi, et à cette vie à deux avec lui qu'elle avait laissé échapper.

De retour au cottage, Hope prit quelques minutes pour se réchauffer les mains au-dessus de l'une des plaques de la cuisinière. Il faisait bien trop froid pour un mois d'octobre. Sachant que la température baisserait encore après le coucher du soleil, elle envisagea d'utiliser la fausse cheminée installée dans le foyer. Il suffisait d'appuyer sur un interrupteur pour l'allumer, mais elle décida de monter le thermostat elle-même et se prépara une tasse de chocolat chaud. Lorsqu'elle était enfant, il n'y avait rien de mieux à ses yeux quand elle avait froid, mais elle cessa d'en boire à l'adolescence : trop de calories, s'inquiétait-elle à l'époque, mais elle ne se souciait plus de telles choses.

Cela lui rappelait son âge, même si elle préférait ne pas y penser. Ils vivaient dans une société qui, injuste ou non, mettait l'accent sur la jeunesse et la beauté chez les femmes. Hope aimait à penser qu'elle ne faisait pas son âge, mais elle admettait qu'elle se trompait peut-être. Cela n'avait sans doute pas vraiment d'importance.

Elle venait à la plage pour des raisons plus sérieuses. Tout en dégustant son chocolat chaud, elle regarda la lumière déclinante du soleil miroiter sur les flots tandis qu'elle pensait aux vingt-quatre années écoulées. Josh s'était-il déjà rendu compte qu'elle nourrissait des sentiments pour un autre homme ? Hope avait fait de son mieux pour le dissimuler, mais elle se demanda si son amour secret pour un autre n'avait pas, d'une certaine manière, miné son mariage. Josh avait-il déjà eu l'intuition, quand ils étaient au lit ensemble, que Hope pensait parfois à Tru ? Avait-il senti qu'une part d'elle-même lui resterait fermée à jamais ?

Elle ne voulait pas y penser, mais cela aurait-il pu constituer un facteur expliquant ses nombreuses liaisons ? Non pas qu'elle soit prête à endosser la responsabilité des écarts de son ex-mari, même en partie. Josh était un adulte responsable de ses actes, mais... Ces questions l'avaient tourmentée dès la première liaison. Elle savait depuis le début qu'elle ne s'était pas entièrement engagée avec lui, tout comme elle savait maintenant que leur mariage avait été condamné dès l'instant où elle avait accepté sa demande. Ces temps-ci, elle s'efforçait de se comporter en amie, même si elle n'avait aucun désir de ranimer quelque chose entre eux. Dans son esprit, c'était une manière de faire amende honorable, ou d'expier une faute – même si Josh ne pourrait jamais vraiment le comprendre.

Elle ne confesserait jamais sa culpabilité à Josh… Elle n'avait jamais voulu blesser qui que ce soit, jamais. Mais pas de confession, cela signifiait pas de pardon. Elle l'avait accepté, tout comme sa responsabilité pour d'autres torts dans sa vie. Hope se disait que la plupart d'entre eux seraient considérés comme mineurs par rapport au secret qu'elle n'avait jamais confié à son mari, mais il y en avait un qui continuait à la hanter.

Voilà pourquoi elle venait à la plage, et l'image miroir des deux grands torts de sa vie lui parut soudain à la fois ironique et profonde. Pour Josh, elle n'avait rien dit à propos de Tru dans l'espoir de l'épargner. Mais elle avait tout raconté à ce dernier, même en sachant que ses mots lui briseraient le cœur.

15

La boîte

Hope se réveilla sous un ciel de la couleur des œufs de merle. Elle jeta un coup d'œil à travers les vaporeux rideaux blancs de la fenêtre et découvrit une plage presque opaline sous le soleil. La journée s'annonçait magnifique, si l'on mettait de côté la température. Un front froid descendant de la vallée de l'Ohio devait sévir encore quelques jours, avec des rafales de vent qui lui couperaient sans doute le souffle. Ces dernières années, elle avait commencé à comprendre pourquoi la Floride et l'Arizona étaient des destinations si populaires chez les retraités.

Étirant ses jambes raides, elle se leva et prit un café, puis elle se doucha et s'habilla. Même si elle n'avait pas faim, elle se fit un œuf au plat et se força à le manger. Puis, enfilant sa veste et ses gants, elle s'avança sur la terrasse arrière avec une seconde tasse de café, regardant le monde prendre vie lentement.

La plage était quasiment déserte. Un homme marchait derrière son chien – comme elle avait eu l'habitude de suivre Scottie. Et une femme au loin avait laissé une série d'empreintes de pas près de l'eau ; la femme avait une foulée pleine d'entrain et sa queue-de-cheval se balançait en cadence. Hope se souvint combien elle aimait courir. Elle avait abandonné le sport quand les enfants étaient jeunes et ne l'avait jamais repris. Hope pensait maintenant que c'était une erreur. Sa condition physique restait une source de préoccupation constante. Parfois elle regrettait l'insouciance de sa jeunesse, quand son corps ne lui causait aucun tracas. *L'âge m'a révélé bien des choses sur moi-même*, se dit-elle.

Elle but une gorgée de café, se demandant ce qui l'attendait aujourd'hui. Hope se sentait déjà tendue, même si elle essayait de ne pas trop y penser. L'année dernière, à la plage, son plan l'avait enthousiasmée, malgré ses chances improbables de succès. Mais l'année dernière lui semblait bien loin. Aujourd'hui... répondrait une fois pour toutes à cette question : les miracles existaient-ils vraiment.

Hope termina son café, avant de rentrer vérifier l'heure. Il était temps pour elle de se mettre en route. Elle alluma la radio sur le comptoir : la musique avait toujours fait partie de son rituel, et elle chercha une station jouant de la musique acoustique. Elle augmenta le volume, se souvenant qu'elle et Tru avaient écouté la radio la nuit où ils avaient fait l'amour.

Dans le réfrigérateur, elle trouva la bouteille de vin ouverte la veille et se versa un petit verre – pas plus d'une gorgée. Comme la musique, le vin faisait partie de ses habitudes quand elle ouvrait la boîte. Mais elle devait conduire, aussi doutait-elle même de finir son fond de verre.

Hope s'assit à la table. La boîte était là où elle l'avait

laissée la veille. Elle mit le verre de côté pour la prendre. Elle lui sembla étonnamment lourde, fabriquée dans un bois à la fois couleur chocolat et caramel, avec de grandes charnières en cuivre.

Comme souvent, Hope prit le temps d'admirer les sculptures complexes sur le couvercle et sur les côtés : des représentations stylisées d'éléphants et de lions, de zèbres et de rhinocéros, de girafes et de guépards. Elle avait repéré cette boîte lors d'une fête de rue à Raleigh, et en apprenant qu'elle avait été fabriquée au Zimbabwe, elle avait su qu'elle devait l'acheter.

Josh, cependant, avait été moins impressionné.

– Pourquoi diable achèterais-tu un truc comme ça ? avait-il reniflé.

Il mangeait un hot-dog pendant que Jacob et Rachel jouaient dans une maison gonflable.

– Et où vas-tu le mettre ?

– Je n'ai pas encore décidé, avait-elle répondu.

De retour à la maison, Hope avait emporté la boîte dans sa chambre. Elle l'avait stockée sous son lit en attendant le départ de Josh le lundi matin. Puis, une fois la boîte remplie, elle l'avait cachée au fond d'une malle de vêtements pour bébés dans le grenier – un endroit où elle savait que Josh ne la trouverait jamais.

Depuis leur rencontre à Sunset Beach, Tru n'avait jamais essayé de la contacter. Les deux premières années, elle avait redouté de trouver une lettre de sa part ou d'entendre sa voix sur le répondeur. Quand le téléphone sonnait le soir, elle se raidissait parfois. Étrangement, son soulagement était toujours accompagné d'une vague déception. Cependant, il avait écrit qu'il n'y avait pas de place pour trois personnes dans sa vie ; et, aussi pénible que cela puisse être, elle savait qu'il avait eu raison.

Même dans les périodes les plus sombres de son mariage avec Josh, elle n'avait jamais essayé de contacter Tru. Elle y avait pensé, près de le faire plusieurs fois mais sans jamais succomber à la tentation. Il aurait été facile de courir vers lui, mais ensuite ? Elle ne pouvait s'imaginer lui dire au revoir une seconde fois, pas plus qu'elle n'était disposée à faire voler sa famille en éclats. Malgré tous les défauts de Josh, ses enfants restaient sa priorité et ils avaient besoin de toute son attention.

Alors Tru était resté vivant dans sa mémoire, de la seule façon possible. Elle conservait ces souvenirs dans la boîte, en contemplait le contenu de temps en temps, quand elle était sûre de ne pas être dérangée. Chaque fois que passait à la télévision une émission sur les animaux majestueux du continent africain, elle tenait à la regarder ; à la fin des années 1990, elle était tombée sur les romans d'Alexander McCall Smith et s'était aussitôt prise de passion pour eux, car la plupart des histoires se déroulaient au Botswana. Ce n'était pas le Zimbabwe mais ces livres pouvaient néanmoins contribuer à lui faire découvrir un monde dont elle ne connaissait rien. Au fil des ans, elle avait aussi lu des articles sur le Zimbabwe dans les principaux magazines d'information et dans le *Raleigh News & Observer*. Elle avait appris la confiscation des terres par le gouvernement, se demandant alors ce qui était arrivé à la ferme où Tru avait été élevé. Elle avait aussi appris l'hyperinflation du pays et s'était aussitôt demandée en quoi cela pourrait affecter le tourisme, et si Tru serait en mesure de continuer à exercer son métier de guide. À l'occasion, elle recevait des catalogues de voyage et se penchait sur les safaris. Bien que la plupart des safaris soient en Afrique du Sud, de temps en temps le lodge de Hwange était cité lui aussi. Hope étudiait les photos, essayant de se représenter le monde de Tru. Allongée sur son lit, elle devait bien admettre que ses sentiments pour lui étaient aussi réels et forts qu'auparavant, quand elle avait murmuré qu'elle l'aimait. En 2006, une fois son divorce conclu, elle pensait que Tru devait avoir cinquante-huit ans. Elle en avait cinquante et un, Jacob et Rachel étaient adolescents, et Josh voyait déjà Denise. Bien que seize ans se soient écoulés depuis sa rencontre avec Tru, elle espérait qu'il était encore temps de faire amende honorable et de réparer ses torts. On pouvait déjà trouver tout et n'importe quoi sur Internet, mais les informations sur les lodges à Hwange n'incluaient rien au sujet des guides, en dehors de préciser qu'ils étaient parmi les plus expérimentés au Zimbabwe. Il y avait toutefois une adresse mail, et la femme qui avait répondu à sa requête avait écrit à Hope qu'elle ne connaissait pas Tru, et qu'il n'avait pas travaillé là depuis des années. Il en allait de même pour Romy, l'ami mentionné par Tru. Toutefois, Hope obtint le nom du manager précédent, qui avait rejoint un autre camp quelques années plus tôt, avec une autre adresse mail. Elle l'avait contacté là et, alors qu'il ne savait rien des allées et venues de Tru, il lui donna tout de même le nom d'un autre directeur qui avait travaillé à Hwange dans les années 1990. Il n'y avait pas de numéro de téléphone ni d'adresse électronique, mais Hope obtint des coordonnées postales – même si on lui précisa qu'elles n'étaient peut-être pas exactes non plus.

Hope écrivit au directeur et attendit fébrilement une réponse. Tru l'avait avertie que le temps s'écoulait plus lentement dans la brousse et que le service postal n'était pas toujours fiable. Des semaines passèrent, puis des mois, si bien que Hope avait renoncé à espérer une issue favorable à ses recherches. À cette époque, une lettre était arrivée dans sa boîte.

Les enfants n'étaient pas encore rentrés de l'école, et elle déchira l'enveloppe, dévorant les mots gribouillés. Elle apprit que Tru avait quitté Hwange, mais le directeur avait entendu dire qu'il aurait pu prendre un autre emploi au Botswana. Cependant, il n'était pas sûr de savoir dans quel lodge.

L'homme ajoutait qu'il pensait que Tru avait vendu la maison à Bulawayo quand son fils était parti étudier en Europe ; mais il ne savait pas dans quelle l'université, ni même dans quel pays.

Malgré ces maigres informations, Hope avait commencé à contacter des lodges au Botswana. Il y en avait des dizaines. Elle avait envoyé des courriels les uns après les autres sans jamais trouver d'information sur Tru.

Elle n'avait pas pris la peine d'essayer de contacter les universités en Europe, car cela revenait à chercher une aiguille dans une botte de foin. Avec si peu d'options, Hope contacta les compagnies aériennes du Zimbabwe, espérant trouver quelqu'un qui y travaillait et avait une femme nommée Kim. Peut-être, par le biais de son ex-femme, Hope pourrait-elle apprendre où se trouvait Tru. Mais cette piste la mena elle aussi dans une impasse. Un homme nommé Ken y avait travaillé jusqu'en 2001 ou 2002, mais il avait quitté l'entreprise et personne n'avait eu de ses nouvelles depuis.

Hope tenta ensuite une approche plus globale. Elle contacta divers organismes gouvernementaux au Zimbabwe, au sujet d'une ferme appartenant à une famille nommée Walls. Elle avait gardé cette option pour la fin, soupçonnant que Tru avait encore réduit les contacts avec sa famille après sa rencontre avec son père biologique. Les fonctionnaires présents n'avaient guère été utiles, mais Hope estima au bout du compte que la ferme avait dû être confisquée par le gouvernement au bénéfice des citoyens tribaux du pays. Il n'y avait aucune information sur la famille.

À court d'idées, Hope décida de faciliter la recherche de Tru. Cinq ans plus tôt, elle avait rejoint Facebook et se connectait tous les jours. Elle croisa de vieilles connaissances et de nouveaux amis, des membres de sa famille, des collègues de travail. Mais jamais Tru n'avait essayé de la contacter.

La prise de conscience de l'apparente disparition de Tru – et savoir qu'ils ne se reverraient plus jamais – lui donna le cafard pendant des mois et la fit réfléchir à toutes les autres pertes qu'elle avait pu subir. Mais c'était un chagrin différent, plus vif chaque année. Maintenant que ses enfants étaient grands, elle dormait seule et passait ses journées de même. Elle approchait du crépuscule de sa vie. Malgré elle, Hope commençait à se demander si elle serait seule au moment de mourir.

Sa maison, elle le sentait parfois, devenait lentement mais sûrement sa tombe.

Au cottage, Hope but une petite gorgée de vin. Même s'il était léger et sucré, il avait un goût étrange le matin. Jamais elle n'avait bu de vin aussi tôt de toute sa vie, et elle doutait de recommencer un jour. Mais aujourd'hui, elle pensait le mériter.

Aussi grisants que soient ses souvenirs, aussi important que soit leur soutien au fil du temps, elle était lasse de se sentir prise au piège. Hope voulait passer ses dernières années à se réveiller le matin sans se demander si Tru la retrouverait un jour ; elle voulait passer autant de temps que possible avec Jacob et Rachel. Elle recherchait, plus que tout, la tranquillité d'esprit. Elle voulait passer un mois sans éprouver le besoin de contempler le contenu de la boîte posée sur la table et plutôt se concentrer sur les objectifs de sa liste. Assister à l'émission d'Ellen DeGeneres. Visiter le domaine de Biltmore à Noël. Parier sur un cheval à l'occasion du Kentucky Derby. Assister à un match de basket entre UNC[1] et Duke au Cameron Indoor Stadium.

Ça, ce serait difficile : les billets étaient presque impossibles à obtenir ; mais après tout, il fallait bien s'amuser, n'est-ce pas ? Peu de temps après sa venue là l'an passé, elle avait supprimé sa page Facebook, un jour où elle se sentait particulièrement déprimée. Depuis, elle avait aussi laissé la boîte au grenier – peu importe à quel point elle avait eu envie d'en consulter le contenu.

Toutefois, à présent, la boîte l'appelait, et elle souleva le couvercle. Tout en haut de la pile, se trouvait l'invitation de mariage jaunie d'Ellen. Hope observa le lettrage, se rappelant qui elle était à l'époque, tout comme les soucis qui l'avaient tourmentée avant le mariage. Parfois, elle aurait aimé pouvoir parler avec la femme qu'elle était alors, mais elle n'était pas sûre de savoir quoi lui dire. Elle supposait qu'elle aurait pu lui assurer qu'elle aurait des enfants ; mais ajouterait-elle que les élever ne serait pas conforme à l'idéal qu'elle avait imaginé ? Que, malgré tout son amour, ses enfants l'avaient souvent déçue ou mise en colère ? Que ses inquiétudes à leur sujet étaient parfois écrasantes ? Ou lui dirait-elle qu'après avoir eu des enfants, à certains moments, qu'elle souhaiterait être de nouveau libre ?

Et que pourrait-elle dire à propos de Josh ?

---

1. L'équipe de basket universitaire de l'université de Caroline du Nord.

Cela n'avait plus d'importance, et il était vain de s'attarder sur ces questions. Mais l'invitation lui fit néanmoins penser que la vie ressemblait à un nombre infini de dominos. Si l'invitation n'était pas arrivée, Hope ne se serait peut-être pas disputée avec Josh, n'aurait pas passé la semaine sans lui à Sunset Beach – ni même rencontré Tru, pour commencer. L'invitation représentait le domino qui, renversé, avait mis en mouvement le reste de sa vie, l'avait menée à l'expérience la plus profonde de l'amour qu'elle ait jamais eue. Ce constat lui semblait aussi scénarisé qu'improbable, mais elle se demandait encore dans quel but.

En mettant de côté le carton d'invitation, Hope retrouva le premier des dessins. Tru l'avait dessinée le matin après qu'ils eurent fait l'amour, et Hope savait qu'elle ne ressemblait plus à la femme du dessin. Sur le papier, sa peau était douce et brillait du dernier souffle de la jeunesse. Ses cheveux épais étaient semés de reflets ensoleillés, ses seins étaient fermes, ses jambes toniques et sans taches de vieillesse. Il l'avait saisie comme aucune photo ne l'aurait pu. Et tandis qu'elle continuait à observer le dessin, Hope se dit qu'elle n'avait jamais été aussi belle. Parce que Tru l'avait dessinée selon son regard.

Le plaçant au-dessus de l'invitation de mariage, elle tendit la main vers le deuxième dessin. Il l'avait terminé pendant le mariage d'Ellen. Et chaque fois qu'elle passait en revue le contenu de la boîte, elle s'attardait sur ce croquis. Ils se tenaient tous deux sur la plage, près de l'eau. La jetée était en arrière-plan et la lumière du soleil brillait sur l'Océan alors qu'ils se regardaient, vus de profil. Ses bras étaient autour de son cou et les mains de Tru étaient posées sur sa taille.

Encore une fois, Hope trouvait qu'il l'avait rendue plus belle qu'elle ne l'était en réalité, mais c'était son image à lui qu'elle trouvait saisissante. Elle étudia les rides au coin de ses yeux et sa fossette au menton ; elle suivit la forme de ses épaules sous le tissu lâche de sa chemise.

Mais surtout, elle s'émerveillait de son expression : celle d'un homme profondément amoureux de la femme qu'il tenait dans ses bras. Hope se demanda s'il avait jamais regardé une autre femme de cette façon. Elle ne le saurait jamais, et même si elle souhaitait son bonheur, elle voulait aussi croire que les sentiments qu'ils avaient l'un pour l'autre étaient tout à fait uniques.

Elle mit également ce dessin de côté. Vint ensuite la lettre écrite par Tru, celle trouvée dans la boîte à gants. Le papier avait jauni sur les bords, et les plis étaient parfois légèrement déchirés ; la lettre était devenue aussi fragile qu'elle. Sa gorge se serra car elle traçait une ligne entre son nom en haut et le sien en bas, les reliant une fois de plus.

Elle relut ces mots qu'elle connaissait par cœur, ne se lassant jamais de leur pouvoir. Se levant de table, Hope se dirigea vers la fenêtre de la cuisine. Alors que son esprit vagabondait, elle réalisa qu'elle pouvait encore voir – en imagination – Tru passer devant le cottage avec une canne à pêche sur l'épaule et son attirail dans l'autre main. Elle le regarda se tourner vers elle. Il lui adressa un signe de la main et, en réponse, elle posa une main sur le verre.

– Je n'ai jamais cessé de t'aimer, murmura-t-elle.

Mais le verre était froid, et la cuisine silencieuse.

Quand elle cligna des yeux, Hope se rendit compte que la plage était déserte.

Encore vingt minutes, et une dernière chose dans la boîte : la photocopie d'une lettre qu'elle avait écrite l'année précédente. Elle avait laissé la lettre originale à Âme Sœur, lors de son dernier voyage. Tout en la dépliant, Hope songea à quel point son geste était bête. Une lettre n'a aucune importance si le destinataire ne la reçoit jamais, et Tru n'en apprendrait jamais rien. Pourtant, dans la lettre, elle s'était fait une promesse et elle avait l'intention de la tenir. Elle espérait que cela lui donnerait la force dont elle avait besoin pour enfin dire au revoir.

Ceci est une lettre à Dieu et à l'Univers,

J'ai besoin de votre aide, pour ce qui est, j'imagine, ma dernière tentative de m'excuser pour une décision que j'ai prise il y a bien longtemps. Mon histoire est à la fois simple et compliquée. Pour retranscrire précisément tout ce qui s'est passé, il faudrait un livre, dont je n'offrirai ici que les bases.

En septembre 1990, alors que je visitais Sunset Beach, j'ai rencontré un homme originaire du Zimbabwe, nommé Tru Walls. À l'époque, il travaillait comme guide dans un camp de la réserve de Hwange. Il avait aussi une maison à Bulawayo, mais il avait grandi dans une ferme près de Harare. Il avait quarante-deux ans, il était divorcé et avait un fils de dix ans nommé Andrew. Nous nous sommes rencontrés un mercredi matin, et je suis tombée amoureuse de lui le jeudi soir.

Vous pouvez penser que c'est impossible, que peut-être je confonds une toquade avec l'amour véritable. Tout ce que je peux dire, c'est que j'ai considéré mille fois cette possibilité avant de la rejeter chaque fois. Si vous le rencontriez, vous comprendriez pourquoi il a su ravir mon cœur ; si vous nous aviez vus tous les deux ensemble, vous sauriez que les sentiments que nous éprouvions l'un pour l'autre étaient indéniablement réels. Durant cette courte période, j'aime à penser que nous sommes devenus des âmes sœurs, toujours entrelacées. Mais le dimanche, c'était fini. Et c'est moi qui y ai mis fin, pour des raisons qui me tourmentent encore aujourd'hui.

C'était la bonne décision à ce moment-là... mais aussi la mauvaise. Je referais la même chose. J'aurais tout fait différemment. Je doute toujours, mais j'ai appris à accepter que je ne me débarrasserai jamais de ces questions.

Inutile de dire que ma décision l'a anéanti. Ma culpabilité sur ce point me hante toujours. J'ai maintenant atteint une période de ma vie où se faire pardonner, chaque fois que possible, me paraît important. Et c'est là que Dieu et l'univers peuvent m'aider, car ma demande est simple. J'aimerais revoir Tru pour pouvoir lui présenter mes excuses. Je veux son pardon, si toutefois c'est envisageable.

Dans mes rêves, j'espère que cela me donnera la paix de l'esprit. J'ai besoin qu'il sache à quel point je l'aimais alors, à quel point je l'aime encore maintenant. Et je veux qu'il sache à quel point je suis désolée. Peut-être vous demandez-vous pourquoi je n'ai pas essayé de le contacter par des moyens plus conventionnels. Je l'ai fait, j'ai essayé pendant des années de le retrouver. En vain. Je ne crois pas non plus que cette lettre arrivera jusqu'à lui, mais si c'est le cas je lui demanderai s'il se souvient de l'endroit que nous avons visité ensemble le jeudi après-midi, juste avant qu'il commence à pleuvoir.

C'est là que je me trouverai le 16 octobre 2014. S'il se souvient de l'endroit avec la même ferveur que moi, il saura aussi à quelle heure de la journée je serai là.

Hope

Hope jeta un coup d'œil à l'horloge. Âme Sœur l'attendait. Elle remit les objets dans la boîte et ferma le couvercle définitivement, sachant déjà qu'elle ne remonterait pas la boîte au grenier ni ne rapporterait son contenu à la maison. La boîte elle-même resterait ici, sur la cheminée, et le propriétaire en ferait ce que bon lui semblerait. Mis à part l'invitation au mariage, elle laisserait le reste du contenu de la boîte sur la plage plus tard dans la semaine.

Elle avait besoin d'un jour ou deux pour effacer leur identité, mais elle espérait que les autres visiteurs apprécieraient leur histoire, car Tru et elle avaient jadis chéri la lettre de Joe à Lena. Elle voulait que les gens sachent que l'amour est souvent à l'affût, prêt à éclore quand on s'y attend le moins.

Le trajet était direct, Hope connaissait la route par cœur. Elle traversa le nouveau pont de Sunset Beach, passa devant la jetée à l'extrémité ouest de l'île et trouva une place pour se garer.

Bien emmitouflée, elle franchit lentement les dunes les plus modestes, soulagée de voir que, même si l'île avait changé, la plage était toujours la même. Les tempêtes et les ouragans, de même que les courants, modifiaient continuellement les îles barrières le long de la côte de Caroline du Nord ; mais Sunset Beach semblait relativement immunisé, même si elle avait entendu dire l'année précédente que l'île Bird était maintenant accessible à pied même à marée haute.

Le sable était spongieux, et la marche devint vite pénible pour Hope. Quand elle atteignit le côté ouest de Sunset Beach, le souffle court, elle jeta un regard par-dessus son épaule. Elle ne vit personne d'autre marchant dans la même direction, seulement une étendue de sable caressée par les vagues. Un pélican brun effleura l'écume, et elle le regarda jusqu'à ce qu'il devienne un simple point au loin.

Rassemblant ses forces, elle repartit, traversant le sable gorgé d'eau. Dès qu'elle atteignit l'île Bird, le vent retomba, comme si l'endroit l'accueillait. L'air lui-même paraissait plus vaporeux, et le soleil, qui montait maintenant dans le ciel, l'obligeait à cligner des yeux. Dans le silence, Hope comprit qu'elle se mentait depuis son arrivée.

Elle ne faisait pas cette balade pour dire au revoir. Elle venait ici car elle voulait encore croire à l'impossible. Parce qu'une part d'elle se cramponnait irrationnellement à l'idée qu'Âme Sœur détenait la clé de leur avenir. Elle était venue aujourd'hui, car chaque cellule de son corps voulait croire que Tru avait, d'une façon ou d'une autre, appris l'existence de sa lettre et qu'il serait là à l'attendre.

Hope savait qu'il était fou d'entretenir un tel espoir, mais elle ne pouvait s'en défaire. À chaque pas, sa présence lui semblait plus proche. Elle entendait sa voix dans le rugissement interminable de l'Océan et, malgré le froid, elle avait de plus en plus chaud. Le sable la griffait et la retenait à chaque pas, mais elle se surprit à accélérer. Sa respiration se fit plus saccadée, son cœur battit plus vite, mais elle continua d'avancer. Les sternes et les goélands se regroupaient tandis que les bécasseaux sautaient au milieu des vagues qui clapotaient doucement. Hope se sentait une soudaine parenté avec eux, car elle savait qu'ils seraient les seuls témoins de retrouvailles qui se faisaient attendre depuis vingt-quatre ans. Ils la verraient tomber dans les bras de Tru, ils l'entendraient proclamer qu'il n'avait jamais cessé de l'aimer. Il la soulèverait du sol pour l'embrasser, et ils se précipiteraient vers le cottage, désireux de rattraper le temps perdu…

Un coup de vent soudain brisa sa rêverie. Une rafale dure, assez dure pour la faire vaciller un bref instant. À qui espérait-elle faire croire ça ?

Elle était une imbécile qui croyait encore aux contes de fées, victime de souvenirs qui l'emprisonnaient. Il n'y avait personne debout au bord de l'eau ou s'approchant au loin. Elle était seule, et sa certitude de la présence de Tru s'évanouit aussi vite qu'elle était venue. Il ne serait pas là. Il ne pouvait pas être là, parce qu'il n'était pas au courant de la lettre.

Le souffle court, Hope ralentit, ne cherchant plus qu'à placer un pied devant l'autre. Des minutes s'écoulèrent. Dix. Quinze. À ce stade, elle sentait qu'elle progressait de quelques centimètres à chaque pas. Finalement, elle aperçut le drapeau américain au loin, qui s'agitait dans la brise, elle sut alors qu'il était temps de se diriger vers les dunes.

Juste au-delà du sommet, elle aperçut la boîte aux lettres et le banc, aussi solitaire et abandonné que jamais. Elle se dirigea vers lui, s'effondrant presque aussitôt après son arrivée.

Tru n'était nulle part en vue.

La journée avait continué à s'éclaircir et Hope protégea ses yeux des rayons du soleil. L'année précédente, le temps était nuageux, comme le jour où elle était venue ici avec Tru. Elle avait éprouvé une impression de déjà-vu, mais le soleil aujourd'hui semblait la railler pour sa folie.

L'angle de la dune lui barrait la vue de la plage, alors son regard dériva dans la direction opposée. Le drapeau. Les vagues. Les oiseaux et l'herbe qui se balançait doucement sur les dunes. Hope s'émerveillait de voir à quel point le paysage avait peu changé depuis que son père l'avait amenée ici, contrairement à ce qui avait changé en elle. Elle avait vécu presque toute une vie, sans rien accomplir d'extraordinaire. Elle n'avait pas marqué le monde de son empreinte, elle ne le ferait jamais ; mais si l'amour était ce qui importait vraiment, alors elle avait été singulièrement bénie.

Hope décida de se reposer avant de rentrer. Mais elle comptait vérifier d'abord la boîte aux lettres. Ses doigts la picotèrent quand elle l'ouvrit pour attraper la pile de lettres. Les ramenant au banc, elle utilisa son écharpe pour maintenir la pile en place.

Pendant la demi-heure suivante, elle se plongea dans la lecture des missives laissées par les autres. Presque toutes traitaient du sentiment de perte, comme s'il s'agissait du thème principal lié à la boîte. Deux lettres provenaient d'un père et d'une fille qui avaient écrit à une femme et à une mère décédées quatre mois plus tôt d'un cancer des ovaires. Une autre était écrite par une femme nommée Valentina qui pleurait le mari qu'elle avait perdu ; une autre traitait de la mort d'un petit-fils, décédé d'une overdose de drogue. Une autre encore, particulièrement bien écrite, évoquait la perte d'un emploi et la perte éventuelle d'une maison. Trois d'entre elles étaient signées de veuves récentes. Et même si elle souhaitait qu'il en soit autrement, toutes lui rappelaient que Tru avait disparu pour toujours.

Elle mit de côté la pile qu'elle avait lue, il n'y avait plus que deux lettres. Se disant qu'elle pouvait aussi bien finir maintenant, elle prit l'enveloppe suivante. Elle avait été ouverte et elle déplia la lettre au soleil. Elle était écrite sur un papier jaune et elle jeta un coup d'œil au nom en haut, n'en croyant pas ses yeux.

Hope

Elle cligna des yeux, contemplant son nom.

Hope

Ça ne pouvait pas être vrai, mais... ça l'était, et elle se sentit prise de vertige. Elle avait reconnu l'écriture : elle l'avait vue plus tôt dans la journée, sur la lettre écrite par Tru longtemps auparavant. Elle l'aurait reconnue n'importe où ; mais si c'était le cas, où était-il ?

Pourquoi n'était-il pas là ?

Son esprit continuait à s'emballer. Rien de tout cela n'avait le moindre sens, sauf la lettre qu'elle tenait dans sa main. Il y avait une date en haut – le 2 octobre –, soit douze jours plus tôt...

Douze jours ?

Avait-il été là douze jours plus tôt ?

Hope ne comprenait pas et sa confusion fit naître en elle de nouvelles questions. Avait-il mal compris la date ? Avait-il appris pour sa lettre, ou était-ce une coïncidence ? La lettre lui était-elle seulement destinée ? Avait-elle vraiment reconnu l'écriture ? Et si oui...

Où était-il ?

Où était-il ?

Où était-il ?

Ses mains commencèrent à trembler et elle ferma les yeux, essayant de ralentir le cours de ses pensées et la cascade de questions qui l'assaillaient. Elle prit plusieurs longues inspirations, se disant qu'elle avait tout imaginé. Quand elle rouvrirait les yeux, il y aurait un nom différent en haut ; quand elle regarderait vraiment la lettre, elle verrait que l'écriture ne correspondait pas du tout.

Une fois recouvré un semblant de maîtrise de soi, elle baissa les yeux sur la page.

Hope

Elle ne s'était pas trompée non plus concernant l'écriture manuscrite. C'était bien celle de Tru, sans aucun doute, et elle sentit sa gorge se serrer alors qu'elle commençait enfin à lire.

Hope,
Le destin qui compte le plus dans la vie est celui de l'amour.
J'écris ces mots alors que je suis assis dans une chambre où je suis resté plus d'un mois. C'est un Bed & Breakfast appelé le Stanley House, situé dans le quartier historique de Wilmington. Les propriétaires sont très gentils, c'est calme la plupart du temps, et la nourriture est bonne.
Je sais que ces détails peuvent sembler hors de propos, mais je suis nerveux, alors laisse-moi commencer par l'évidence : j'ai appris pour ta lettre le 23 août et je me suis envolé à destination de la Caroline du Nord deux jours plus tard. Je savais où tu voulais me rencontrer et je devinais que tu allais t'y rendre à marée basse, mais pour des raisons que je pourrai t'expliquer plus tard, je ne savais pas exactement à quelle date tu serais là.
Je n'avais que de vagues références, c'est pourquoi j'ai choisi de rester dans une chambre d'hôte. Je voulais un endroit plus confortable qu'un hôtel, mais sans prendre la peine de chercher une location. Je ne savais même pas comment faire quelque chose comme ça dans un pays étranger, pour te dire la vérité. Tout ce que je savais, c'était que je devais venir puisque je t'avais promis de le faire.
Malgré le manque de détails, j'ai supposé que tu avais choisi une date en septembre. C'est à ce moment que nous nous sommes rencontrés, après tout, et j'ai visité Âme Sœur tous les jours ce mois-ci. Je t'ai attendue en vain, tout en me demandant si

tu m'avais manqué ou si tu avais changé d'avis. Je me suis demandé si le destin avait finalement voulu nous tenir à l'écart une fois de plus. Quand septembre a cédé la place à octobre, j'ai pris la décision de te laisser une lettre, avec l'espoir que tu pourrais un jour apprendre son existence de la même manière que moi avec la tienne.

Tu vois, j'ai aussi appris que tu voulais t'excuser pour ce qui s'était passé entre nous, pour avoir pris la décision que tu as prise il y a si longtemps. Je te l'ai dit alors, et je le crois encore, il n'est pas nécessaire de t'excuser. Te rencontrer et tomber amoureux de toi étaient une expérience que je revivrais mille fois dans mille vies différentes, si jamais on me donnait cette chance.

Tu es – et tu as toujours été – pardonnée.

Tru

Après avoir lu la lettre, Hope continua de regarder la page, son cœur battant la chamade. Le monde semblait se refermer sur elle de tous côtés. La lettre n'offrait aucun indice lui permettant de savoir s'il était resté, aucun moyen de le contacter s'il était retourné en Afrique...

– Tu es parti ? s'écria-t-elle. S'il te plaît, ne me dis pas que tu es déjà parti...

En prononçant ces mots, elle leva les yeux et aperçut un homme à trois mètres à peine. À contrejour, ses traits étaient difficiles à discerner, mais elle s'était représenté sa silhouette des milliers de fois, et elle le reconnut sans aucun doute possible. Sa bouche s'ouvrit et, alors qu'il faisait un pas hésitant vers elle, elle vit naître son sourire.

– Je ne suis pas parti, lui dit Tru. Je suis encore là.

16

Retrouvailles

Hope se figea sur le banc, incapable de quitter l'homme des yeux.

C'était impossible. Tru ne pouvait pas être là... Et pourtant elle ne put retenir une soudaine avalanche d'émotions. La surprise et la joie le disputaient à la stupeur, l'empêchant de parler, et une petite part d'elle craignait de briser l'illusion en prenant la parole.

Il était là. Elle pouvait le voir. Elle l'avait entendu parler, et au son de sa voix, leurs souvenirs ensemble lui revinrent avec force. Elle se dit aussitôt qu'il avait peu changé. Il était toujours mince, et ses larges épaules ne s'étaient pas voûtées avec l'âge. Si ses cheveux s'étaient éclaircis et avaient viré au gris argenté, il avait la même coupe ébouriffée qu'elle avait tant adorée. Il était habillé comme dans son souvenir, avec une chemise à boutons parfaitement coupée, un pantalon de toile et des bottes ; elle se souvint qu'il était insensible au froid, mais aujourd'hui il portait une veste qui lui arrivait aux hanches, même s'il n'avait pas pris la peine de la fermer.

Il ne s'était pas rapproché, apparemment aussi abasourdi qu'elle. Finalement, il rompit le charme.

– Bonjour, Hope.

En l'entendant dire son nom, son cœur bondit dans sa poitrine.

– Tru ? souffla-t-elle.

Il fit un pas vers elle.

– Je vois que tu as trouvé la lettre que je t'ai laissée.

Hope se rendit compte à cet instant seulement qu'elle la tenait toujours.

– Oui, acquiesça-t-elle. Elle la plia et la glissa distraitement dans la poche de sa veste. Dans son esprit, passé et présent s'entremêlaient. Tu étais derrière moi sur la plage ? Je ne t'ai pas vu.

Du pouce, il désigna la plage dans son dos.

– J'ai marché depuis Sunset Beach, mais je ne t'ai pas vue non plus. Pas avant d'arriver près de la boîte aux lettres. Je suis désolé si je t'ai effrayée.

Elle secoua la tête en se levant du banc.

– Je ne peux toujours pas croire que tu es là… J'ai l'impression de rêver.

– Tu ne rêves pas.

– Comment le sais-tu ?

– Parce que, répondit-il doucement, avec un accent identique à celui de ses souvenirs, on ne peut pas être deux à rêver… Cela fait longtemps, ajouta-t-il.

– Oui.

– Tu es toujours belle, dit-il, une note d'émerveillement dans la voix.

Elle sentit ses joues rosir, une sensation qu'elle avait presque oubliée.

– À peine… Elle écarta une mèche de son visage. Merci.

Il s'approcha d'elle et lui prit doucement la main. La chaleur de ses doigts se répandit en elle, et même s'il était assez près pour l'embrasser, il ne le fit pas, mais passa lentement son pouce sur sa peau, déclenchant chez Hope une sensation électrique.

— Comment vas-tu ? demanda-t-il.

Chaque cellule du corps de Hope parut vibrer.

— Je suis… Elle pinça les lèvres avant de continuer. En fait, je ne sais pas comment je vais. Sinon me sentir… abasourdie.

Ses yeux se rivèrent aux siens, balayant les années qu'ils avaient perdues.

— Il y a tant de choses que je veux te demander.

— Moi aussi, murmura-t-elle.

— C'est si bon de te revoir.

Pendant qu'il parlait, le monde de Hope se réduisit aux dimensions de ce moment singulier : Tru se tenait soudain devant elle après si longtemps. Tout à coup, il la prit dans ses bras et elle eut l'impression d'avoir de nouveau trente-six ans, alors que la lumière du soleil d'automne ruisselait autour d'eux.

Ils restèrent ainsi longtemps, jusqu'à ce qu'elle s'écarte pour le regarder. Attentivement. Ses rides s'étaient creusées, mais sa fossette au menton et la couleur de ses yeux n'avaient pas changé. Elle se sentit stupidement soulagée d'être allée chez le coiffeur et d'avoir pris le temps de se faire belle ce matin-là. Le choc entre ses souvenirs et l'instant présent brouillait ses pensées, et elle sentit les larmes lui monter aux yeux. Elle les essuya, embarrassée.

— Ça va ? demanda-t-il.

— Je vais bien, renifla-t-elle, gênée. Je suis désolée de pleurer, mais c'est juste que… je n'ai jamais vraiment cru que tu serais là.

Il lui adressa un sourire malicieux.

— J'admets que c'est une succession d'évènements assez extraordinaire qui m'a ramené à toi.

Malgré ses larmes, elle étouffa un petit rire devant cette tournure de phrase. Il s'exprimait toujours de la même façon – un point de repère bienvenu pour Hope.

— Comment as-tu trouvé ma lettre ? demanda-t-elle. Tu étais là l'an passé ?

— Non, dit-il. Et je ne l'ai pas trouvée, ni même lue. On m'en a parlé. Mais… plus important encore, comment vas-tu ? Qu'est-ce qui t'est arrivé pendant toutes ces années ?

— Je vais bien, répondit-elle machinalement. Je…

Elle s'interrompit, soudain muette. Que dire à un ancien amant après vingt-quatre ans ? Alors qu'elle fantasmait sur ce moment depuis qu'ils s'étaient dit au revoir ?

— Il s'est passé beaucoup de choses.

— Vraiment ? plaisanta-t-il.

Il haussa un sourcil et elle ne put s'empêcher de sourire. Ils avaient toujours été à l'aise ensemble, et cela, au moins, n'avait pas changé.

— Je ne saurais même pas par où commencer, admit-elle.

— Que dirais-tu du moment où nous nous sommes arrêtés ?

— Je ne suis même pas sûre de ce que cela signifie.

— D'accord. Commençons par ceci : je suppose que tu t'es bien mariée ?

Il devait avoir deviné, parce qu'elle ne l'avait jamais contacté. Mais il n'y avait ni tristesse ni amertume dans sa voix, seulement de la curiosité.

— Oui, admit-elle. Josh et moi nous sommes mariés, mais… Elle n'était pas prête à entrer dans les détails. Ça n'a pas marché. Nous avons divorcé il y a huit ans.

Il jeta un coup d'œil au sable.

— Cela a dû être difficile pour toi. Je suis désolé.

— Ne le sois pas. Il était temps d'y mettre un terme. Et toi ? Tu t'es marié à nouveau ?

— Non, répondit-il. Les choses n'ont jamais vraiment fonctionné. C'est juste moi, ces jours-ci.

Même si c'était égoïste, elle ressentit une vague de soulagement.

— Tu as toujours Andrew, non ? Il doit avoir la trentaine maintenant.

— Il a trente-quatre ans, répondit Tru. Je le vois plusieurs fois par an. Il vit à Anvers.

— Il est marié ?

— Oui, dit Tru. Depuis trois ans.

Incroyable, pensa-t-elle. C'était difficile à imaginer.

— Des enfants ?

— Sa femme Annette est enceinte de leur premier.

— Alors tu seras bientôt grand-père.

— Je suppose que oui, admit-il. Et toi ? As-tu eu les enfants que tu voulais ?

— Deux, acquiesça-t-elle. Un garçon et une fille. En fait, je suppose qu'on peut parler d'un homme et d'une femme maintenant. Ils ont la vingtaine. Jacob et Rachel.

Il lui serra doucement la main.

— Je suis content pour toi.

— Je te remercie. C'est ce dont je suis le plus fière. Tu es toujours guide ?

— Non. J'ai pris ma retraite il y a trois ans.

— Est-ce que ça te manque ?

— Pas du tout. J'ai appris à dormir sans me demander si je n'allais pas me réveiller entouré de lions.

Elle savait qu'ils parlaient de tout et de rien, mais c'était une conversation sans contrainte, facile, comme avec ses amis les plus proches. Ils pouvaient passer des mois, parfois une année sans parler, puis repartir exactement de là où ils s'étaient arrêtés la fois précédente. Elle n'avait pas imaginé que ce serait la même chose avec Tru, mais cette agréable constatation fut interrompue par un souffle de vent glacé, qui souleva du sable et se faufila sous sa veste. Par-dessus son épaule, elle vit son écharpe se renverser sur le banc tandis que les lettres se soulevaient.

– Attends... Je ferais mieux de ranger les lettres avant qu'elles s'envolent.

Elle se précipita vers la boîte. Alors que ses jambes étaient en coton en arrivant, elle se sentait maintenant rajeunie, comme si le temps reculait. Et, en quelque sorte, c'était bien le cas.

Refermant la boîte aux lettres, elle remarqua que Tru l'avait suivie.

– Je vais garder la lettre que tu m'as écrite, lui dit-elle. Sauf si tu ne le veux pas.

– Pourquoi je ne voudrais pas ? Je l'ai écrite pour toi.

Elle enroula l'écharpe autour de son cou.

– Pourquoi n'as-tu pas mentionné dans la lettre que tu étais encore là ? Tu aurais pu simplement écrire « Attends-moi ».

– Je ne savais pas exactement combien de temps j'allais rester dans la région. Quand je t'ai écrit, je ne savais pas à quelle date te retrouver ici, et la lettre originale que tu avais écrite ne se trouvait plus dans la boîte aux lettres quand je suis arrivé.

Elle pencha la tête.

– Combien de temps pensais-tu rester ?

– Jusqu'à la fin de l'année.

Au début, pas sûre qu'elle l'avait bien entendu, elle ne put répondre.

— Tu avais l'intention de venir ici tous les jours jusqu'en janvier ? Et puis de retourner en Afrique ?

— Pas tout à fait. Je prévoyais de rester jusqu'en janvier. Mais non, je ne comptais pas retourner en Afrique ensuite. Pas immédiatement, de toute façon.

— Où comptais-tu aller ?

— J'avais l'intention de rester ici, aux États-Unis.

— Pourquoi ?

Son expression se fit perplexe.

— Pour te chercher, répondit-il enfin.

Elle ouvrit la bouche, essayant de répondre, mais encore une fois aucun mot ne lui vint. Cela n'avait aucun sens. Elle ne méritait pas cette dévotion. Elle l'avait quitté. Elle l'avait vu se briser sous ses yeux, mais elle ne s'était pas arrêtée ; elle avait choisi de détruire ses espoirs et de faire sa vie avec Josh.

Et pourtant, alors qu'il la regardait, elle comprit que son amour restait intact, même s'il n'avait pas encore compris à quel point il lui avait manqué. Ou combien elle se souciait encore de lui maintenant. Dans son esprit, elle entendit une voix l'avertissant de faire attention, d'être complètement honnête afin de ne plus risquer de le blesser. Mais au cœur de leurs retrouvailles, la voix semblait lointaine, un écho qui se réduisait à un murmure.

— Que fais-tu cet après-midi ? demanda-t-elle.

— Rien. Qu'avais-tu en tête ?

Au lieu de répondre, elle sourit, sachant exactement où aller.

Ils reprirent la route, atteignant finalement le goulet sableux séparant Bird Island de Sunset Beach. Au loin, ils distinguaient les contours de la jetée, ses détails invisibles dans l'éclat de la surface de l'Océan. Les vagues s'étiraient vers la plage, longues et régulières. Hope nota qu'il y avait plus de monde à présent, de minuscules silhouettes se déplaçant au bord de l'eau. L'air était vif, apportant avec lui l'odeur du pin et du vent, et dans le froid elle sentit ses doigts commencer à la picoter.

Ils marchaient lentement, même si Tru ne semblait pas s'en soucier. Elle remarqua que Tru boitait légèrement, mais de façon assez visible pour qu'elle se demande ce qui lui était arrivé. Ce n'était peut-être rien – un peu d'arthrite, ou simplement les conséquences d'une vie au grand air ; mais cela lui rappela que, malgré leur histoire commune, ils étaient à bien des égards des étrangers. Elle avait gardé de lui un souvenir pas nécessairement représentatif de l'homme qu'il était aujourd'hui.

Ou bien si ?

Elle n'en était pas sûre. Tout ce qu'elle savait, c'était qu'être avec lui était aussi facile et apaisant qu'à l'époque, et, jetant un coup d'œil à Tru, elle soupçonnait qu'il éprouvait la même impression. Comme elle, il avait mis ses mains dans ses poches et le froid lui avait rosi les joues. Mais il affichait la mine d'un homme comblé, comme s'il venait juste de rentrer à la maison après un long voyage.

Alors que la marée montait lentement, ils marchaient sur le sable dur, tous deux surveillant les vagues qui pourraient tremper leurs chaussures.

Leur conversation dériva, toujours aussi naturelle, comme une vieille habitude redécouverte. Hope lançait la plupart des sujets. Elle lui parla de la mort de ses parents, aborda brièvement son travail, ainsi que son mariage et le divorce d'avec Josh, mais elle lui parla surtout de Jacob et de Rachel. Hope raconta d'innombrables histoires sur leur enfance et leur adolescence et admit à quel point elle avait été terrifiée quand Rachel avait subi son opération à cœur ouvert. Souvent, elle lisait des réactions évidentes de chaleur ou d'inquiétude sur le visage de Tru. Elle ne pouvait pas se souvenir de tout, bien sûr ; il ne connaîtrait jamais certains détails de sa vie, mais elle sentait que Tru saisissait instinctivement les fils de son passé. Au moment de passer sous la jetée, il savait presque tout de sa vie de mère.

Alors qu'ils marchaient dans le sable plus mou en commençant à se diriger vers un chemin serpentant à travers les dunes, Hope prit la tête et se rendit compte que, contrairement à la difficile randonnée jusqu'à Âme Sœur, elle avait à peine remarqué qu'ils étaient déjà de retour. Ses doigts étaient chauds et souples dans ses poches, et même si elle parlait presque tout le temps, elle ne se sentait pas à bout de souffle.

Après avoir contourné le chemin, ils atteignirent la rue et elle remarqua une voiture garée à côté de la sienne.

– C'est la tienne ? demanda-t-elle en la désignant.

– Une location.

Logique, puisqu'il était là depuis plus d'un mois, mais sa première pensée fut que même leurs voitures s'étaient retrouvées côte à côte. Elle trouva cela étrangement touchant.

– Que dirais-tu de me suivre ? C'est un peu loin.

– Je te suis.

Elle appuya sur le bouton pour déverrouiller les portières et se glissa derrière le volant. La voiture était froide et, après avoir démarré le moteur, elle fit tourner le chauffage au maximum. Tru était monté dans sa propre voiture. Elle recula puis s'arrêta dans la rue pour l'attendre. Quand il fut prêt, leurs voitures démarrèrent, vers un après-midi qu'elle n'aurait pu prévoir et un avenir qu'elle ne pouvait imaginer.

Quand elle fut seule dans la voiture, ses pensées vagabondèrent, et elle jeta un nouveau coup d'œil dans le rétroviseur, vérifiant que Tru était toujours là. Elle voulait s'assurer qu'elle n'avait pas d'hallucinations, parce qu'elle ne pouvait toujours pas croire qu'il avait entendu parler de sa lettre.

Mais il était là.

Il était là. Il était venu. Et elle comptait toujours pour lui.

Elle inspira profondément pour recouvrer son calme, pendant que la voiture se réchauffait. Il resta dans son sillage jusque sur le pont, puis sur l'autoroute, enfin vers la sortie menant à Carolina Beach. Un autre petit pont et quelques virages plus tard, elle entra dans l'allée du cottage qu'elle avait loué.

Elle laissa de la place à Tru pour se garer lui aussi, le regardant alors qu'il s'arrêtait enfin. Elle sortit, écoutant le tic-tac de son moteur. Dans sa voiture, Tru se retourna, cherchant quelque chose sur le siège arrière. Ses cheveux étaient argentés à travers la vitre.

Pendant qu'elle attendait, de minces nuages dérivèrent au-dessus de sa tête, atténuant la sensation d'éblouissement. La brise était toujours présente et, après la chaleur de la voiture, elle se sentit frissonner. En croisant les bras, elle entendit un cardinal dans les arbres ; et quand elle l'aperçut, Hope cligna des yeux en se souvenant de la lettre de Joe à Lena que Tru lui avait lue quand ils avaient visité Âme Sœur ensemble la première fois. Les cardinaux s'accouplaient pour la vie, et l'idée la fit sourire.

Tru sortit de la voiture, se déplaçant aussi gracieusement que par le passé. Tenant un sac de toile à la main, il plissa les yeux sur le cottage.

– C'est là que tu séjournes ?
– Je l'ai loué pour une semaine.

Il observa de nouveau la maison puis se retourna vers elle.
– Cela me rappelle celui de tes parents.
Elle sourit, éprouvant une impression de déjà-vu.
– C'est exactement ce que j'ai pensé quand je l'ai vu pour la première fois.

Le soleil d'automne se pencha sur eux tandis que Tru la suivait jusqu'à la porte d'entrée. À l'intérieur, Hope posa son chapeau, ses gants et son écharpe sur la table basse et suspendit sa veste dans le placard. Tru accrocha sa veste à côté de la sienne. Le sac de toile alla sur la table, à côté de ses affaires. Il y avait quelque chose de réconfortant dans cette succession de gestes, comme s'ils étaient déjà rentrés ici ensemble des milliers de fois.

Elle sentit un courant d'air. Bien qu'elle ait réglé le thermostat un peu plus tôt, la maison luttait contre les éléments et elle se frotta les bras. Hope observait Tru, avec l'impression que son regard était toujours aussi vif.
– Je ne peux pas croire que tu sois vraiment là, dit-elle. Je n'ai jamais pensé que tu viendrais.
– Et pourtant, tu m'attendais à la boîte aux lettres.
Elle le reconnut d'un sourire penaud, passant les doigts dans ses cheveux ébouriffés par le vent.
– J'ai quasiment été la seule à parler, alors maintenant je veux t'entendre, toi.
– Ma vie n'a pas été si intéressante.
– C'est ce que tu dis, dit-elle, sceptique. Elle lui toucha le bras. Tu as faim ? Tu veux manger un morceau ?

– Seulement si tu te joins à moi. J'ai déjeuné tard, donc je ne suis pas affamé.

– Alors que dirais-tu d'un verre de vin ? Je crois qu'il faut fêter ça.

– Je suis d'accord. Tu as besoin d'aide ?

– Non, mais si ça ne te dérange pas d'allumer le feu, ce serait génial. Il suffit d'appuyer sur l'interrupteur près de la cheminée. C'est automatique. Et fais comme chez toi. Je reviens dans une minute.

Hope passa dans la cuisine et ouvrit le réfrigérateur. Elle remplit deux verres de vin puis retourna au salon. Pendant ce temps Tru avait allumé le feu avant de s'installer sur le canapé. Après lui avoir donné un verre, elle posa le sien sur la table basse.

– Tu as besoin d'une couverture ? Même avec le feu, j'ai encore un peu froid.

– Je vais bien, dit-il.

Elle prit une couverture puis s'assit sur le canapé, ajustant la couverture sur elle avant de reprendre son verre. La chaleur de la cheminée envahissait déjà la pièce.

– C'est super, commenta-t-elle, le trouvant aussi beau que lors de leur première rencontre. Absolument incroyable, mais super.

Il rit, un grondement familier.

– C'est plus que super. C'est miraculeux. Il leva son verre. À… Âme Sœur.

Après avoir trinqué, ils burent tous deux une gorgée. Tru baissa son verre avec un léger sourire.

– Je suis surpris que tu ne sois pas à Sunset Beach.

– Ce n'est pas pareil.

Ce n'est plus pareil depuis que je t'ai rencontré, ajouta-t-elle pour elle-même.

– Es-tu déjà venue ici auparavant ?

Elle acquiesça.

— Je suis venue ici la première fois après ma séparation d'avec Josh.

Elle lui raconta dans les grandes lignes ce qu'elle avait traversé à l'époque et à quel point ce séjour l'avait aidée à se vider l'esprit avant de continuer.

— À l'époque, c'était tout ce que je pouvais faire pour ne pas craquer sous le poids de toutes ces émotions. Mais ce temps passé seule m'a rappelé à quel point les enfants avaient eux aussi des difficultés à cause du divorce, même s'ils ne le montraient pas. Ils avaient vraiment besoin de moi, et cela m'a aidée à me recentrer.

— Tu sembles avoir été une bonne mère.

— J'ai essayé, dit-elle en haussant les épaules. Mais j'ai aussi, fait des erreurs.

— Je pense que c'est normal pour tout parent. Je me demande encore si j'aurais dû passer plus de temps avec Andrew.

— T'a-t-il reproché quelque chose à ce sujet ?

— Non, mais il ne le ferait pas. Et pourtant, les années ont passé trop vite. Un jour, il était un petit garçon, et le lendemain, le voilà qui va à Oxford.

— Es-tu resté à Hwange jusque-là ?

— Oui.

— Mais tu es parti.

— Comment le sais-tu ?

— Je t'ai cherché, dit-elle. Avant de mettre la lettre dans la boîte aux lettres, je veux dire.

— Quand ?

— En 2006. Après mon divorce, probablement un an après ma première visite à Carolina Beach. J'ai contacté le lodge. D'autres endroits aussi. Mais je n'ai pas réussi à te retrouver.

Il parut réfléchir, les yeux perdus dans le vague pendant quelques secondes. Elle eut l'impression qu'il voulait dire quelque chose mais ne le pouvait pas. Après quelques battements de cœur, il lui offrit un doux sourire.

— J'aurais aimé le savoir, dit-il finalement. Et j'aurais aimé que tu me retrouves.

Moi aussi, pensa-t-elle.

— Qu'est-il arrivé ? Je pensais que tu aimais travailler à Hwange.

— C'est vrai. Mais j'y étais depuis longtemps et il était temps de passer à autre chose.

— Pourquoi ?

— Une nouvelle équipe avait pris la direction du lodge et la plupart des guides étaient partis, y compris mon ami Romy. Il avait pris sa retraite quelques années plus tôt. Le lodge traversait une période de transition, et avec Andrew à l'université, je n'avais plus de raison de rester dans la région. Je me suis dit que si je voulais recommencer ailleurs, il valait mieux ne pas trop tarder. J'ai donc vendu ma maison à Bulawayo et j'ai déménagé au Botswana. J'avais trouvé un emploi dans un camp qui semblait intéressant.

Il était donc bien parti au Botswana, se dit-elle.

— Ils ont tous l'air intéressants pour moi.

— Un bon nombre d'entre eux le sont réellement. Tu as eu l'occasion de faire un safari ? Tu avais dit que tu voulais le faire un jour.

— Pas encore. Mais j'espère toujours.

Hope songea à ce qu'il avait dit plus tôt et se rappela combien de camps elle avait contactés.

— Qu'est-ce que ce camp du Botswana avait de si intéressant ? Il était connu ?

— Pas du tout. C'est plutôt un camp de niveau

intermédiaire. Les logements sont un peu rustiques. Des repas sous Cellophane et pas préparés maison, des choses comme ça. Et on ne voyait pas forcément beaucoup d'animaux. Mais j'avais entendu parler des lions dans la région. Ou plutôt, d'une meute bien précise.

— Je pensais que tu voyais des lions tout le temps.

— Oui, mais pas comme ceux-là. J'avais entendu dire que ces lions avaient appris à chasser et à abattre les éléphants.

— Comment des lions pourraient-ils abattre un éléphant ?

— Je n'en avais aucune idée, et je n'y croyais pas à l'époque, mais j'ai rencontré un guide qui travaillait là-bas. Il m'a dit que, même s'il n'avait pas réellement vu une attaque, il avait croisé une carcasse d'éléphant le jour suivant. Et il était clair pour lui que les lions avaient festoyé la plus grande partie de la nuit.

Elle le regarda d'un air dubitatif.

— Peut-être que l'éléphant était malade quand les lions sont tombés dessus ?

— C'est ce que j'ai pensé. Les gens parlent toujours du lion comme étant le roi de la jungle. Même ce film de Disney, *Le Roi Lion*, a joué sur cette image, mais je savais par expérience que ce n'était pas vrai. Les éléphants sont, et ont toujours été, les rois de la brousse. Ils sont énormes et effrayants. J'ai vu un éléphant s'approcher de lions des centaines de fois, et les lions reculent toujours. Mais si le guide avait raison, je savais que je devais voir ça de mes yeux. C'est devenu une obsession. Et Andrew parti, je me suis dit, pourquoi pas ?

Il but une gorgée de vin avant de continuer.

— Quand j'ai commencé à travailler là-bas, j'ai appris qu'aucun des guides n'avait jamais rien vu de la sorte mais qu'ils y croyaient eux aussi. Parce que de temps en temps, une carcasse se présentait. Cela paraissait incroyablement rare. Même si une meute de lions pouvait abattre un éléphant, ils préféraient malgré tout sans aucun doute une proie plus facile. Et pendant mes premières années au Botswana, c'est exactement ce que j'ai vu. La principale source de nourriture pour ces lions n'avait pas changé : des impalas, des phacochères, des zèbres, des girafes… Je n'ai pas croisé une seule carcasse d'éléphant. Au milieu de ma troisième année là-bas, cependant, la sécheresse s'est installée. Une sécheresse vraiment drastique. Elle a duré des mois et les animaux qui avaient survécu ont commencé à migrer vers le delta de l'Okavango. Mais les lions étaient toujours là, de plus en plus désespérés. Puis, en fin d'après-midi, pendant un safari, je l'ai vu.

– Ah oui ?

Il acquiesça, se retirant dans le passé. Elle le regarda tourner son verre de vin avant de continuer.

– C'était un petit éléphant, pas un gros mâle, mais les lions l'avaient séparé du troupeau. Ils attaquaient l'un après l'autre, presque comme en une opération militaire. L'un d'eux attaquait la jambe, un autre sautait sur le dos de l'éléphant, tandis que les autres l'entouraient. Ce n'était pas violent non plus… Très calme, très méthodique. La meute était prudente et l'attaque entière a probablement duré une demi-heure. Et puis, quand l'éléphant a cédé, ils ont commencé à attaquer à plusieurs. L'éléphant est tombé, et ensuite ça n'a pas pris longtemps.

Il haussa les épaules, sa voix devenant plus douce.

– Je sais que tu pourrais te sentir mal pour l'éléphant. Mais à la fin, j'ai été impressionné par les lions. Ce fut certainement l'une des expériences les plus mémorables de ma carrière de guide.

— Incroyable, dit-elle. Tu étais seul quand c'est arrivé ?

— Non, dit-il. Il y avait six autres invités dans la Jeep. Je pense que l'un d'eux a fini par vendre la vidéo à CNN. Je ne l'ai jamais vue, mais au cours des années suivantes j'en ai entendu parler par pas mal de gens qui l'ont vue. Le lodge où je travaillais est devenu très populaire après un certain temps. Mais finalement les pluies ont repris et la sécheresse a pris fin. Les animaux sont revenus et les lions ont retrouvé des proies plus faciles. Je n'ai jamais vu cela se reproduire, et je n'ai pas vu d'autre carcasse d'éléphant. J'ai entendu dire que ça a recommencé quelques années plus tard, mais à ce moment-là je n'étais plus là-bas.

Elle sourit.

— Je vais te dire la même chose que lors de notre première rencontre : tu as certainement le travail le plus intéressant de tous les gens que j'ai rencontrés dans ma vie.

Il haussa les épaules.

— Il a eu ses moments.

Elle pencha la tête.

— Et tu dis qu'Andrew est allé à Oxford ?

Tru acquiesça.

— Il a fini par être un bien meilleur étudiant que je ne l'ai jamais été. Incroyablement brillant. Il excellait en sciences.

— Tu dois être fier.

— Oui. Mais vraiment, ça avait plus à voir avec lui – et Kim, bien sûr – qu'avec moi.

— Comment va-t-elle ? Est-elle toujours mariée ?

— Oui. Ses autres enfants sont grands eux aussi. Ironiquement, elle vit de nouveau près de moi. Elle et son mari ont déménagé au Cap il y a quelques années, après mon départ pour Bantry Bay.

— J'ai entendu dire que c'est beau là-bas.
— C'est vrai. Le littoral est magnifique, avec de très beaux couchers de soleil.

Elle regarda son verre.

— Je ne peux pas te dire combien de fois je me suis posé des questions sur toi pendant toutes ces années. Comment tu passais tes journées, ce que tu avais vu, comment allait Andrew.
— Pendant longtemps, ma vie n'a pas été si différente de celle d'avant. Elle restait principalement centrée sur le travail et sur Andrew. Je faisais deux sorties par jour, parfois trois, je jouais de la guitare ou je dessinais le soir dans la brousse. Et à Bulawayo, j'ai vu mon fils grandir. Je l'ai vu s'intéresser aux trains miniatures pendant un an, puis aux skateboards, puis à la guitare électrique, puis à la chimie, puis aux filles. Dans cet ordre.

Elle hocha la tête, se rappelant les phases traversées par Jacob et Rachel.

— Comment étaient ses années d'adolescence ?
— Comme la plupart des adolescents, il avait sa propre vie. Des amis, une copine pendant un an. Il y a eu une période où je me sentais un peu comme un hôtelier, mais j'ai admis son désir d'indépendance et l'ai accepté plus que Kim. C'était plus difficile pour elle de laisser partir le petit garçon qu'il avait été, je crois.
— C'était la même chose avec moi, admit Hope. Je pense que c'est propre aux mères.
— Je suppose que le moment le plus difficile pour moi a été son départ à l'université. Il était loin de chez lui et je ne pouvais pas lui rendre souvent visite. Il ne le voulait pas non plus. Alors, je le voyais pendant les vacances ou entre les trimestres. Mais ce n'était pas pareil, surtout quand je revenais de la brousse. Je n'étais pas tranquille

à Bulawayo. Je ne savais pas quoi faire, alors quand j'ai entendu la rumeur au sujet des lions, je suis parti pour le Botswana.

— Andrew t'a rendu visite là-bas ?

— Oui, mais pas très souvent. Je pense parfois que je n'aurais pas dû vendre ma maison à Bulawayo. Il ne connaissait personne à Gaborone, là où j'avais un appartement ; et quand il était en vacances, il voulait voir ses amis. Bien sûr, Kim voulait aussi passer du temps avec lui. Parfois je retournais à Bulawayo, à l'hôtel, mais ce n'était pas la même chose non plus. Il était devenu adulte. Jeune encore, mais je voyais bien qu'il commençait sa propre vie.

— Qu'a-t-il étudié ?

— Il a fini par opter pour une licence en chimie, et parlé de devenir ingénieur. Mais après son diplôme, il s'est intéressé aux pierres précieuses, en particulier aux diamants de couleur. Il est maintenant courtier en diamants, alors il se rend régulièrement à New York ou à Beijing. C'était un bon garçon et c'est devenu un homme bien.

— J'aimerais le rencontrer un jour.

— J'aimerais aussi, dit-il.

— Est-ce qu'il retourne parfois au Zimbabwe ?

— Pas souvent. Ni Kim ni moi. Le Zimbabwe connaît des moments difficiles.

— J'ai entendu parler de la confiscation des terres. Votre ferme familiale a été affectée ?

Tru acquiesça.

— Oui. Tu dois comprendre qu'il y a eu une longue suite de torts commis dans ce pays par des gens comme mon grand-père. Même ainsi, la transition a été brutale. Mon beau-père connaissait beaucoup de gens au gouvernement et pensait qu'il serait protégé. Mais un matin, un groupe de soldats et de fonctionnaires du gouvernement se sont présentés et ont encerclé la propriété. Les fonctionnaires avaient des documents légaux indiquant que la ferme était saisie, avec tous ses biens. Tout. Mon beau-père et mes demi-frères ont eu vingt minutes pour rassembler leurs affaires personnelles puis ils ont été escortés sous la menace d'armes à feu à l'extérieur de la propriété. Quelques-uns de nos travailleurs ont protesté, ils ont été abattus sur place. Et tout à coup, la ferme et toute la terre ne leur appartenaient plus. Il n'y avait rien qu'ils puissent faire. C'était en 2002. J'étais au Botswana, et on m'a dit que mon beau-père a dépéri très vite ensuite. Il a commencé à boire beaucoup et s'est suicidé un an plus tard.

Hope repensa à l'histoire familiale de Tru, épique et sombre, presque shakespearienne.

– C'est terrible.

– Oui. Et même pour les personnes qui ont reçu la terre. Ils ne savaient pas quoi en faire, ni comment entretenir l'équipement, ni comment alterner les cultures. Ils ne connaissaient pas non plus les méthodes d'irrigation. Maintenant, plus rien ne pousse là-bas. Notre ferme est devenue un camp de squatters, et la même chose s'est produite dans tout le pays. Si tu ajoutes l'effondrement du cours de la monnaie, et…

Hope tenta de l'imaginer.

– On dirait que tu es parti juste à temps.

– Mais je suis tout de même triste. Le Zimbabwe sera toujours ma patrie.

– Et tes demi-frères ?

Tru vida son verre et le posa sur la table.

– Tous deux sont en Tanzanie. Et tous deux cultivent à nouveau, mais ce n'est plus comme avant. Ils n'ont pas beaucoup de terres, et elle n'est pas aussi fertile que dans l'ancienne ferme. Tout ça, je le sais seulement parce qu'ils ont dû m'emprunter de l'argent et qu'ils ne sont pas toujours en mesure d'effectuer les paiements.

– C'était gentil de ta part. De les aider, je veux dire.

– Ils n'avaient pas plus la capacité de choisir la famille dans laquelle ils étaient nés que moi. Au-delà, je pense que ma mère aurait voulu que je le fasse.

– Et ton père biologique ? L'as-tu revu ?

– Non, dit Tru. Nous avons parlé au téléphone quelques semaines après mon retour au Zimbabwe, mais il est décédé peu après.

– Et ses autres enfants ? Tu as changé d'avis à propos de les rencontrer ?

– Non, répondit Tru. Et je suis à peu près sûr qu'ils ne voulaient pas me connaître non plus. La lettre de l'avocat m'informant de la mort de mon père l'a clairement indiqué. Je ne connais pas leurs raisons… Peut-être parce que je leur rappelais que leur mère n'était pas la seule femme que notre père aimait, ou peut-être qu'ils s'inquiétaient pour l'héritage, mais je ne voyais aucune raison de passer outre leurs souhaits. Comme mon père, ils étaient des étrangers.

– Je suis quand même contente que tu aies eu l'occasion de le rencontrer.

Il tourna son regard vers le feu.

– Moi aussi. J'ai toujours les photos et les dessins qu'il m'a donnés. Tout cela me paraît si loin.

– Cela fait longtemps, dit-elle doucement.

– Trop longtemps, dit-il en lui prenant la main.

Et là elle sut qu'il parlait d'elle.

Elle se sentit rougir, alors même que son pouce effleurait sa peau, de son toucher douloureusement familier. Comment était-il possible qu'ils se soient retrouvés ? Et que leur arrivait-il maintenant ? Il semblait inchangé, toujours l'homme dont elle était tombée amoureuse, mais cela lui rappela à quel point sa propre vie était devenue différente. Là où il était aussi beau que jamais, elle sentait son âge ; là où il semblait à l'aise en sa présence, son contact déclencha une autre vague d'émotion. Sa présence était écrasante, presque trop, et elle lui serra la main avant de la relâcher.

Elle n'était pas encore prête pour cette intimité, mais elle sourit avant de se redresser.

– Alors, voyons si j'ai bien compris. Tu étais à Hwange jusqu'à… 1999 ou 2000 ? Et puis tu as déménagé au Botswana ?

Il acquiesça.

– En 1999. Je suis resté au Botswana pendant cinq ans.

– Et alors ?

– Pour ça, j'aurai probablement besoin d'un autre verre de vin.

– Laisse-moi m'en occuper.

Prenant son verre, elle se retira dans la cuisine avant de revenir quelques minutes plus tard. Elle se rassit sous la couverture. La température dans la pièce était désormais agréable. À bien des égards, c'était déjà un après-midi parfait.

– Très bien, dit-elle, quelle année était-ce ?

– 2004.

– Qu'est-il arrivé ?

– J'ai eu un accident. Plutôt grave.

– À quel point ?

Il prit une gorgée de vin, son regard rivé au sien.

– Je suis mort.

17

Mourir

Étendu dans le fossé, au bord de la grande route, Tru se sentait mourir. Il n'avait que vaguement conscience de son 4 x 4 renversé, de l'avant démoli, de la façon dont l'un des pneus tournait encore. Il remarqua à peine les gens qui se précipitaient vers lui. Il ne savait pas où il était, ni ce qui s'était passé, ni pourquoi le monde semblait flou. Il ne comprenait pas pourquoi il ne pouvait pas bouger les jambes, ni ce qui lui valait des vagues de douleur insupportables dans tout le corps.

Quand il se réveilla finalement, dans un hôpital inconnu, dans un pays différent, il ne se souvenait pas du tout de l'accident. Il se rappelait seulement être retourné au lodge après quelques jours à Gaborone ; mais il apprit plus tard par l'infirmière qu'un camion de ravitaillement arrivant dans la voie opposée avait soudainement dévié et percuté son pick-up. N'ayant pas bouclé sa ceinture de sécurité, Tru avait traversé le pare-brise, se fendant le crâne avant de retomber à plus de dix mètres de là. Cela lui avait valu dix-huit fractures, dont les deux fémurs, tous les os du bras droit, trois vertèbres et cinq côtes.

Il fut installé dans une charrette de légumes par des étrangers qui se précipitèrent dans la clinique temporaire d'une ONG lancée dans une campagne de vaccination dans un village voisin. Il n'y avait ni l'équipement, ni les médicaments, ni les fournitures dont Tru avait besoin, pas même un médecin. Le sol était sale, et la pièce remplie d'enfants qui avaient appris à ignorer les mouches grouillant sur leurs visages. L'infirmière, jeune et débordée, venait de Suède et n'avait aucune idée de ce qu'il fallait faire. Mais les gens s'attendaient qu'elle fasse quelque chose, n'importe quoi ; alors elle se dirigea vers le chariot et vérifia son pouls. Rien. Elle vérifia sa carotide. Toujours rien. Elle approcha une oreille de la bouche de Tru et vérifia sa respiration. Elle n'entendit rien, ne sentit rien.

Alors elle courut vers son sac pour chercher un stéthoscope. Elle le posa sur la poitrine de Tru et écouta attentivement, avant de finalement abandonner. Elle dit au propriétaire du chariot de légumes qu'elle ne pouvait rien faire. Tru était mort.

Le propriétaire du chariot demanda que l'on déplace le corps, afin qu'il puisse retourner chercher ses légumes avant qu'ils lui soient volés. Il y eut une discussion animée pour savoir s'il devait ou non attendre la police, mais le propriétaire cria le plus fort et son opinion l'emporta. Lui et le père de l'un des enfants avaient soulevé le corps de Tru du chariot. On entendait distinctivement le bruit de ses os brisés. Tru fut placé à même le sol, dans un coin, et l'infirmière le recouvrit d'une couverture. Les gens s'écartèrent, mais en dehors de ça on l'ignora. Le propriétaire du chariot de légumes disparut et l'infirmière continua à administrer des injections.

Quelque temps plus tard, Tru toussa.

Il fut conduit à l'hôpital à l'arrière du 4 x 4 d'un inconnu. Du village, il fallut plus d'une heure pour y arriver. Aux admissions de l'hôpital de Gabarone, le médecin urgentiste ne pensait pas pouvoir faire grand-chose. C'était un miracle que Tru soit resté en vie. On laissa sa civière dans un couloir bondé en attendant qu'il meure. Peut-être une question de minutes, pensaient-ils, pas plus d'une demi-heure. Le soleil se couchait déjà.

Tru ne mourut pas. Il survécut à la nuit. Mais bientôt une infection se déclencha. L'hôpital manquait d'antibiotiques et ne voulait pas les gâcher. La fièvre de Tru grimpa et son cerveau commença à enfler. Deux jours passèrent, puis trois, entre la vie et la mort. Pendant ce temps, son fils Andrew avait été contacté en tant que parent le plus proche sur sa carte d'identité, et il avait pris l'avion depuis l'Angleterre pour rejoindre son père. Alertée par Andrew, Kim était arrivée de Johannesburg, où elle vivait à l'époque. Ils organisèrent un vol médical d'urgence, et Tru fut transporté par avion dans un hôpital de traumatologie en Afrique du Sud. Il survécut là encore à ce vol et reçut des injections massives d'antibiotiques pendant que les médecins drainaient le liquide dans son cerveau. Il resta inconscient pendant huit jours encore. Le neuvième jour, la fièvre baissa, et à son réveil il vit Andrew à son chevet.

Tru resta ensuite à l'hôpital sept semaines de plus, tandis que les médecins réduisaient ses fractures une à une. Par la suite, incapable de marcher et constamment frappé de vertiges dus à ses troubles de la vue, il fut transféré dans un centre de rééducation.

Il y resta près de trois ans.

Au cottage, la lumière du feu vacillait dans les yeux de Hope comme des bougies, et Tru se dit qu'elle était aussi belle qu'autrefois. Peut-être plus encore. Dans les douces rides de son visage, il voyait la sagesse et une sérénité durement acquise. Son visage était plein de grâce.

Il savait que ça n'avait pas été facile pour elle. Même si elle n'avait pas beaucoup parlé de son mariage avec Josh, il devinait qu'elle évitait le sujet, non seulement pour épargner les sentiments de Tru, mais aussi les siens.

Pendant ce temps, elle le regardait comme si elle le voyait pour la première fois.

– Oh mon Dieu… dit-elle. C'est l'une des choses les plus terribles que j'ai jamais entendues. Comment as-tu survécu ?

– Je ne sais pas.

– Tu es vraiment mort ?

– C'est ce qu'on m'a dit. J'ai parlé avec l'infirmière de la clinique de vaccination environ un an après l'accident, elle a juré n'avoir repéré aucun signe vital. Elle a dit que quand j'ai toussé, la moitié des patients dans la pièce ont poussé un cri. Ça m'a fait rire à l'époque.

– Tu essaies d'être drôle, mais ça ne l'est pas vraiment.

– Non, acquiesça-t-il. C'est bien vrai. Il se toucha la tempe, là où ses cheveux étaient devenus blancs. J'ai eu une lésion cérébrale. Certaines parties de mon crâne se sont retrouvées enfoncées dans mon cerveau, et pendant longtemps le câblage ne fonctionnait plus. Après m'être enfin réveillé, je parlais à Andrew ou aux médecins en pensant dire une chose, mais en fait je disais quelque chose de tout à fait différent. Je pensais dire « bonjour » et les médecins entendaient « les prunes pleurent sur les bateaux ». C'était incroyablement frustrant ! Et mon bras droit était si abîmé que je ne pouvais pas écrire non plus. Et puis le câblage a commencé à se rétablir. Très lentement... Mais même une fois capable de parler et comprendre, j'avais des trous de mémoire ridicules. J'oubliais des mots, en général les choses simples. Je disais « cette chose que vous utilisez pour manger, la chose couleur argent que vous tenez dans votre main » au lieu de « fourchette ». Pendant ce temps, les médecins ne savaient pas si ma paralysie serait temporaire ou permanente. Ma colonne vertébrale était restée très enflée à cause de la vertèbre cassée et, même après qu'ils avaient posé des tiges, il a fallu beaucoup de temps pour que le gonflement diminue.

– Oh, Tru... J'aurais aimé le savoir, dit-elle, sa voix se fêlant soudain.

– Tu n'aurais rien pu faire.

– Quand même, dit-elle. C'était au moment où j'essayais de te trouver. Je n'ai jamais pensé à vérifier les hôpitaux.

Il acquiesça.

– Je sais.

– J'aurais aimé être là pour toi.

– Je n'étais pas seul. Andrew venait me voir quand il en avait l'occasion. Kim est venue elle aussi de temps en temps. Et Romy a appris ce qui s'était passé. Il lui a fallu cinq jours de bus pour se rendre au centre de réadaptation, mais il est resté une semaine. Cela dit, toutes leurs visites étaient difficiles pour moi. Surtout la première année. Je souffrais beaucoup, je ne pouvais pas vraiment communiquer, et je les savais aussi effrayés que moi. Ils se posaient les mêmes questions que moi. Pourrais-je marcher à nouveau ? Serais-je capable de parler normalement ? De vivre seul ? C'était déjà assez dur ainsi, sans en plus percevoir leurs soucis.

— Combien de temps ça a pris pour que tu commences à aller mieux ?

— Ma vision est revenue au bout d'un mois, mais elle est restée médiocre six mois encore. J'ai été capable de m'asseoir dans mon lit après trois ou quatre mois. Ensuite, j'ai pu bouger mes orteils, mais certains des os dans mes jambes n'avaient pas été réalignés correctement, donc ils ont dû les re-briser. Sans compter les chirurgies du cerveau, de la colonne vertébrale et… c'est une expérience que je préférerais ne pas répéter.

— Quand as-tu réalisé que tu pourrais à nouveau marcher ?

— Quand j'ai pu bouger mes orteils, mais j'avais l'impression qu'il me faudrait une éternité. Et marcher était hors de question, au moins au début. Je devais apprendre à me tenir debout… Les muscles de mes jambes s'étaient atrophiés et mes nerfs ne réagissaient toujours pas correctement. Je ressentais des douleurs intenses et lancinantes tout le long du nerf sciatique. Parfois, j'avançais vite, à l'aide de barres, et parfois pas du tout, comme si la connexion entre mon cerveau et mes jambes avait été coupée. Vers la fin de l'année, j'ai enfin réussi à traverser la pièce avec du soutien. J'ai marché trois mètres environ et je boitais un peu du pied gauche… mais j'ai pleuré. Pour la première fois, je distinguais une lumière au bout du tunnel. Je savais que si je continuais à travailler, je pourrais un jour quitter la clinique.

— Ça devait être un cauchemar pour toi.

— En fait, j'ai du mal à me souvenir de tout ça. Ça me semble si loin maintenant… Toute cette période se mélange dans ma tête.

Elle l'étudia.

— Je n'aurais jamais rien deviné. Tu sembles le même qu'à l'époque. J'ai vu que tu boitais un peu, mais si peu…

— Je dois rester actif, donc je suis une routine d'exercices plutôt rigoureuse. Je marche beaucoup. Ça aide pour la douleur.

— Tu souffres encore beaucoup ?

— Parfois, mais l'exercice fait une grande différence.

— Ça a dû être très dur pour Andrew de te voir comme ça.

— Il est toujours difficile pour lui de parler de mon apparence quand il m'a vu à l'hôpital au Botswana. Ou combien il avait été inquiet pendant le vol, et en attendant que je me réveille à l'hôpital en Afrique du Sud. Il est resté à mon côté durant tout mon séjour. Je dirais que lui et Kim ont su garder leur sang-froid. S'ils n'avaient pas pris des dispositions pour un vol médical, je serais sûrement mort. Mais une fois que j'ai été admis dans cet établissement, Andrew était toujours le plus optimiste de nous deux à chaque visite. Parce qu'il me voyait une fois tous les deux ou trois mois seulement, alors pour lui je progressais à pas de géant. Pour moi, évidemment, c'était tout à fait différent.

— Et tu dis que tu es resté là pendant trois ans ?

— L'année dernière, je ne vivais plus sur le site. J'avais encore plusieurs heures de thérapie par jour, mais il me semblait avoir été libéré de prison. Je ne suis pas sorti souvent les deux premières années. Si je ne vois plus jamais un autre tube fluorescent de toute ma vie, ça m'ira très bien.

— Je me sens si mal pour toi.

— Il ne faut pas. Je vais bien maintenant. Et crois-le ou non, j'ai rencontré des gens merveilleux. Le kinésithérapeute, l'orthophoniste, mes médecins, les infirmières. Un groupe exceptionnel. Mais c'est une période étrange, il me semble parfois que j'ai mis ma vie entre parenthèses pendant trois ans. Et d'une certaine manière, c'est vrai, je crois.

Hope inspira lentement, comme si elle absorbait la chaleur du feu.

– Tu es beaucoup plus fort que je ne l'aurais probablement été.

– Pas vraiment. Ne crois pas que j'étais inébranlable. J'ai pris des antidépresseurs pendant près d'un an.

– C'est compréhensible. Tu as été traumatisé à tous points de vue.

Pendant un moment, ils regardèrent la cheminée tous les deux. Elle essaya de donner un sens à tout ce qu'il lui avait raconté, se rendant compte qu'elle avait bien failli le perdre définitivement. C'était incompréhensible pour elle, mais comme tout le reste aujourd'hui. Le fait qu'ils soient assis côte à côte sur le canapé lui paraissait à la fois irréel et follement romantique, jusqu'à ce que l'estomac de Tru se fasse entendre.

Hope rit, éprouvant soudain une vague de tendresse à son égard.

– Tu dois mourir de faim, dit-elle en repoussant la couverture. Moi aussi. Une salade de poulet, ça te dit ? Avec des légumes ? Si tu préfères, j'ai aussi du saumon ou des crevettes.

– Une salade, ça m'ira très bien.

Elle se leva.

– Je vais lancer ça.

– Je peux t'aider ? demanda Tru en s'étirant.

– Je n'ai pas vraiment besoin d'aide, mais j'apprécierai de la compagnie.

Hope repoussa la couverture sur le canapé et ils emportèrent leurs verres dans la cuisine. Elle ouvrit le réfrigérateur sous le regard de Tru, appuyé contre le comptoir. Elle sortit de la laitue romaine, des tomates cerises et des poivrons tranchés de diverses couleurs. Tru réfléchit à tout ce qu'elle lui avait raconté cet après-midi. Ses déceptions ne l'avaient pas plongée dans la colère ou l'amertume, mais plutôt poussée à accepter le fait que la vie était impossible à prévoir.

Hope semblait deviner ce qu'il avait en tête, car elle sourit. Elle sortit du tiroir un petit couteau puis une planche à découper.

— Tu es sûre que je ne peux pas t'aider ? demanda-t-il.

— Cela ne prendra pas longtemps, mais que dirais-tu de sortir les assiettes et les fourchettes ? Elles sont dans le meuble près de l'évier.

Tru s'exécuta et plaça les assiettes à côté de la planche à découper, avant de regarder Hope trancher les légumes. Ensuite, elle mit la salade dans un bol avec un peu de jus de citron et d'huile d'olive avant d'en faire deux portions. Puis elle ajouta le poulet. Il s'imagina dans une cuisine avec elle mille fois au cours des vingt-quatre dernières années, exactement comme ça.

— Voilà.

— Ça a l'air délicieux, dit-il en la suivant à table.

Après avoir posé son assiette, elle désigna le réfrigérateur.

— Tu veux encore du vin ?

— Non, merci. Je m'arrête à deux verres ces temps-ci.

— Je suis plus proche d'un seul, répondit-elle. Elle tendit la main pour prendre sa fourchette. Tu te souviens de notre dîner Chez Clancy ? Avant de rentrer prendre un verre de vin dans la maison de mes parents ?

— Comment aurais-je pu oublier ? C'était la nuit où nous nous sommes connus. La nuit où tu m'as coupé le souffle.

Elle hocha la tête. Un soupçon de couleur lui vint aux joues. Elle se pencha sur sa salade, et Tru fit de même.

Il indiqua d'un signe de tête la boîte sculptée posée sur la table.

— Que contient-elle ?

— Des souvenirs, dit-elle, un soupçon de mystère dans la voix. Je te montrerai plus tard, mais pour l'instant continuons à parler de toi. Nous sommes en 2007… Que s'est-il passé après ta rééducation ?

Il hésita, comme s'il essayait de trouver quoi dire.

— J'ai trouvé un emploi en Namibie. De guide. Le lodge était bien entretenu et doté d'une immense réserve, avec l'une des plus grandes concentrations de guépards du continent. Et la Namibie est un beau pays. La côte des Squelettes et le désert de Sossusvlei sont parmi les endroits les plus féeriques de la planète. Quand je ne travaillais pas ou n'allais pas en Europe pour voir Andrew, je jouais au touriste. Je suis resté au camp jusqu'à ma retraite, et là j'ai déménagé au Cap. Ou plutôt, à Bantry Bay. C'est à la périphérie, juste sur la côte. J'ai une petite maison là-bas, avec une vue spectaculaire. Et c'est à deux pas des cafés, des librairies et du marché. Ça me va.

— As-tu déjà pensé à t'installer en Europe pour être plus proche d'Andrew ?

Il secoua la tête.

— J'y viens de temps en temps, et son travail le conduit régulièrement au Cap. S'il le pouvait, il resterait au Cap, mais Annette ne le laisserait pas faire. Presque toute sa famille vit en Belgique. Mais comme pour moi, l'Afrique a une emprise sur lui, assez difficile à comprendre si on n'a pas été élevé là-bas.

Son regard était plein d'émerveillement.

– Ta vie me semble incroyablement romantique. À part cette horrible période de trois ans, je veux dire.

– J'ai vécu la vie que je voulais. En grande partie, en tout cas. As-tu déjà pensé à te marier à nouveau ? Après votre divorce ?

– Non, répondit-elle. Je n'avais même pas envie de sortir. Je me suis dit que c'était à cause des enfants, mais...

– Mais quoi ?

Au lieu de répondre, elle secoua la tête.

– Ce n'est pas important. Parle-moi encore de toi. Maintenant que tu es à la retraite, comment occupes-tu tes journées ?

– Je ne fais pas grand-chose. Mais j'apprécie de pouvoir marcher sans porter un fusil.

Elle sourit.

– As-tu des hobbies ? Elle posa son menton dans sa main, une pose de jeune fille alors qu'elle fixait son attention sur lui. À part le dessin et la guitare ?

– Je vais dans une salle de gym plusieurs fois par semaine pendant une heure, et en général je fais ensuite une longue marche ou une randonnée. Je lis beaucoup aussi. J'ai probablement lu plus de livres au cours des trois dernières années qu'au cours des soixante-trois précédentes. Je n'ai pas encore craqué et acheté un ordinateur, mais Andrew insiste. Pour lui, il faut vivre avec son temps.

– Tu n'as pas d'ordinateur ?

– Qu'est-ce que j'en ferais ?

Il semblait sincèrement perplexe.

– Je ne sais pas... Lire des journaux en ligne, commander quelque chose dont tu as besoin, envoyer des mails. Rester connecté avec le monde...

— Peut-être un jour. Je préfère toujours lire un journal en papier, j'ai tout ce dont j'ai besoin, et je ne vois pas à qui j'enverrais un courriel.

— Tu connais Facebook ?

— J'en ai entendu parler, concéda Tru. Comme je te l'ai dit, je lis le journal.

— J'ai eu un compte Facebook pendant quelques années. Au cas où tu voudrais me contacter.

Il ne répondit pas tout de suite mais la regarda, se demandant quoi dire, sachant qu'il n'était pas prêt à tout lui dire tout de suite.

— J'ai envisagé de te contacter finit-il par dire. Plus souvent que tu ne peux l'imaginer. Mais je ne savais pas si tu étais encore mariée, ou remariée, ou intéressée par la perspective d'avoir de mes nouvelles. Je ne voulais pas perturber ta vie. Et vraiment, je ne sais pas comment je ferais avec un ordinateur de toute façon. Ou avec Facebook. Que disent les Américains ? « On ne peut pas apprendre de nouveaux tours à un vieux chien ? » Il sourit. Ce fut un grand pas pour moi d'avoir un téléphone mobile. Mais je l'ai fait seulement pour qu'Andrew puisse me joindre.

— Tu n'avais pas de téléphone mobile ?

— Je n'ai jamais eu l'impression d'en avoir besoin jusqu'à récemment. Il n'y a pas de réseau dans la brousse, et d'ailleurs Andrew aurait été le seul à m'appeler.

— Et Kim ? Tu ne parles toujours pas avec elle ?

— Pas très souvent désormais. Andrew a grandi maintenant, donc il n'y a pas autant de raisons de parler. Et toi ? Parles-tu toujours avec Josh ?

— Parfois. Peut-être trop.

Tru afficha une expression perplexe.

— Il y a quelques mois, il a suggéré de recommencer. Lui et moi, je veux dire.

— Ça ne t'intéressait pas ?

— Pas du tout, répondit-elle. Et j'ai été un peu choquée qu'il ait eu le culot de le proposer.

— Pourquoi ?

Alors qu'ils finissaient leurs salades, Hope lui confia plus de détails sur Josh. Ses liaisons et le divorce, son second mariage et divorce, et la façon dont la vie l'avait marqué. Tru écouta, percevant seulement une trace de l'angoisse que Josh avait dû lui causer, et se disant que Josh était un imbécile. Le fait qu'elle lui ait pardonné lui paraissait remarquable, mais Tru avait toujours admiré ça chez elle.

Ils s'attardèrent à la table de la cuisine, remplissant les blancs de leur passé. Après avoir mis la vaisselle dans l'évier, Hope alluma la radio, laissant la musique tandis qu'ils se dirigeaient vers le canapé. Le feu brûlait toujours, projetant une lueur jaune à travers la pièce. Tru la regarda s'asseoir et tirer la couverture, se disant qu'il n'avait aucune envie de voir cette journée prendre fin.

Avant d'apprendre que Hope avait déposé une lettre à Âme Sœur, Tru pensait parfois qu'il était mort deux fois, et non pas une seule de son vivant.

À son retour au Zimbabwe en 1990, il avait passé du temps avec Andrew. Cependant, il se sentait indifférent au monde, même en jouant au football, en cuisinant ou en regardant la télévision avec son fils. À son retour dans la brousse, son travail lui avait fourni une distraction, mais il ne parvenait jamais à échapper vraiment à ses pensées. Quand il arrêtait la Jeep pour que les clients puissent photographier un animal, il imaginait parfois Hope assise à côté de lui, émerveillée par son univers, comme il continuait à s'émerveiller devant le monde qu'ils avaient brièvement habité ensemble.

Les soirées étaient les moments les plus difficiles. Il ne pouvait pas se concentrer assez longtemps pour dessiner ou jouer de la guitare. Il ne fréquentait pas non plus les autres guides. Tru restait allongé sur son lit et regardait le plafond. Finalement, son ami Romy s'inquiéta suffisamment pour lui en parler, mais il fallut encore du temps pour que Tru parvienne à prononcer le nom de Hope.

Et il lui fallut aussi des mois pour reprendre ses habitudes, mais Tru savait qu'il n'était plus complètement lui-même. Avant de rencontrer Hope, il sortait de temps en temps ; mais il avait perdu tout désir de le faire. Ce sentiment n'avait jamais changé non plus. C'était comme s'il avait laissé son désir de compagnie féminine sur les rivages sablonneux de Sunset Beach, en Caroline du Nord.

Andrew l'avait enfin fait dessiner à nouveau. Au cours d'une visite à Bulawayo, son fils lui avait demandé s'il était en colère contre lui. Quand Tru s'accroupit et demanda pourquoi il pensait cela, Andrew marmonna qu'il n'avait pas reçu de dessin depuis des mois.

Tru promit de recommencer à dessiner. Mais la plupart du temps, quand son crayon se posait sur le papier, il dessinait seulement Hope. Habituellement, une scène issue de leurs quelques jours passés ensemble : quand elle l'avait vu pour la première fois, alors qu'il tenait Scottie dans ses bras sur la plage, ou comme elle avait été ravissante la nuit du dîner de répétition. Et seulement après avoir fait de grands progrès sur un dessin de Hope, il parvenait à tourner son attention vers quelque chose pour Andrew.

Les dessins de Hope lui prenaient des semaines à terminer, et non pas des jours. Il y avait en lui un désir nouveau de les faire correspondre parfaitement à ses souvenirs, de capturer ces images avec soin et précision. Enfin satisfait, il rangeait le dessin et commençait le suivant. Au fil du temps, le projet était devenu une sorte de contrainte. Inconsciemment, il imaginait peut-être que recréer parfaitement Hope la ramènerait à lui. Tru exécuta plus de cinquante croquis détaillés, chacun d'entre eux relatant un souvenir différent. Puis il les classa par ordre chronologique, chronique de leur semaine entière ensemble. Il commença alors à dessiner le croquis correspondant de lui-même, ou l'apparence qu'il pensait avoir, lui, dans le regard de Hope. À la fin, il les avait réunis dans un livre : lui sur les pages de gauche, et Hope à droite, mais il ne l'avait jamais montré à personne. Il l'avait terminé l'année après l'entrée d'Andrew à l'université. Il lui avait fallu près de neuf ans pour l'achever.

C'était là une autre raison expliquant qu'il n'avait plus de réel but dans la vie en approchant des années 2000. Tru arpentait la maison sans rien faire, feuilletait le livre tous les soirs, se répétant que tous ceux qui comptaient dans sa vie avaient disparu. Sa mère. Son grand-père. Kim, et maintenant Andrew. Hope. Il était seul et serait toujours seul. C'était un moment difficile à traverser, peut-être aussi pénible que sa guérison de l'accident le serait plus tard, mais d'une manière différente.

Le Botswana et la quête du lion, comme il l'appelait alors, l'avaient aidé. Néanmoins, il avait toujours gardé son carnet de croquis à portée de main, parmi ses possessions les plus vitales. Après l'accident, le livre était la seule chose qu'il désirait, mais il ne voulait pas demander à Andrew de l'apporter. Il n'avait jamais parlé du livre à Andrew, et il ne voulait pas lui mentir. Tru avait donc demandé à son ex-femme de prendre des dispositions pour emballer toutes ses affaires au Botswana et les stocker.

Elle l'avait fait. Cependant, Tru passa une grande partie des deux années suivantes à s'inquiéter à l'idée que le livre soit perdu ou endommagé. Sitôt libre de ses mouvements, il avait fait un bref voyage au Botswana. Il avait embauché des jeunes pour l'aider à ouvrir toutes ces boîtes dans le seul but le retrouver le livre. Celui-ci était poussiéreux, mais en parfait état.

L'envie de revivre en images la semaine qu'ils avaient partagée commença à faiblir peu de temps après. Pour son propre bien, il savait qu'il ne pouvait plus continuer à rêver à un avenir commun. Il n'avait aucune idée que Hope avait essayé de le retrouver.

Puis il avait su, et malgré ses blessures persistantes, il se disait qu'il aurait déplacé ciel et terre pour elle. Et il y avait eu un moment où il avait précisément failli le faire.

Le crépuscule tombait doucement sur Carolina Beach.

Hope et Tru, s'effleurant de temps en temps, étaient assis sur le canapé. Ils continuaient à parler, ignorant la nuit, occupés à explorer plus avant la vie l'un de l'autre. Les verres de vin, depuis longtemps vides, cédèrent la place à des tasses de thé, et les généralités firent place à des détails intimes. Observant son profil dans l'ombre grandissante, Tru avait bien du mal à admettre que Hope soit réellement avec lui. Elle était, et avait toujours été son rêve.

— J'ai un aveu à te faire, commença-t-il enfin. Il y a quelque chose que je ne t'ai pas dit. À propos d'un truc qui est arrivé avant que je prenne le travail en Namibie.

Je voulais te le dire plus tôt, mais quand tu m'as dit que tu avais essayé de me retrouver…

— Qu'est-ce que c'est ?

Il regarda dans son verre.

— Je suis presque revenu en Caroline du Nord. Pour te chercher. C'était juste après que j'ai terminé ma réhabilitation, et j'ai acheté un billet d'avion avant de partir pour l'aéroport. Mais au moment de franchir la sécurité… Je n'y suis pas arrivé. Il s'interrompit, comme s'il se rappelait cet instant. J'ai honte de le dire, mais finalement je suis retourné à ma voiture.

Il lui fallut un moment pour comprendre.

— Tu veux dire que quand je te cherchais, tu essayais de me trouver aussi ?

Il hocha la tête, conscient de sa gorge sèche, sachant qu'elle pensait aux années qu'ils avaient perdues – pas une fois, mais deux.

— Je ne sais pas quoi dire, dit-elle lentement.

— Je ne pense pas qu'il y ait quelque chose à dire, sinon que ça me brise le cœur.

— Oh, Tru ! dit-elle, les yeux humides. Pourquoi n'as-tu pas pris cet avion ?

— Je ne savais pas si je pouvais te trouver. Il secoua la tête. Mais la vérité est que j'avais peur de ce qui arriverait si tel était le cas. J'imaginais toujours que je t'apercevrais un jour dans un restaurant, ou dans la rue, ou peut-être dans ton jardin. Tu aurais tenu la main d'un autre homme, ou je t'aurais vue rire avec tes enfants… Et après tout ce que je venais de traverser, une part de moi savait que je ne pourrais pas le supporter. Pas parce que je ne voulais pas que tu sois heureuse, parce que je le voulais. Je le voulais tous les jours depuis vingt-quatre ans, ne serait-ce que parce que moi je n'étais pas heureux. J'avais l'impression qu'il me manquait une partie de moi et qu'elle me manquerait toujours. Mais j'avais trop peur de faire quoi que ce soit à ce sujet, et maintenant – après t'avoir entendue parler de ta vie –, je me dis que j'aurais dû avoir plus de courage au moment qui comptait vraiment. Car ainsi je n'aurais pas perdu ces huit dernières années.

Hope lui jeta un regard avant de repousser la couverture. Se levant du canapé, elle s'approcha de la fenêtre. Son visage était plongé dans l'ombre, mais Tru vit l'éclat humide de ses joues au clair de lune.

— Pourquoi le destin semble-t-il toujours conspirer contre nous ? demanda-t-elle, jetant un regard par-dessus son épaule. Penses-tu qu'il y a quelque chose de plus grand derrière tout ça, que nous ne pouvons même pas imaginer ?

— Je ne sais pas, dit-il d'une voix rauque.

Ses épaules s'affaissèrent légèrement et elle se détourna de nouveau. Elle regarda par la fenêtre sans mot dire, avant de prendre une profonde inspiration. Hope retourna s'asseoir auprès de lui.

De près, il se dit que son visage était le même que sur tous ses dessins.

— Je suis désolé, Hope. Plus désolé que tu ne peux l'imaginer.

Elle s'essuya de nouveau les joues.

— Moi aussi.

— Et maintenant ? As-tu besoin d'être seule ?

— Non, dit-elle. C'est la dernière chose que je veuille.

— Y a-t-il quelque chose que je puisse faire pour toi ?

Au lieu de répondre à sa question, elle se rapprocha et ajusta de nouveau la couverture sur ses jambes. Elle tendit la main et il la berça contre lui, savourant la douceur de sa peau, observant ses os délicats. Et dire que la dernière fois qu'il avait tenu la main d'une femme, c'était la sienne !

— Je veux que tu me dises comment tu as appris pour ma lettre, dit-elle. Celle d'Âme Sœur. Ce qui nous a finalement permis de nous retrouver.

Tru ferma les yeux un instant.

— C'est difficile à expliquer d'une manière qui ait du sens, même pour moi.

— Comment ?

— Parce que ça a commencé avec un rêve.

— Tu as rêvé de la lettre ?

— Non. J'ai rêvé d'un endroit. Un café, un véritable endroit, juste en bas de la colline où je vis. Il eut un sourire mélancolique. J'y vais quand je suis d'humeur à être parmi les gens, et j'ai une vue fantastique sur la côte. Habituellement, j'emporte un livre avec moi pour quelques heures l'après-midi. Le propriétaire me connaît et ça ne le dérange pas si je reste longtemps. Il se pencha en avant, les coudes sur les genoux. Quoi qu'il en soit, je me suis réveillé un matin, sachant que je venais de rêver de l'endroit ; mais, contrairement à beaucoup de rêves, les images n'ont pas disparu. Je me voyais assis à une table, comme si je me voyais devant la caméra. Il y avait un livre et un verre de thé glacé sur la table. Des choses normales pour moi, dans la vraie vie. C'était l'après-midi et le soleil brillait. Bref, quelque chose de tout à fait classique pour la région. Mais dans mon rêve, je me souviens avoir remarqué un couple à une table voisine. Ils paraissaient étrangement flous, et je ne pouvais pas entendre leur conversation. Pourtant, j'ai éprouvé un besoin urgent de leur adresser la parole. Je savais juste qu'ils avaient quelque chose d'important à me dire, alors je me levai et commençai à approcher, mais à chaque pas leur table semblait s'éloigner de plus en plus. Je me souviens avoir éprouvé une panique grandissante. Je devais leur parler… et à ce moment-là, je me suis réveillé. Ce n'était pas à proprement parler un cauchemar, mais je suis resté troublé toute la journée. Une semaine plus tard, je suis allé au café.

— À cause du rêve ?

— Non. Je l'avais oublié. Comme je te l'ai dit, je mange souvent là-bas. J'avais déjeuné tard, je sirotais un verre de thé glacé en lisant un livre sur les guerres des Boers. À ce moment-là, un couple est entré dans le restaurant. Presque toutes les autres tables étaient libres, mais ils se sont assis près de moi.

— Un peu comme dans le rêve, dit-elle.

— Non, dit-il en secouant la tête. Pas un peu, exactement comme dans le rêve.

Hope se pencha en avant, ses traits adoucis par la lueur du feu. Dehors, la nuit tombait, et Tru poursuivit son histoire.

Comme tout le monde, Tru avait déjà éprouvé des impressions de déjà-vu ; mais au moment où il leva les yeux du livre, son rêve lui revint en tête. Le monde parut devenir flou, comme s'il se trouvait de nouveau dans un songe.

Cependant, contrairement à son rêve, il pouvait vraiment voir le couple. La femme, attirante, dans la quarantaine, était blonde et mince ; l'homme assis en face d'elle était grand, avec des cheveux noirs et une montre en or qui brillait au soleil. Il se rendit compte qu'il pouvait aussi les entendre, alors il décida qu'il devait saisir des bribes de leur conversation. Voilà pourquoi il avait levé la tête. Ils parlaient de leurs prochains safaris, et il les entendit mentionner leur projet de visiter non seulement Kruger — la plus grande réserve animalière en Afrique du Sud – mais aussi Camp Mombo et Jack's Camp, tous deux au Botswana. Ils s'interrogeaient sur les logements et les animaux qu'ils pourraient voir – des questions qu'il avait entendues des milliers de fois au cours des quarante dernières années.

Tru ne reconnut pas le couple. Il avait toujours eu une bonne mémoire des visages, mais ces gens étaient des étrangers. Il n'avait aucune raison de s'intéresser à eux, et pourtant il ne pouvait en détourner le regard. Pas à cause du rêve. C'était autre chose, et ce fut seulement quand il se concentra sur le doux accent de la femme qu'il comprit l'origine de son impression de déjà-vu, souvenir d'un autre temps, d'un autre lieu. *Hope.* La femme parlait exactement comme Hope.

Dans les années qui avaient suivi son voyage à Sunset Beach, il avait rencontré des milliers de clients dont quelques-uns venaient de Caroline du Nord. Il y avait quelque chose d'unique dans leur accent par rapport aux autres États du Sud ; des voyelles plus rondes, peut-être.

Ils avaient quelque chose d'important à lui dire.

Avant même de s'en rendre compte, il s'était levé de son siège, il allait à leur table.

En principe, Tru n'aurait jamais dérangé des étrangers pendant leur déjeuner ; mais, telle une marionnette, il lui semblait ne pas avoir le choix.

– Pardonnez-moi. Je suis désolé de vous déranger, mais vous ne viendriez pas de Caroline du Nord ?

Si l'homme ou la femme furent contrariés par sa soudaine apparition à leur table, ils ne le montrèrent pas.

– Eh bien, il se trouve que oui, fit la femme.

Elle sourit, dans l'expectative.

— Nous sommes-nous déjà rencontrés ?
— Je ne crois pas.
— Alors comment diable pouvez-vous savoir ça ?
— J'ai reconnu l'accent, répondit Tru.
— Mais visiblement vous n'êtes pas un Tar Heel.
— Non. Je suis originaire du Zimbabwe. Mais j'ai passé un moment à Sunset Beach.
— Le monde est petit ! s'exclama la femme. Nous avons une maison là-bas. Quand êtes-vous donc venu ?
— En 1990.
— C'est vieux. Nous venons d'acheter une maison sur la plage il y a deux ans. Je suis Sharon Wheddon, dit-elle. Et voici mon mari Bill.

Bill tendit la main et Tru la serra.
— Tru Walls. Je vous ai entendu parler du Camp Mombo et de Jack's Camp. Avant de prendre ma retraite, j'étais guide pour safaris et je peux vous assurer que les deux sites sont exceptionnels. Vous verrez beaucoup d'animaux à Mombo. Mais les camps sont différents. Jack est dans le Kalahari, et c'est l'un des meilleurs endroits au monde pour voir des suricates.

La femme le dévisageait, la tête légèrement penchée sur le côté, les sourcils froncés. Sa bouche s'ouvrit puis se referma.
— Vous avez dit vous appeler Tru Walls et venir du Zimbabwe ? dit-elle en se penchant sur la table. Et que vous étiez guide ?
— Oui.

Sharon se tourna de Tru à Bill.
— Tu te souviens de ce que nous avons trouvé au printemps dernier ? Quand nous étions à la maison de plage, et que nous avons fait cette longue marche ? Et j'ai fait une blague, parce que nous allions en Afrique ?

Bill hocha la tête.

— Maintenant, oui.

Sharon se tourna vers Tru avec une expression ravie.

— Avez-vous déjà entendu parler d'Âme Sœur ?

Tru fut soudain pris de vertige. Depuis combien de temps n'avait-il pas entendu quelqu'un prononcer le nom de la boîte aux lettres ? Même s'il s'était souvenu de ce lieu des milliers de fois, c'était jusqu'à présent un secret, réservé à Hope et lui.

— Vous voulez dire la boîte aux lettres ? croassa-t-il.

— Oui ! s'écria la femme. Je n'arrive pas à le croire ! Chéri, tu peux le croire ?

Le mari secoua la tête, apparemment aussi stupéfait qu'elle, tandis que la femme battait des mains d'excitation.

— Quand vous étiez à Sunset Beach, vous avez rencontré une femme nommée... Helen ? Hannah ? Elle fronça les sourcils. Non, Hope. C'est ça, n'est-ce pas ?

Le monde au-delà de leur table lui parut flou, et le sol instable.

— Oui, balbutia-t-il finalement, mais vous semblez en savoir plus que moi.

— Peut-être que vous devriez vous asseoir, déclara Sharon. Il y a une lettre à Âme Sœur dont je dois vous parler.

L'obscurité avait maintenant envahi la maison. Le feu représentait la seule source de lumière. Tru pouvait à peine distinguer la radio dans la cuisine. Les yeux de Hope brillaient à la lueur des flammes.

— Deux jours plus tard, j'étais ici, en Caroline du Nord. De toute évidence, ils ne se souvenaient pas de toute la lettre... pas même des informations importantes, comme la date ou même le mois de ta venue. Mais mon nom et mon passé avaient suffi pour qu'ils se souviennent du principal.

— Pourquoi n'as-tu pas commencé à me chercher dès ton arrivée en Caroline du Nord ?

Il resta silencieux pendant un moment.

— Est-ce que tu te rends compte que pendant la semaine que nous avons passée ensemble, tu n'as jamais prononcé le nom de famille de Josh ?

— Bien sûr que si, dit-elle. C'est obligé.

— Non, dit-il avec un sourire presque triste. Tu ne l'as pas fait. Et je n'ai jamais demandé. Je ne connaissais pas non plus les noms de famille de tes sœurs. Je ne l'avais même pas réalisé avant mon retour en Afrique, bien sûr que ce n'était pas important à l'époque. Et après vingt-quatre ans, sans nom de famille, je n'avais pas grand-chose. Je connaissais ton nom de jeune fille, mais j'ai vite appris qu'Anderson est un nom assez commun, même en Caroline du Nord. Et d'ailleurs, je n'avais aucune idée de l'endroit où tu vivais, ou même si tu étais restée dans la région. Je me souvenais que Josh était un chirurgien orthopédiste et j'ai dû appeler tous les cabinets orthopédiques et tous les hôpitaux jusqu'à Greensboro, en me renseignant sur les médecins prénommés Josh, mais ça n'a rien donné.

Elle pinça les lèvres.

— Alors comment diable m'aurais-tu trouvée ? Quand tu as failli prendre l'avion ?

— À l'époque, je n'avais pas vraiment réfléchi. Mais je suppose que j'aurais probablement engagé un détective privé. Si je ne t'avais pas retrouvée avant la fin de l'année, c'est ce que j'avais l'intention de faire. Mais… Il sourit. Je savais que tu viendrais. Je savais que je te trouverais à

Âme Sœur, parce que tu as dit que tu serais là. Chaque jour de septembre, je me suis réveillé en pensant que c'était le grand jour.

— Et chaque jour était une déception.

— Oui. Mais je me disais que le prochain serait le bon.

— Et si j'avais décidé de venir en juillet ou en août ? Tu ne craignais pas de me manquer ?

— Pas vraiment. Je ne pensais pas que tu voudrais me rencontrer en été, à cause de tous les vacanciers. Je me doutais que tu choisirais plutôt un jour plus comme celui où nous sommes allés à la boîte aux lettres, quand nous pouvons avoir un peu d'intimité. L'automne ou l'hiver semblait le plus probable.

Hope eut un sourire triste.

— Tu m'as toujours bien connue, n'est-ce pas ?

En réponse, Tru leva la main de Hope et l'embrassa.

— Je croyais en nous.

Elle se sentit encore rougir.

— Tu veux lire la lettre ?

— Tu l'as toujours ?

— Une copie. Dans la boîte sur la table.

Quand elle fit mine de se lever, Tru leva les mains pour l'arrêter. Se levant du canapé, il alla chercher la boîte sculptée dans la cuisine. Il s'apprêtait à la poser sur la table quand Hope secoua la tête.

— Non, dit-elle. Mets-la ici sur le canapé. Entre nous.

— C'est lourd, observa-t-il en reprenant sa place.

— Elle vient du Zimbabwe. Ouvre-la. La lettre est au fond.

Tru souleva le couvercle. Il vit l'invitation de mariage et la toucha avec un regard interrogateur. En dessous, se trouvaient ses dessins et la lettre qu'il lui avait écrite.

Au fond, il y avait une enveloppe, plate et vierge. Il parut étrangement affecté par la vue des dessins et de la lettre.

— Tu les as gardés, murmura-t-il, presque incrédule.

— Bien sûr, répondit-elle.

— Pourquoi ?

— Tu ne sais pas ? Elle lui toucha doucement le bras. Même quand j'ai épousé Josh, j'étais toujours amoureuse de toi. Je le savais en prononçant mes vœux. Mon amour pour toi était passionné, mais... paisible. Parce que c'est ce que tu m'as fait ressentir pendant la semaine que nous avons passée ensemble... En paix. Être avec toi, c'était comme rentrer à la maison.

Tru parut troublé.

— C'était pareil pour moi. Il baissa les yeux sur la lettre. Te perdre, c'était comme sentir le sol se dérober sous mes pieds.

— Lis, dit-elle en hochant la tête. C'est court.

Tru rangea les autres objets dans la boîte avant de prendre la lettre dans l'enveloppe. Il la lut lentement, entendant la voix de Hope à chaque ligne. Sa poitrine se gonfla, débordant maintenant d'une émotion muette. Il voulait l'embrasser mais ne le fit pas.

— J'ai quelque chose à te donner.

Il se leva et alla à la table basse près de la porte. Il sortit son carnet de croquis du sac de toile. De retour au canapé, il lui tendit le livre. *Âme Sœur*, écrit en lettres d'or, s'étirait sur la couverture.

Le regard de Hope passa de Tru au livre, et de nouveau la curiosité l'emporta. Tru s'installa à côté d'elle tandis qu'elle passait son doigt sur les lettres dorées.

— Je suis presque anxieuse de voir l'intérieur.

— Ne le sois pas, dit-il, pendant que Hope ouvrait enfin le livre.

Sur la première page, figurait un portrait de Hope au bord de la jetée, un endroit qu'il n'avait jamais vu. Le croquis semblait saisir son essence même ; mais comme il ne jouait aucun rôle dans leur histoire, il le considérait comme une sorte de page de titre.

Il garda le silence tandis que Hope tournait la page, étudiant à gauche une image de lui marchant sur la plage, et à droite, Hope, un peu en retrait. Scottie, courant en direction de la dune.

Les pages suivantes les montraient tous les deux le premier matin où ils avaient parlé : Tru tenait Scottie, et une inquiétude évidente se lisait sur son visage. Les deux pages suivantes les montraient marchant vers le cottage. Puis buvant un café sur la terrasse. Les images se mélangeaient comme une série de photos de cinéma. Hope mit longtemps à atteindre la dernière page. Quand elle eut terminé, Tru vit une trace de larme sur sa joue.

— Tu as couché toute notre histoire sur le papier, dit-elle.
— Oui, dit-il. J'ai essayé, en tout cas. C'est pour toi.
— Non. C'est une œuvre d'art.
— C'est nous.
— Quand as-tu…
— Il m'a fallu des années.

Elle passa de nouveau la main sur la couverture.

— Je ne sais pas quoi dire. Mais tu ne peux pas me donner ça. C'est… un trésor.
— Je peux toujours en faire un autre. Et depuis que j'ai fini, j'ai rêvé du jour où je te reverrais, afin de pouvoir te montrer comment tu as vécu dans mon âme.

Elle tenait toujours le livre sur ses genoux, le serrant comme si elle voulait le garder à jamais.

— Tu as même ajouté le moment sur la plage, après que je t'ai dit que Josh avait fait sa demande, quand tu m'as tenue dans tes bras…

Il patienta pendant qu'elle cherchait ses mots.

— Je ne peux pas te dire combien de fois j'ai pensé à ça, dit-elle à voix basse. J'essayais de trouver un moyen de te le dire, mais j'étais si confuse et effrayée. Je sentais déjà le vide sous mes pieds, car je savais que nous allions nous dire adieu. Mais je voulais que ce soit à nos conditions, peu importe ce que cela signifiait, et il m'a semblé que Josh m'avait enlevé ça…

Sa voix se fêla sous le coup de l'émotion.

— Je pensais avoir compris à quel point je te faisais mal ce jour-là, mais voir le dessin que tu en as fait… c'est dévastateur. L'expression sur ton visage… la façon dont tu t'es dessiné…

Sa voix tremblait et elle dut s'interrompre. Tru pâlit. Hope disait vrai. Ç'avait été l'un des dessins les plus douloureux de tout le livre, et il avait dû l'abandonner plus d'une fois.

— Et alors, sais-tu ce que tu as fait ? Tu n'as pas discuté, tu ne t'es pas mis en colère, tu ne t'es pas plaint. Non, ton premier instinct était juste de me retenir. Pour me réconforter, même quand ç'aurait dû être l'inverse. Je ne le méritais pas, mais tu savais que j'en avais besoin. Hope luttait pour garder son sang-froid. Je savais que c'était ça qui me manquait pendant mon mariage avec Josh : quelqu'un pour me réconforter quand tout allait mal. Et puis, aujourd'hui, devant la boîte aux lettres, quand j'étais sous le choc et que je n'avais aucune idée de ce qu'il fallait dire ou faire, tu m'as reprise dans tes bras. Parce que tu savais… j'avais l'impression d'être tombée d'une falaise et j'avais besoin de toi pour me retenir.

Elle secoua tristement la tête.

— Je ne sais pas si Josh m'a jamais tenue comme ça, en parfaite empathie. Ça m'a fait réfléchir à tout ce que j'ai abandonné à ce moment-là, il y a si longtemps, quand j'ai choisi de partir.

Immobile, il la regarda avant de finalement prendre la boîte pour la poser sur la table. Il reprit ensuite doucement le carnet des mains de Hope pour le poser à côté de la boîte, avant de passer son bras autour d'elle. Hope se pencha contre lui. Il lui embrassa doucement les cheveux, comme il l'avait fait si longtemps auparavant.

— Je suis là maintenant, murmura-t-il. Nous étions amoureux, mais le timing n'était pas le bon. Et tout l'amour du monde ne peut pas changer le timing.

— Je sais. Mais je pense que nous aurions formé un couple formidable. Je pense que nous aurions pu nous rendre heureux… Il ferma les yeux avant de les rouvrir lentement. Et maintenant il est trop tard, dit-elle d'une voix désolée.

D'un doigt, Tru lui releva doucement le menton. Hope lui faisait face, la plus belle de toutes les femmes. Il se pencha plus près pour déposer un baiser sur ses lèvres. Sa bouche était chaude et impatiente.

— Il n'est jamais trop tard pour te retenir, murmura-t-il.

Se levant du canapé, il lui tendit la main. La lune s'était levée, projetant un rayon argenté par la fenêtre afin de rivaliser avec la lueur du feu. Hope se leva lentement et il lui embrassa la main. Langoureusement, il l'attira vers lui, sentant ses bras s'enrouler autour de son cou. Elle posa sa tête contre son épaule. Son souffle caressait sa clavicule, et il songea que c'était tout ce qu'il avait toujours voulu. Hope était tout ce qu'il avait toujours voulu. Il avait su qu'elle était la seule depuis le moment où il l'avait rencontrée, et qu'il n'y aurait jamais personne d'autre.

Du porche, il entendit le lointain tintinnabulement des carillons dans le vent. Le corps de Hope vacilla contre le sien, attirant et chaud, et Tru s'abandonna à l'émotion.

Sa bouche s'ouvrit. La langue de Hope était chaude et humide, la sensation inchangée après tout ce temps. Il la serra dans ses bras, unissant leurs deux corps. Sa main glissa sur son dos et dans ses cheveux puis lui caressa à nouveau le dos. Il avait attendu si longtemps, revivant ce moment encore et encore, au cours de tant de nuits solitaires. Quand ils s'écartèrent l'un de l'autre, Hope posa de nouveau sa tête contre lui. Ses épaules tremblèrent.

Il l'entendit renifler et comprit, inquiet, qu'elle pleurait. Hope refusait de croiser son regard, restant le visage presssé contre sa poitrine.

– Qu'est-ce qui ne va pas ? demanda-t-il.

– Je suis désolée. Je suis tellement désolée. J'aurais aimé ne t'avoir jamais quitté. J'aurais aimé te retrouver plus tôt, j'aurais aimé que tu sois dans cet avion…

Il y avait dans sa voix quelque chose… l'écho d'une frayeur à laquelle il ne s'attendait pas.

– Je suis là maintenant et je ne vais nulle part.

– Il est trop tard, dit-elle d'une voix fêlée. Je suis désolée, mais il est trop tard maintenant. Je ne peux pas te faire ça.

– Tout va bien, murmura-t-il, sentant monter une vague de panique.

Il ne savait pas ce qui n'allait pas… ce qu'il avait pu faire pour la contrarier.

– Je comprends pourquoi tu as dû partir. Et tu as deux merveilleux enfants… J'espère que tout va bien. Je comprends le choix que tu as fait.

— Ce n'est pas ça. Elle secoua la tête, une lassitude profonde plombait ses mots. Mais il est encore trop tard.

— De quoi parles-tu ? s'écria-t-il en lui agrippant les bras. Je ne comprends pas ce que tu essaies de me dire. S'il te plaît, Hope, parle-moi.

Désespéré, il scruta son visage.

— J'ai peur… et je n'ai aucune idée de ce qu'il faut dire à mes enfants.

— Il n'y a rien à craindre. Je suis sûr qu'ils comprendront.

— Non, dit-elle. Je me souviens combien c'était difficile pour moi.

Tru sentit un frisson le traverser. Il se força à prendre une profonde inspiration.

— Je ne comprends pas.

Alors Hope pleura plus fort, de grands sanglots haletants. Sans Tru, elle serait certainement tombée.

— Je suis en train de mourir, lâcha-t-elle enfin. J'ai la maladie de Charcot comme mon père, et je suis en train de mourir.

L'esprit de Tru se vida. Il ne pouvait plus penser qu'aux ombres projetées par le feu et à la façon dont elles paraissaient presque vivantes. Ses mots semblaient ricocher en lui.…

J'ai la maladie de Charcot et je suis en train de mourir.

Il ferma les yeux, comme pour lui transmettre sa force, mais son corps parut faiblir. Elle le serra plus fort.

— Oh, Tru… chuchota-t-elle. Je suis si désolée… Tout est de ma faute…

Il sentit la pression augmenter sous ses paupières alors qu'il entendait à nouveau sa voix.

Je meurs…

Elle lui avait expliqué à quel point le déclin de son père avait été déchirant ; il avait perdu tellement de poids au cours des derniers mois que Hope pouvait le porter dans son lit. C'était une maladie impitoyable, elle volait votre souffle même. Il ne savait pas quoi dire tandis que Hope sanglotait contre lui, lui-même tout juste capable de rester debout.

Au-delà des fenêtres, le monde était noir. Une nuit froide, mais Tru avait encore plus froid. Il avait attendu Hope une vie entière avant de la retrouver, et le destin allait la lui voler de nouveau. Tru se sentait brisé, mais il se souvint de la dernière ligne de la note qu'il lui avait écrite après qu'elle l'eut invité à Âme Sœur la toute première fois.

Je m'attends à une surprise avec vous comme guide.

Il ne savait pas pourquoi ces mots lui venaient à l'esprit, ni ce qu'ils étaient censés signifier en ce moment. Hope était son rêve, tout ce qu'il avait toujours voulu, et elle venait de lui dire qu'elle était en train de mourir. Tru se sentait sur le point de défaillir tandis qu'ils se serraient l'un contre l'autre, leurs pleurs étouffés au cœur de la maison silencieuse.

18

Au jour le jour

— Je savais que j'étais malade, même avant mon premier test, lui expliqua Hope.

Il lui avait fallu du temps pour cesser de pleurer et, ses larmes taries, Tru s'essuya le visage. Il était allé à la cuisine pour refaire du thé et lui en avait apporté une tasse tandis qu'elle était assise sur le canapé, ses genoux relevés sous la couverture.

Hope saisit la tasse à deux mains.

— Je me suis souvenue de ce que mon père m'avait dit au début. Ce sentiment d'épuisement général, comme un rhume, sauf que ça ne s'est jamais amélioré. C'est moi qui ai suggéré le diagnostic à mon médecin, mais elle était sceptique. Parce que la maladie ne se transmet en général pas dans les familles. Seulement un cas sur dix relève d'antécédents familiaux. Mais quand je suis allée faire des tests et que les résultats ont tardé à venir, j'ai compris.

— Quand l'as-tu appris ?

— Pas en juillet dernier, mais celui d'avant. Donc il y a un peu moins d'un an et demi. Je n'étais qu'à six mois de la retraite et j'attendais avec impatience cette nouvelle vie. Devinant sa prochaine question, elle ajouta : Mon père a tenu un peu moins de sept ans. Et je pense que je vais mieux que lui, pour l'instant. Je veux dire... je pense que ça progresse plus lentement. Mais je peux te dire que c'est pire maintenant que quand je l'ai découvert. J'ai eu du mal à regagner Âme Sœur ce matin.

— Je ne peux pas imaginer ce que c'est que d'affronter ça, Hope.

— C'est affreux, admit-elle. Et je n'ai pas encore trouvé le moyen de le dire aux enfants. Ils étaient si jeunes quand mon père est décédé qu'ils ne se souviennent pas vraiment de lui. Ils ne se souviennent pas non plus du poids que cela a représenté pour la famille. Mais quand je le leur dirai enfin, ils réagiront comme moi. Ils vont être terrifiés et passer beaucoup de temps à me couver. Mais je ne veux pas qu'ils mettent leur vie de côté pour moi. J'avais trente-six ans quand je l'ai découvert, eux ils démarrent tout juste leur vie. Je ne veux pas ça, je veux qu'ils soient libres. Seulement, quand ils seront au courant, ça deviendra impossible. Si je ne me suis pas effondrée quand mon père était malade, c'est parce que mes enfants étaient jeunes et avaient besoin de toute mon attention. Je n'avais pas le choix. Mais je t'ai expliqué comment c'était avec mon père... comme il était difficile de le voir décliner, mourir.

— Oui, tu me l'as dit, acquiesça Tru.

— C'est l'une des raisons pour lesquelles j'ai mis la lettre dans la boîte aux lettres l'année dernière. Parce que j'ai compris que...

Quand elle s'interrompit, Tru tendit la main.

— Tu as compris ?

— Parce que je me suis rendu compte que même s'il était trop tard pour nous, il n'était peut-être pas trop tard pour m'excuser auprès de toi, et j'en avais besoin.

Parce que je t'ai vu debout sur la route et que j'ai poursuivi mon chemin. J'ai dû vivre avec ça, et ça pourrait être une punition suffisante, mais… je voulais aussi ton pardon.

— Tu l'as toujours eu, dit-il, prenant son autre main dans la sienne, la berçant comme un oiseau blessé. Je l'ai écrit dans ma lettre : te rencontrer est quelque chose que j'aurais fait mille fois, même en sachant que ça devait prendre fin. Je n'ai jamais été en colère contre toi en raison du choix que tu as fait.

— Mais je t'ai blessé…

Il se pencha plus près et d'une main lui toucha la joue.

— Le chagrin est toujours le prix à payer pour l'amour. J'ai appris cela avec ma mère, et aussi quand Andrew s'est éloigné. C'est dans la nature des choses.

Hope garda le silence en réfléchissant à ses paroles. Elle le regarda fixement.

— Tu sais ce qui est le pire ? dit-elle à voix basse. À propos de savoir que tu es en train de mourir ?

— Je n'en ai aucune idée.

— Tes rêves commencent à mourir aussi. Quand j'ai appris le diagnostic, l'une des premières choses qui m'a traversé l'esprit était que cela signifiait que je ne serais probablement jamais grand-mère. Bercer un bébé pour l'endormir, faire de la peinture à la table de pique-nique, lui donner un bain. Des petites choses, des choses qui n'ont même pas encore eu lieu et qui pourraient ne jamais arriver, voilà ce qui me manquait le plus. Je l'admets, ça n'a aucun sens, mais je ne peux pas m'en empêcher.

Tru garda le silence.

— Quand j'étais à l'hôpital, dit-il finalement, j'ai ressenti la même chose. Je rêvais d'aller faire de la randonnée en Europe ou de peindre, et puis je déprimais quand je réalisais que je n'en serais peut-être plus capable. Mais le truc difficile, quand j'ai commencé à aller mieux, c'est que je ne voulais plus faire ces choses. Je pense que c'est la nature humaine de vouloir ce qu'on ne peut pas avoir.

— Je sais que tu as raison, mais quand même… J'avais vraiment hâte d'être grand-mère. Elle réussit à émettre un petit rire. En supposant que Jacob et Rachel se marient, bien sûr. À mon avis, ce n'est pas pour tout de suite. Ils semblent apprécier leur indépendance.

Il sourit.

— Tu as dit que la promenade de ce matin était dure, je sais, mais ça avait l'air d'aller au retour.

— Je me sentais bien. Parfois, c'est comme ça. Et physiquement, je me sens bien la plupart du temps, tant que je n'en fais pas trop. Je ne pense pas qu'il y ait eu beaucoup de changement ces derniers temps. Je veux croire que j'ai compris. Il m'est plus facile de décider ce qui a de l'importance pour moi et ce qui n'en a pas. Je sais ce que je veux faire de mon temps et ce que je préfère éviter. Mais il y a encore des jours où je suis effrayée ou triste. Surtout pour mes enfants.

— Moi aussi. Quand j'étais à l'hôpital, l'expression terrifiée d'Andrew quand il était assis avec moi m'a presque brisé le cœur.

— Voilà pourquoi j'ai gardé le secret jusqu'ici. Même mes sœurs ne le savent pas. Ni mes amis.

Il se pencha et son front toucha doucement celui de Hope.

— Je suis honoré que tu l'aies partagé avec moi, murmura-t-il.

— J'ai pensé te le dire plus tôt, avoua-t-elle. Quand tu m'as parlé de ton accident. Mais je passais un moment merveilleux, je ne voulais pas que ça prenne fin.

— Ce n'est toujours pas fini. Je préfère être ici avec toi

que n'importe où ailleurs. Et malgré ce que tu viens de me dire, aujourd'hui a été l'un des meilleurs jours de ma vie.

– Tu es un homme doux, Tru, dit-elle en souriant tristement. Tu l'as toujours été. Elle inclina légèrement son visage pour lui donner un doux baiser, et le frôlement de sa barbe de trois jours déclencha une impression familière. Tu as dit t'arrêter à deux verres de vin, je le sais… mais je pense que j'aimerais un autre verre. Veux-tu te joindre à moi ? Il y a une autre bouteille dans le réfrigérateur.

– Je m'en charge.

Pendant qu'il allait dans la cuisine, Hope se frotta le visage d'un air las, à peine capable de croire que son secret était enfin dévoilé. Elle détestait l'avoir dit à Tru, mais elle se savait capable de répéter désormais cette confession. Pour Jacob et Rachel, et pour ses sœurs. Pour ses amis aussi. Et même pour Josh. Mais aucun d'entre eux ne réagirait comme Tru, qui avait quelque peu apaisé ses craintes, ne serait-ce qu'un moment. Tru revint de la cuisine avec deux verres et lui en tendit un. Dès qu'il s'assit, il leva un bras et elle se blottit contre lui.

Pendant un moment, ils restèrent assis en silence, à regarder le feu. Tous les évènements de la journée tournoyaient dans l'esprit de Hope : le retour de Tru, le carnet de dessins, son secret.

C'était presque trop.

– J'aurais dû monter dans l'avion, dit Tru, rompant le silence. J'aurais dû faire plus d'efforts pour te retrouver.

– Je pense que j'aurais dû, moi, faire plus d'efforts. Mais savoir que tu as pensé à moi toutes ces années, cela signifie beaucoup pour moi.

– Moi aussi. Juste comme aujourd'hui… C'est tout ce dont j'ai toujours rêvé.

– Mais je suis en train de mourir…

— Je crois que tu vis, dit-il avec une fermeté surprenante. Et un jour après l'autre, c'est tout ce que nous pouvons faire. Je ne peux pas garantir que je serai en vie dans un an ou dans un mois. Ou même demain.

Elle laissa tomber sa tête contre son bras.

— C'est ce que les gens disent, et je sais qu'il y a du vrai. Mais c'est différent quand tu as la certitude qu'il ne te reste que très peu de temps. Si je dois me fier au cas de mon père, j'ai cinq ans devant moi, peut-être cinq et demi. Et la dernière année n'est pas si bonne.

— Dans quatre ans et demi, j'aurai soixante-dix ans.

— Et alors ?

— Je ne sais pas. Tout peut arriver, et c'est le but. Ce que je sais, c'est que j'ai passé les vingt-quatre dernières années à rêver de toi. À vouloir te tenir la main, parler, écouter, cuisiner, et me coucher à côté de toi le soir venu. Je n'ai pas eu la même vie que toi. J'ai été seul, et quand j'ai appris pour ta lettre, j'ai compris que j'étais seul parce que je t'attendais. Je t'aime, Hope.

— Je t'aime aussi.

— Alors, ne perdons plus de temps. C'est finalement notre heure. Pour toi et moi. Peu importe ce que l'avenir nous réserve.

— Qu'est-ce que tu veux dire ?

Il lui embrassa doucement le cou et elle sentit son ventre se nouer, comme si longtemps auparavant. Il ramena des mèches de cheveux derrière son oreille et murmura :

— Épouse-moi. Ou sans m'épouser, reste juste avec moi. Je déménagerai en Caroline du Nord et nous pourrons vivre où tu veux. Nous pouvons voyager, mais ce n'est pas une obligation. Nous pouvons cuisiner ensemble, ou manger dehors tous les jours. Cela ne me dérange pas. Je veux juste te serrer dans mes bras et t'aimer à chaque souffle. Peu importe combien de temps, et peu importe ta maladie. Je te veux juste, toi. Tu ferais cela pour moi ?

Hope le dévisagea, abasourdie, avant d'esquisser enfin un sourire.

– Tu le penses vraiment ?

– Je ferai tout ce que tu veux, dit-il. Tant que c'est avec toi.

Sans un mot, elle tendit la main. Se levant du canapé, elle le conduisit dans la chambre à coucher, et cette nuit-là ils se retrouvèrent, leurs corps épousant le souvenir d'un autre temps, familier et pourtant tendrement, incroyablement nouveau.

Quand ils eurent fini, elle s'allongea à côté de Tru, le contemplant avec le même contentement profond que celui qu'elle lisait dans ses yeux. Ce regard lui avait manqué toute sa vie.

– J'aimerais ça, murmura-t-elle.

– Quoi donc ?

Elle s'approcha plus près, l'embrassa sur le nez puis sur les lèvres.

– T'épouser, murmura-t-elle.

Épilogue

J'ai connu des difficultés avec la fin de l'histoire de Tru et Hope. Je ne voulais pas détailler la longue bataille de Hope contre la maladie de Charcot, ni les innombrables façons dont Tru s'efforça d'accompagner, d'atténuer son déclin. J'ai toutefois écrit un chapitre supplémentaire sur la semaine que Hope et Tru ont passée à Carolina Beach, et sur la conversation de Hope avec ses enfants, le mariage en février et le safari pendant leur lune de miel. J'ai terminé le chapitre avec une description de leurs randonnées annuelles à Âme Sœur, où ils ont laissé l'enveloppe en papier kraft dans la boîte aux lettres afin que d'autres puissent découvrir leur histoire. Mais j'ai finalement jeté ces pages. Au fil de mes entretiens avec eux, il devint clair que l'histoire qu'ils voulaient partager était simple : ils sont tombés amoureux, ont été séparés pendant des années mais ont finalement réussi à se retrouver, un peu grâce à la magie associée à Âme Sœur. Je ne voulais pas détourner l'attention de la nature presque digne d'une « fable » de leur histoire.

Pourtant, elle ne me semblait pas complète. L'écrivain en moi ne pouvait s'empêcher de penser qu'il manquait quelque chose concernant la vie de Tru, au cours des années précédant ses retrouvailles avec Hope. Pour cette raison, quelques mois avant la publication du roman, j'ai appelé Tru pour obtenir son approbation en vue d'un autre voyage au Zimbabwe. Je voulais rencontrer Romy, un homme qui avait joué un rôle mineur, voire insignifiant, dans l'histoire d'amour de Tru et Hope.

Romy s'était retiré dans un petit village du district de Chegutu, au nord du Zimbabwe, et le voyage représentait une véritable histoire en soi. Les armes à feu ne manquaient pas dans cette contrée et je craignais d'être kidnappé, mais le conducteur que j'avais engagé connaissait bien les tribus qui contrôlaient la région et me garantit mon passage en toute sécurité. Je le note seulement pour rappel de l'anarchie actuelle dans un pays que je considère néanmoins comme l'un des endroits les plus remarquables de la Terre.

Romy était mince et grisonnant, avec une peau plus sombre que la plupart des autres villageois. Il lui manquait une dent de devant, mais comme Tru il bougeait encore avec une agilité surprenante. Nous avons discuté assis sur un banc assemblé avec des parpaings et ce qui avait autrefois été le lit d'une camionnette. Je me suis présenté, je lui ai parlé du livre que j'avais écrit, et j'ai expliqué que j'espérais en apprendre davantage sur son ami Tru Walls.

Un sourire se dessina lentement sur son visage.

– Alors, il l'a retrouvée ?

– Je pense qu'ils se sont trouvés.

Romy se pencha et ramassa un bâton par terre.

– Combien de fois as-tu été au Zimbabwe ?

– C'est mon second voyage ici.

– Tu sais ce qui arrive aux arbres renversés par les éléphants ? Pourquoi ne vois-tu pas des arbres partout sur le sol ?

Je secouai la tête, intrigué.

– Les termites. Elles mangent tout, jusqu'à ce qu'il ne reste plus rien. C'est bon pour la brousse, mais mauvais pour tout ce qui est fait en bois. C'est pour ça que ce banc est fait de parpaings et de métal. Parce que les termites ne s'arrêtent jamais de manger.

— Je ne suis pas sûr de comprendre ce que vous essayez de me dire.

Romy posa ses coudes sur ses genoux osseux et se pencha vers moi, sans lâcher son bâton.

— Tru était comme ça quand il est revenu d'Amérique... comme mangé de l'intérieur. Il aimait toujours être seul, mais c'était plus... il était toujours seul. Il restait dans sa chambre à dessiner, mais il ne me montrait plus rien. Pendant longtemps, je n'ai pas su ce qui n'allait pas, juste que chaque mois de septembre il était à nouveau triste.

Romy cassa le bâton en deux et laissa tomber les morceaux par terre.

— Puis, une nuit de septembre, cinq ou six ans après son voyage en Amérique, je l'ai vu assis dehors. Il buvait. Je fumais et je suis allé le rejoindre. Il s'est tourné vers moi, et son visage... Je ne l'avais jamais vu comme ça avant. Je lui ai demandé : « Comment vas-tu ? » Mais il n'a rien dit. Il ne m'a pas dit de partir, alors je me suis assis à côté de lui. Après un moment, il m'a donné un verre. Il a toujours eu du bon whisky. Sa famille était riche, vous savez.

J'ai hoché la tête.

— Après un moment, il m'a demandé quelle était la chose la plus difficile que j'avais faite. J'ai dit que je ne savais pas, la vie est pleine de choses difficiles. Pourquoi voulait-il savoir ? Il a dit qu'il connaissait la chose la plus difficile qu'il devait faire, et que rien ne serait jamais plus dur que ça.

Romy laissa échapper une respiration sifflante avant de continuer.

— Ce n'étaient pas les mots, mais la façon de les dire. Il y avait tant de tristesse, tant de douleur, comme si des termites avaient dévoré son âme. Et puis il m'a parlé de ce voyage en Amérique, et de la femme. Hope.

Romy se tourna pour me faire face.

— J'ai aimé des femmes dans ma vie, dit-il avec un sourire

qui disparut bien vite. Quand il a parlé, j'ai su que je n'avais jamais aimé de cette façon. Et quand il m'a dit comment il avait dit au revoir... Romy fixait le sol. Il pleurait, comme une personne brisée. Et j'ai touché du doigt sa douleur, ajouta-t-il en secouant la tête. Après, chaque fois que je le voyais, je me disais que la douleur était toujours là. Il se contentait de la cacher.

Romy se tut et nous sommes restés assis ensemble un moment, en regardant le crépuscule descendre sur le village.

– Il n'en a plus jamais parlé. J'ai pris ma retraite et je n'ai pas vu Tru depuis longtemps, pas après son grave accident. Je suis allé le voir à l'hôpital. Tu le savais ?

– Oui.

– Il avait l'air si triste, si abattu. Mais les médecins ont dit qu'il allait beaucoup mieux ! Il mélangeait ses mots la plupart du temps, alors j'ai beaucoup parlé. Et j'essayais d'être de bonne humeur, de faire des blagues, et je lui ai demandé s'il avait vu Jésus ou Dieu quand il est mort. Il a eu un sourire triste, un sourire qui a failli me briser le cœur. Non, m'a-t-il dit, j'ai vu Hope.

Quand je suis rentré du Zimbabwe, j'ai conduit jusqu'à la plage où Tru et Hope vivent maintenant. J'avais mis près d'un an à faire des recherches et à écrire le livre, et je ne voulais pas m'imposer davantage. Néanmoins, je me suis retrouvé à marcher au bord de l'eau, près de leur maison. Je ne les ai pas vus.

C'était en milieu d'après-midi. J'ai continué à marcher jusqu'à la plage, atteignant finalement la jetée d'un pas tranquille. Quelques personnes pêchaient, mais j'ai trouvé une place. Je regardais l'Océan, sentant la brise dans mes cheveux, sachant que l'écriture de leur histoire m'avait changé.

Je n'avais vu ni l'un ni l'autre depuis des mois, et ils me manquaient. J'étais heureux de les savoir ensemble, comme ils étaient censés l'être.

Plus tard, alors que je passais une deuxième fois devant le cottage, mon regard fut irrésistiblement attiré vers leur maison. Toujours personne. Il se faisait tard. Le ciel était un mélange de violet, de bleus et de gris, mais à l'horizon la lune avait commencé à s'élever au-dessus des flots, comme si elle avait passé la journée à se cacher au fond de l'Océan.

Le crépuscule tombait peu à peu et j'ai de nouveau observé la plage. Je voyais leur maison au loin, et même si la plage était maintenant quasi déserte, je vis que Tru et Hope étaient apparus pour profiter de la soirée. Mon cœur bondit en les apercevant, et je repensai aux années qu'ils avaient passées loin l'un de l'autre. Je pensais à leur avenir, aux promenades qui leur manqueraient et aux aventures qu'ils n'auraient jamais. J'ai pensé au sacrifice et aux miracles. Et je pensais aussi à l'amour qu'ils avaient toujours éprouvé l'un pour l'autre : comme des étoiles dans le ciel en journée – invisible, mais toujours présent.

Ils étaient au bas de la rampe, celle que Tru était en train de construire lors de notre première rencontre. Hope était assise dans son fauteuil roulant, ses jambes sous une couverture. Tru se tenait debout à côté d'elle, une main posée sur son épaule. Il y avait une vie entière d'amour dans ce geste simple et doux, et j'ai senti ma gorge se nouer. Finalement, il dut sentir ma présence au loin, car il se tourna dans ma direction.

Il me salua d'un geste. Je lui fis signe, mais je savais que c'était un adieu.

Alors que je les considérais comme des amis, je doutais que nous parlions à nouveau.

Leur temps était venu, enfin.

Remerciements

Pour moi, la création d'un roman s'apparente quelque peu à un accouchement : un processus d'anticipation, de terreur, d'épuisement, avant, finalement, l'euphorie... une expérience que je suis content de ne pas avoir à endurer tout seul. À mes côtés, à chaque étape du chemin, de la gestation à l'accouchement, on retrouve mon agent littéraire de longue date, Theresa Park, qui n'est pas seulement incroyablement talentueuse et intelligente, mais aussi mon amie la plus proche de ces vingt-cinq dernières années. L'équipe de Park Literary & Media est de loin la plus impressionnante, la mieux informée, et la plus visionnaire du milieu : Abigail Koons et Blair Wilson sont les architectes de ma carrière internationale ; Andrea Mai trouve des façons innovantes pour moi de collaborer avec les détaillants comme Target, Walmart, Amazon et Barnes & Noble ; Emily Sweet gère ma myriade de médias sociaux, de licences, et les partenariats de marques ; Alexandra Greene fournit un soutien juridique et stratégique essentiel ; et Pete Knapp et Emily Clagett s'assurent que mon travail reste pertinent pour un lectorat en constante évolution.

Chez mon éditeur depuis *Les Pages de notre amour*, il y a eu de nombreux changements au fil du temps, mais ces dernières années, je suis très reconnaissant de voir mon travail défendu par le PDG de Hachette Book Group, Michael Pietsch. Ben Sevier, de Grand Central Publishing, et Karen Kosztolnyik constituent des ajouts récents mais très bienvenus à l'équipe, apportant avec eux de nouvelles idées et une nouvelle énergie. Dave Epstein, vice-président des ventes chez Grand Central Publishing, va me manquer. Avec son patron Chris Murphy et Andrea Mai, de PLM, il a contribué à redéfinir la stratégie de vente de mes derniers livres. Dave, je te souhaite de belles journées de pêche paisibles pendant ta retraite. Flag et Anne Twomey, vous apportez de la magie et de la classe à chacune de mes jaquettes, année après année. Brian McLendon et Caitlyn Mulrooney-Lyski, ma publiciste d'une infinie patience, merci de guider le marketing et la publicité de mes livres avec tant de soin ; Amanda Pritzker, votre considération et votre collaboration efficace avec l'équipe de Park Literary est très appréciée.

Ma publiciste de longue date à la PMK-BNC, Catherine Olim, est ma protectrice intrépide et directe, et je chéris son conseil. Les expertes des réseaux sociaux Laquishe « Q » Wright et Mollie Smith m'aident à rester en contact quotidiennement avec mes fans et m'encouragent à trouver ma propre voix dans ce monde de la communication virtuelle en constante évolution; je suis reconnaissant pour votre fidélité et vos conseils au fil des ans.

Sur le plan du cinéma et de la télévision, j'ai la même remarquable équipe de représentants depuis plus de vingt ans : Howie Sanders (maintenant chez Anonymous

Content), Keya Khayatian à UTA, et mon avocat dévoué Scott Schwimer. (Scottie, j'espère que vous aimez votre homonyme dans ce livre !) Tout auteur aurait de la chance de voir ses projets hollywoodiens supervisés par cette équipe de rêve.

Et enfin, mes proches. Jeannie Armentrout ; mon assistante, Tia Scott ; Michael Smith ; mon frère, Micah Sparks ; Christie Bonacci ; Eric Collins ; Todd Lanman ; Jonathan et Stephanie Arnold ; Austin et Holly Butler ; Micah Simon ; Gris Zurbruegg ; David Stroud ; Dwight Carlblom ; David Wang ; mes comptables, Pam Pope et Oscara Stevick ; Andy Sommers ; Hannah Mensch ; David Geffen ; Jeff Van Wie ; Jim Tyler ; David Shara ; Pat et Billy Mills ; Mike et Kristie McAden ; les amis de longue date, y compris Chris Matteo, Paul DuVair, Bob Jacob, Rick Muench, Pete DeCler et Joe Westermeyer ; ma famille élargie, y compris Monty, Gail, Dianne, Chuck, Dan, Sandy, Jack, Mike, Parnell, et tous mes cousins, neveux et nièces ; et enfin mes enfants, Miles, Ryan, Landon, Lexie et Savannah....

J'adresse une prière de remerciement pour saluer votre présence dans ma vie, chaque jour et à chaque souffle.

Mise en pages
PRESS·PROD

MARQUIS

Québec, Canada

Imprimé au Canada
Dépôt légal : octobre 2018
ISBN : 978-2-7499-3552-2
LAF : **2524**